KB139266

연리비익

김나래 장편소설

동아

연리비익

초판 1쇄 인쇄일 | 2020년 11월 30일
초판 1쇄 발행일 | 2020년 12월 8일

지은이 | 김나래
펴낸이 | 박성면
펴낸곳 | (주)동아

출판등록 | 제406-2007-000071호
주소 | 경기도 파주시 문발로 115, 세종출판벤처타운 201-A호
전화 | (031)8071-5201
팩스 | (031)8071-5204
E-mail | bear6370@hanmail.net

정가 | 11,000원

ISBN 979-11-6302-420-0 (03810)

연리비익

김나래 장편소설

동아

차 례

여는 장

참으로 신기했다. 작고 가느다란 손가락이 요리조리 움직일 때마다 변해 갔다. 푸른 색실이 움직인다 싶더니 어느새 날아오를 것 같은 한 마리의 파랑새가 나뭇가지에 앉아 있었고 연한 분홍빛 실이 움직인다 싶더니 매화꽃이 함초롬히 피어올랐다.

"우와……."

움직임 없이 앉아 있던 작은 아이의 입에서 감탄이 피어났다. 평소 같으면 잠시도 앉아 있지 못하고 엉덩이를 들썩였을 아이가 보여 주는 집중력에 곁에 앉아 수를 놓고 있던 여인이 피식 웃었다.

"안 지루하니?"

"전혀. 너무 신기해."

"너도 할 수 있어, 린아야."

그런 동생이 귀여워 볼에 묻은 검댕을 닦아 주며 이화가 웃었다.

"에이, 난 이런 건 재미없어. 밖에 나가 오라버니들이랑 노는 것이 더 좋아."

하나밖에 없는 여동생의 말에 이화는 피식 웃어 버렸다. 두 살 터울밖에 나지 않는 여동생은 벌써 열세 살이었지만 이화의 그맘 때쯤과는 확연히 달랐다. 줄줄이 사내아이들만 셋이었던 집안의 처음으로 나온 계집아이들인지라 집안 어른들은 무척 어여삐 여겼다. 혹여 안 좋은 일이라도 생길세라 바깥출입도 못 하게 하고 여인의 예를 닦도록 가르쳐 주셨다.

그러했지만 잘 따르는 이화와 이린은 또 달랐다. 여자아이지만 종종 남복을 하고 오라버니들을 따라다니며 글도 배우고 무예도 배웠다.

"너도 하면 잘할 텐데……."

"보는 것은 좋아해. 언니가 이렇게 예쁘게 수놓는 것 보면 너무 재밌어."

활짝 웃는 얼굴에는 근심 한 점 없었다. 반달 모양이 된 눈가가 어여쁘고 맑아 이화는 머리를 쓰다듬어 주었다.

"어여쁜 옷도 입고 머리 장식도 하면 좋을 텐데……."

"치마 같은 것은 움직이기도 불편한걸. 그보다 언니, 내가 뭐 가져왔게?"

개구쟁이 같은 미소를 지으며 이린이 품에 감추었던 종이를 꺼냈다. 얌전히 미소만 짓고 있던 이화의 눈동자가 커졌다.

"어, 이건……."

"히히, 뭘까~요."

무어라 말하지 않았는데 이화의 볼이 능금처럼 붉어졌다. 하얀 봉투에 단정히 적혀 있는 이름자가 그 사람의 성품을 보여 주듯 반듯했다. 왠지 펼쳐 보지 않아도 그 사람의 훤칠한 모습이 떠오르는 듯해 열이 오르는 것을 감추기 힘들었다.

"너 어떻게 된 거니?"

"음, 아까 보니까 삼월이가 이 공자님 댁으로 심부름 가더라고. 그래서 내가 대신 다녀왔지."

올해 이화와 정혼한 이 공자는 이린의 눈에도 꽤 괜찮아 보이는 사람이었다. 반듯해 보이는 얼굴이나 행동거지도 마음에 들었고 무엇보다 언니 이화를 아끼는 것이 확실해 보여 더욱 마음에 들었다.

나라 안팎으로 일들이 많아 조혼이 성행하고 있었다. 그런 시국에 언니가 얼마 후면 시집을 가게 될 집안의 사내가 괜찮은 사람이라 다행이라고 생각한 이린이었다.

"가서 결례를 저지른 것은 아니지?"

"아니야, 어른들께 인사도 잘 드리고 오라버니한테 인사도 드렸어. 고맙다고 당과도 주시던걸."

자유로운 가풍인 이 대감 댁인지라 어린 이린이 남복을 하고 방문하는 것을 꺼리지 않았다. 이화는 웃으며 동생이 품에서 꺼내 보이는 당과를 하나 집어 입에 물려 주었다.

"언니도 먹어, 아주 맛나."

"난 괜찮으니 어서 먹으렴."

정혼자에게 받은 연서를 읽는 언니의 표정이 여느 때보다 부드러웠다. 역시 무리하더라도 오라버니를 만나 받아 오길 잘했다고 자찬하며 린은 달콤한 당과를 하나 더 베어 물었다.

"너무 많이 먹으면 식사 못 하니 그만 먹어."

"요거 하나만 더 먹을게."

못내 아쉬워 하나를 더 집어 든 이린이 언니의 곱다란 모습을 바라보았다. 창으로 들어오는 햇살을 받으며 편지를 읽는 언니의 모습이 너무나도 눈부셨다. 혼례를 얼마 앞두지 않아서 그런지 언니의 모습이 어여뻤다. 은애하는 사람을 만난 것도 그 사람이 믿음직한 사람인 것도 참으로 다행이었다.

따로 표현하는 것은 아니었지만 이린은 언니가 너무나도 좋았다. 오라버니들도 좋았지만 하나뿐인 언니는 그녀에게 있어 어릴 적 돌아가셔서 한 번도 겪어 보지 못한 어머니나 마찬가지였다.

"참, 이린아. 이것 좀 입어 보렴."

연서를 다 읽은 이화가 일어나 벽장문을 열었다. 고이 정리되어 있는 벽장 속에는 자그마한 연분홍빛 보자기가 무언가를 감싸고 있었다.

“이게 뭔데?”

급한 성격답게 이린은 궁금한 것을 참지 못하고 눈앞에 놓여 있는 보자기의 매듭을 풀었다. 보자기 속에서 나온 것은 하늘하늘한 비단으로 지어진 어여쁜 옷이었다.

“이거 설마?”

“언니 혼례 때 너 입으라고 직접 만든 거야. 조금 넉넉히 만들긴 했는데 한번 입어 보련.”

하늘하늘한 것과는 거리가 먼 이린이었지만 차마 언니가 손수 만들었다는 옷을 거절하긴 힘들었다. 그것도 혼례가 얼마 남지 않아 준비하느라 바쁘기 그지없는 언니가 짬을 내서 만든 것일 텐데…….

“나 이런 거 잘 입을 줄도 모르는데…….”

쑥스러워하는 것이 분명한 붉어진 얼굴로 이린은 언니가 도와주는 대로 옷을 입었다.

“어머나, 너무 어여쁘다, 우리 이린이. 자, 머리도 해 보자.”

“으엑, 나 머리는 좀…….”

머리는 사양해 달라고 말하려던 이린은 온화하게 미소만 짓고 있는 언니의 모습에 포옥 작은 한숨을 내쉬며 고스란히 머리통을 내밀었다. 저런 미소를 짓고 있는 언니가 세상에서 제일 강했다.

“에고, 우리 어여쁜 이린이. 이렇게 어여쁜데 검댕이나 묻히고 다니고……. 이런 투박한 옷보다는 비단이 훨씬 어울릴 텐데…….”

무척 안타깝다는 듯 혀까지 차 가며 이화는 어린 동생의 머리칼을 한 올 한 올 따 올렸다. 가지고 있는 나비 머리 장신구를 올려 주고 고름에 황금 투각된 노리개까지 달아 주자 어여쁘기 그지없는 소녀가 방에 있었다.

"어머나. 이린아 면경을 보렴."

이화의 말에 면경을 본 이린의 볼이 절로 붉어졌다. 남복한 자신의 모습이 거짓말처럼 거울 안에는 어딜 보아도 여인임을 알 수 있는 소녀가 있었다. 왠지 부끄러운 마음이 들어 이린은 목을 가다듬으며 장신구를 매만졌다.

"언니, 이거 뭐야? 황금 아니야?"

"응, 어머님 유품이란다. 소중히 간직해 주렴."

이곳저곳 돌아다니는 것만큼이나 이린은 여러 가지 지식도 많이 가지고 있었다. 집안의 서책이라는 서책은 읽지 않은 것이 없었고, 장돌뱅이처럼 시전을 돌아다니며 이것저것 묻고 다니는 통에 잡다한 지식들도 많았다. 그래서 자신의 가슴에 달린 노리개가 황금 투각이 된 귀한 것이라는 걸 단번에 알 수 있었다.

이화의 한마디에 이린은 조용히 입을 다물고 투각된 노리개를 만지작거렸다. 그렇게 조용했던 자매는 어느 순간 시끌벅적해진 밖의 상황에 고개를 갸웃댔다.

"왜 이렇게 시끄럽지?"

"그러게……. 언니, 내가 잠깐 살펴볼게."

조용한 성품의 아버지로 인해 집안은 웬만한 일이 없고선 고요했다. 뛰어다니며 장난치는 이린 외엔 가솔들도 최대한 행동을 조심하곤 했다. 의아함을 느끼며 이린은 빼꼼 고개를 내밀었다. 가솔들이 우왕좌왕 뛰어다니고 어느새 집 안으로 들어온 병사들이 무언가를 찾는 듯 헤집고 다니고 있었다.

여인이지만 마을을 제집처럼 돌아다니던 이린은 병사들이 찾는 것이 무엇인지 알 수 있었다. 작은 얼굴이 하얗게 질렸다.

"언니, 어서 숨어."

"뭐?"

이린은 깜짝 놀라 밖을 내다보려는 이화의 손을 잡고 방을 둘러보았다. 자신의 옷을 꺼냈던 벽장이 눈에 띄었다.

"이곳으로 들어가, 언니. 절대 나오면 안 돼."

"무슨 말이야, 린아. 지금 너……."

이화가 불안감에 저항해 보려 했지만 오라버니들과 함께 체력훈련까지 받고 있는 이린의 힘이 더 세었다. 언니를 억지로 벽장에 넣은 이린은 주변에 놓여 있는 막대기로 벽장문을 걸어 잠갔다. 혹시라도 언니가 나오면 큰일 나기에.

"언니, 절대 나오면 안 돼. 소리도 내면 안 되고, 좀 진정되면 그때 나와."

"이린아."

"꼭 그래야 해. 좀 진정되면 내가 부를게, 지금 사람들이 언니 잡으러 온 거니까 언니만 잘 숨어 있으면 돼."

잡으러 왔다는 말에 이화가 깜짝 놀란 가슴을 겨우 진정시켰다.

진천국과의 전쟁에서 패한 뒤 해마다 보내어지는 공녀의 수는 점점 늘어만 갔다.

얼마 전부터는 양반가 여식 중에서도 공녀를 보낸다는 이야기가 있었다. 그에 불안해하던 그녀의 아버지와 이 공자의 가문에서도 후년으로 생각했던 혼인을 앞당겨 왔던 것이었다.

다행히 이해한 듯 언니의 기척이 잠잠해지자 이린은 입술을 깨물었다. 어린 나이였지만 주변 상황을 보는 눈이 빠삭하던 이린이었다. 얼마 전 함께 이야기하던 동무가 공녀로 끌려가는 것을 본 적도 있었다.

그리고 이화를 숨기는 것만으로 끝나지 않는 것도 알고 있었다.

'누군가 공녀로 가야 한다면…….'

이린은 자신의 옷차림을 스윽 둘러보았다. 평소였다면 무리겠지만 다행히 언니가 차려 준 옷을 입고 있어서인지 나이보다 성숙해 보였다. 그리고 눈에 띈 주머니에 노리개와 머리 장식을 빼 넣었다. 언니에겐 미안하지만 몇 가지 패물을 집어넣었다.

잠시 언니가 웅크리고 있을 문을 바라보던 이린이 눈을 감았다. 바깥의 소란스러움이 점점 커지고 있었다.

'미안해, 언니.'

드르륵.

조용히 문을 열어 보니 마당의 모습이 눈에 들어왔다. 가솔들은 물론이고 조용하신 아버님과 오라버니들까지 모두 나와 있었다. 혼인을 하지 않은 시녀 삼월이 병사들 쪽으로 잡혀가 있었다.

가족을 보며 흐느끼는 삼월의 모습에 린은 절로 몸이 떨려 왔지만 주먹을 꽉 쥐었다.

'정신 차려, 서문이린.'

가물가물 흐려지려는 시야 사이로 호통을 치는 아버님의 목소리가 들려왔다.

"이 무슨 짓들인가. 아무리 공녀를 차출해야 한다지만 이 무슨 행패란 말인가."

양반 댁의 일인지라 병사들 중 대장으로 보이는 이가 앞으로 나섰다.

"송구합니다, 대감님. 공녀의 수가 모자라 어쩔 수 없습니다. 전하의 명이십니다."

전하의 명이라는 말에 서문 대감은 몸을 부르르 떨었다. 작금의 주상이 얼마나 나약하고 휘둘리는 이인지 잘 알고 있는 서문 대감이었다. 진천국과의 무리한 전쟁으로 백성들을 구렁텅이로 빠뜨렸을 뿐 아니라 전쟁 후 수습조차 하지 못한 채 백성들을 제물로 바치고 있었다. 그 신물 나는 모습에 스스로 조정을 떠나 칩거하지 않았던가.

"다른 것은 다 가져가도 좋네. 재물이라면 얼마든지 내놓을 테니, 이 아이들을 좀 봐주게. 얼마 있지 않아 혼례를 올릴 아이들이란 말이네."

"송구하오나 불가합니다. 공녀의 숫자가 부족하여 이 댁의 따님이신 이화 아가씨와 이린 아가씨도 대상에 계십니다요."

딸이라는 말에 그래도 담담한 안색을 유지하던 서문 대감의 얼굴이 흙빛으로 변했다가 노기를 띠었다. 더군다나 둘째인 이린은 이제 열세 살이지 않은가.

"네 이놈. 감히 내 딸들을……."

"송구하옵니다, 대감. 소인은 명을 따를 뿐인지라……."

여타 양반들과는 달리 청렴하기 그지없는 대감이란 것을 잘 알고 있는 관찰감은 속으로 안타까움에 혀를 찼다. 아무리 공녀가 모자라다 하지만 이런 대갓집의 아가씨가 대상이라니……. 더군다나 둘째딸의 나이는 이제 겨우 열셋이었다. 아직 열 살이 되지 않아 대상이 안 된 자신의 딸을 생각하면 그도 마음이 아팠지만 어쩔 도리가 없었다.

"이놈들! 그리는 못 한다. 차라리 나를 죽이거라!"

"아버님."

그 경악스런 소리에 서문 대감이 노기를 터뜨리자 큰아들이 대감을 부축했다. 그로서도 혼례를 앞둔 여동생과 이제 열세 살의 철부지 둘째 동생을 공녀로 데려간다는 소리에 평정을 찾을 수가 없었다.

"이보게들, 한 번만 봐주시게. 내 무엇이라도 할 터이니 그 아이들만은 건들지 말아 주게."

"진정 죄송합니다, 공자. 제가 어찌할 수 있는 부분이 아닌지라……."

대장의 표정에 담겨 있는 진실함에 이문은 어찌할 수 없는 무력함에 주먹을 움켜쥐었다. 나라에서 국왕의 이름으로 시행되는 일을 그가 막을 수는 없었다.

"오라버니."

작은 목소리와 함께 방문이 열렸다. 밖의 상황을 살피고 있던 이린이 예상하던 일이 기어이 벌어지자 더 큰 희생이 있기 전에 나온 것이다.

"아니 된다. 나오면 아니 돼."

그 소리에 반응한 사람은 서문 대감이었다. 마치 실성한 사람인 양 그는 마당을 향해 걸어 나오는 인영을 보며 몸부림쳤다.

"너 어찌 이곳을……. 이 아이는 내 딸이 아니다. 아직 어린아이니……."

믿기지도 않을, 앞뒤도 맞지 않는 말을 뱉으며 몸부림치는 서문 대감을 몸으로 잡으며 이문이 고개를 숙였다. 더 큰 문제가 생기기 전에 나오는 동생의 모습을 차마 마주 볼 수가 없었다.

"아가씨 이름이……."

"언니는 지금 몸이 안 좋아서 누워 있어요. 도저히 공녀로 데려갈 수 없는 상황이에요."

언니를 대신해 갈 생각이었던 이린은 언니뿐 아니라 자신도 대상이라는 소리에 어찌해야 할지 판단할 수가 없었다.

"서문이린 아가씨 되십니까?"

"그렇습니다."

"송구하지만 병의 유무는 저희가 판단해야 합니다. 힘들겠지만 언니분도 함께 가셔야겠습니다. 따라 주십시오."

어린 이린의 눈망울에 담긴 간절함에 감찰관도 마음이 약해졌지만 어쩔 수가 없었다. 병을 핑계로 차출을 피하려는 이들이 워낙 많아 나라에서는 그들을 직접 궁으로 불러들인 뒤 건강한 이들을 공녀로 보내었다.

"언니…… 다음 달이면 혼례를 치러요……. 제가 가는데 어떻게 안 되나요?"

열세 살이라 하였다. 아직 솜털도 가시지 않은 어린 눈망울이 언니를 대신해 자신을 데려가라 하는데 어찌 약해지지 않으리. 감찰관은 마음 같아선 정말 봐주고 싶었지만 할당 공녀가 모자라면 그만큼 다른 이들이 차출되는 것을 잘 알고 있었다. 그리고 그 대상은 자신의 딸이 될 수도 있다는 것을 누구보다 잘 알고 있었다.

"……송구합니다."

감찰관의 눈에 어린 안타까움에 이린은 고개를 숙였다. 이들이 아무 죄도 없다는 것을 알고 있지만 원망스러운 마음이 드는 것은 어쩔 수 없었다.

"어디 계신지요?"

"제가 들어가서 데리고 올게요……. 잠시만요."

감찰관에게 말한 뒤 방으로 들어온 이린은 고정시켜 놓은 걸쇠를 열었다. 그에 안에서 몸을 웅크리고 있는 언니의 모습이 보였다.

"언니……."

"이린아, 어찌 된 거야?"

"어서 급한 대로 짐을 챙겨."

하지만 이린의 말에도 이화는 아무런 반응을 보이지 않았다. 그런 언니의 모습에 입술을 깨문 이린이 적당히 짐을 챙겼다.

"언니, 언니도 어서……."

정신을 놓고 있을 때가 아니기에 이화를 재촉하려던 이린은 이화의 눈동자에서 눈물이 흘러내리자 주먹을 꽉 쥐었다. 정혼자도 있는 데다가 심약하기까지 한 언니가 견디기 힘들 거라는 걸 잘 알고 있었다.

"언니, 정신 차려야 해. 지금 이러고 있을 수 없어."

손까지 잡으며 말했지만 이화의 초점 없는 눈동자는 돌아오지 않았다. 어찌해야 하나 고민하고 있을 때 밖에서 재촉하는 목소리가 들려왔다. 더는 지체할 수 없다 생각한 이린이 이화의 손을 이끌고 밖으로 나섰다.

"이화야, 이린아."

통곡하듯 뛰어와 이화와 이린을 껴안는 서문 대감의 모습에 이린은 자신도 모르게 눈물이 흐르려는 것을 겨우 참았다.

"아버님, 괜찮아요. 너무 걱정하지 마세요. 네?"

하지만 이린의 말에도 서문 대감은 그녀들을 껴안은 손을 풀지 않았다. 더욱 세게 껴안았을 뿐이다. 겨우 그 품에서 손을 든 이린이 서문 대감의 얼굴을 만지며 미소 지었다.

"건강하셔야 해요. 아셨죠? 저랑 꼭 약속하세요."

"그래…… 꼭 지키마. 너희도 꼭……."

말을 채 잇지 못하고 무너지는 아버지의 모습에 이린은 근처에 있는 큰오라버니를 바라보았다. 그녀의 뜻을 알아차린 듯 이문이 서문 대감을 부축했다.

"이린아……."

"너무 걱정 마세요. 아버님 잘 부탁드리고요."

가장 힘든 상황일 텐데도 의연하고 침착하게 대처하는 막냇동생의 모습에 이문이 흐르려는 눈물을 참으며 고개를 끄덕였다.

"걱정 말고 너희 몸부터 잘 챙겨야 한다……. 알겠지?"

"네, 걱정 마세요. 저도, 언니도 잘 지낼게요."

오라버니에게 말한 이린은 반실신이 되어 주저앉아 있는 아버지를 바라보았다. 엄하셨지만 막내딸인 그녀를 무척 어여삐 여겨 하고 싶다는 일은 언제나 지지해 주셨던 분이다. 여인임에도 여느 사내들처럼 차별 없이 배우고 사내 복색을 하고 다녔던 것 또한 아버지 덕분이었다.

"아버님, 언제나 건강하셔야 합니다."

큰절을 올린 뒤 무어라 말을 이으면 눈물을 참아 내기 힘들 것 같아 이린이 몸을 돌렸다.

"이제 가시지요."

규중에서만 곱게 자랐을 어린 아가씨가 타국의 공녀로 끌려가는 모습에 병사들의 마음도 좋지 않았다.

"안 된다. 절대 데려갈 수 없어."

큰 외침과 함께 사람들의 이목이 집중되었다. 모두가 망연자실하는 그곳에 검을 든 헌헌장부가 표정을 굳힌 채 서 있었다.

"이 공자님."

언니인 이화의 약혼자인 이 공자였다. 이린이 깜짝 놀라 외친 한마디에 고개를 숙인 채 정신을 차리지 못하고 있던 이화의 고개가 들렸다. 눈물 가득한 세상에서 그리워하던 한 사람이 보였다.

"이…… 이 공자……님."

"이화 아가씨. 이대로 보낼 수 없습니다."

이화를 뒤로 감추듯 다가온 이 공자가 병사들을 노려보며 검을 들었다.

"후우, 공자님. 검을 내려놓으시지요."

감찰관이 상황을 판단하고 좋게 해결하고자 말했지만 이 공자는 흔들리지 않았다. 다음 달이면 은애하던 이화와 혼례를 올리게 되어 얼마나 기다리고 또 기다렸던가. 그런데 공녀라니.

"제가 길을 뚫겠습니다, 하니 저와 함께……."

"이 공자님……."

눈물을 글썽이며 이화가 고개를 끄덕였다. 도망자가 되어 평생을 쫓겨 사는 한이 있더라도 이 사람과 생을 같이하고 싶었다.

"어쩔 수 없군요. 여봐라, 제압하라."

감찰관의 말에 병사들이 움직이기 시작하자 이 공자가 검을 휘둘렀다. 문사이긴 하나 어릴 적부터 다져 온 검술 실력으로 병사

두어 명이 쓰러졌다. 감찰관이 어찌해야 하나 망설이고 있을 때 이화와 이린의 손을 잡은 이 공자가 대문 쪽으로 달려갔다. 대문을 지키고 있던 병사 한 명도 마저 쓰러뜨리고 대문에 손을 댄 순간 이 공자의 몸이 굳었다.

"고, 공자님?"

드디어 탈출할 수 있다고 생각하던 이화가 움직이지 않는 이 공자를 보고 의아해서 물었지만 이 공자에게서 돌아오는 대답은 없었다. 그리고 이 공자의 뒷목에 꽂혀 있는 화살을 발견하였다.

"꺄아아악!"

거짓말처럼 이 공자의 몸이 무너지듯 쓰러져 버렸다. 비명을 지르며 이 공자를 끌어안는 이화를 제외한 다른 이들은 끔찍한 상황에 움직이지도 못했다.

"안 돼!"

처절한 이화의 비명 소리와 함께 사뿐히 다가온 이는 떨리는 궁을 잡고 있었다. 지연되는 것을 의아하게 생각하고 와 보았던 다른 부관이었다.

"이 대체 무슨 일인가? 이리 지연되지 않도록 손을 썼어야지. 쯧."

그 말에 감찰관이 한숨을 내쉬었다. 어떻게든 자신의 선에서 좋게 해결하려 했는데 이런 비극이 벌어지고 만 것이다.

"그렇다고 무작정 활을 쏘면 어찌하나."

"그럼 도망가게 놔두라고? 자네 하나로 인해 우리도 문책을 받을 수 있다는 것을 모른단 말인가."

그 말에 감찰관은 아무 말도 하지 못한 채 고개를 숙였다. 동료의 말처럼 이들을 잡아가지 못하면 그도 큰 문책을 받을 것임을 알고 있으면서도 내심 그들이 도망가거나 좋게 해결되기를 바랐던 것이다.

"그래도 양반가의 자제를……."

"전하의 엄명이네. 공녀 차출이 얼마나 중요한 일이지 자네도 잘 알고 있지 않나. 이 일을 보고하지는 않겠지만 앞으로 조심해야 할 거야."

"그래…… 알겠네, 내 잊지 않음세."

그 말을 듣자 활을 쏜 부관이 세 사람에게로 다가갔다. 화살을 맞은 채 피를 흘리고 있는 이 공자와 실성한 듯 울부짖는 이화, 굳어선 움직이지 못하는 이린. 그야말로 아비규환의 모습이었지만 그는 보이지 않는 듯 태연하게 움직였다.

"쯧, 어서 가지요. 아가씨가 그리 행동하니 애꿎은 사람 하나 다치지 않았습니까."

이화의 팔을 쥐며 일으키려 하자 이화가 거칠게 뿌리치며 다시 이 공자에게로 엎어졌다. 뿌리친 손에 의해 얼굴에 생채기가 난 부관의 얼굴이 사나워졌다.

"이, 이게 곱게 얘기해 주니까!"

짜악.

이화의 눈물 가득한 얼굴이 한쪽으로 돌아갔다. 어찌나 센 힘이었는지 금세 볼이 부풀어 오르는 이화의 모습에 이린이 깜짝 놀라 언니에게로 무릎걸음으로 다가갔다.

“언니, 언니 괜찮아?”

“에잇. 공녀는 될 수 있으면 건드리지 않으려고 했는데……. 가지가지 하는구먼.”

부관의 말에 이린이 노려보았고 그 눈빛에 부관이 미간을 찌푸리며 그녀를 노려보았다.

“이게. 그 눈빛은 뭐냐!”

“이만하게. 더 이상 소란을 피워 보아야 무엇이 좋겠는가.”

다른 감찰관이 다가와 중재를 하자 부관은 이린을 노려보다 고개를 돌렸다.

“이제 자네가 잘 수습하도록 하게.”

부관이 사라지자 이린은 넋을 놓은 듯한 언니를 바라보았다. 숨을 헐떡이던 이 공자는 어느새 미동도 없었다. 그런 이 공자의 얼굴을 매만지던 이화가 문득 주변을 둘러보았다. 눈물 흘리는 아버지의 모습과 오라버니들, 가솔들이 보였다. 그리고 자신의 손을 꼭 붙잡고 있는 어린 여동생까지.

“이린아……. 미안해.”

“어? 무슨…… 언니!”

어디서 나온 힘이었을까.

가냘프기 그지없는 손으로 품속에서 무언가를 꺼낸 이화가 미소 지으며 자신의 가슴을 찔렀다. 끔찍하리만치 선명하게 들려오는 칼날 박히는 소리에 이린은 바들바들 떨며 손을 뻗었지만 이화가 좀 더 빨랐다.

이화의 가냘픈 가슴을 찌른 날카로운 그것은 그녀의 여린 생명을 앗아 가고 있었다.

"아, 안 돼……. 안 돼, 언니."

옷깃을 적시는 붉은 피를 떨리는 손으로 닦아 내며 이린은 이화의 가슴에 박힌 칼을 빼내지도 못한 채 언니를 불렀다. 그 단어밖에 모르는 사람처럼 눈물 흘리며 언니를 부르는 모습에 굳었던 사람들 사이로 한 노인이 뛰어왔다.

"이화야, 이화야!"

눈물인지 피눈물인지 모를 것을 흘리며 생명이 사그라져 가는 딸을 품에 안은 서문 대감이 통곡했다.

"송구……합니다, 아버님……. 먼저 가는…… 불효를 용서하세요……."

"이화야, 너 어찌……."

"언니, 언니, 정신 차려 봐."

비명 소리와 고함이 아득히 먼 곳으로 사라져 가는 것을 느끼며 이화는 눈물을 흘렸다. 사랑하는 이들을 한 명 한 명 응시한 그녀는 싸늘하게 식어 가고 있는 이를 향해 시선을 고정시켰다. 그러곤 온 힘을 다해 손을 뻗어 그의 손을 잡은 뒤 눈을 감았다.

"이화야!"

서문 대감댁의 비통한 울음소리가 집안 가득히 울려 퍼졌다.

그 참담하고도 끔찍한 사태에 어느 하나 움직이지도 못하고 있을 즈음 돌아가려던 부관이 다시 다가왔다. 그로서는 이 슬프고 비극적인 사태보다는 자신에게 닥칠 불이익이 걱정인 모양이었다.

"쯧, 그러게 고분고분히 따라왔으면 될 것을……. 어서 다른 계집들이라도 데려가자고. 여봐라, 이들을 어서 포박해라."

부관의 호통에 병사들이 움찔움찔 몸을 움직였다. 차마 데려가고 싶지 않았지만 그는 울부짖는 이린과 식솔들을 떼어 놓은 뒤 이끌었다.

"잠시, 잠시만요. 따라갈 테니 잠시만……."

끌려가면서도 간절하게 그들에게 말한 이린이 망연자실하게 넋을 놓은 듯한 서문 대감에게 무릎걸음으로 다가갔다.

"아버님, 저 건강할 거예요. 그러니까……. 그러니까 아버님도 꼭 몸 챙기셔야 해요."

"이린……아."

"꼭이에요. 저와 꼭 약속해 주세요."

"그래……. 그래, 꼭 약조하마."

서문 대감의 말에 이린이 희미하게 미소 지으며 싸늘하게 식어가는 언니와 이 공자의 모습을 바라보았다. 오늘 아침까지만 해도 이러한 상황이 벌어질 줄 누가 알았을까. 이 비극은 누구로 인한 것일까.

"아가씨, 이만 가셔야……."

"네, 가겠어요."

일으켜 세우는 병사들에게 고개를 끄덕이며 이린은 후들거리는 발에 겨우 힘을 주었다. 그렇게 벚꽃이 만개했던 그해, 이린의 어린 시절은 끝을 고했다.

1장

허억. 허억.

굴비 두름처럼 묶여 있는 여인들이 산길을 걷고 있었다. 도망을 칠지도 모른다는 명목에 밧줄로 허리를 묶고 한 손에는 가지고 온 짐을 들고 있는 여인들은 한눈에 보기에도 지쳐 보였다.

털썩.

“꺄악.”

한 여인이 지친 숨을 내쉬다 자리에 쓰러져 버렸다. 그에 자동적으로 앞뒤로 걷고 있던 여인들도 쓰러지거나 멈춰 버리고 말았다.

“에잇, 뭐야!”

행렬이 멈추자 병졸 하나가 달려왔다. 이윽고 쓰러진 여인과 그 곁에 몰려 있는 여인들을 보고는 소리쳤다.

“어서 일어나지 못해! 일어나란 말이다!”

이러다 무기라도 꺼내지 않을까 싶어 여인들은 오들오들 떨기만 했다. 부디 쓰러진 여인이 어서 일어나길 바랐지만 이미 정신을 잃은 듯 앳된 여인은 일어날 줄을 몰랐다.

“젠장, 재수가 없으려니.”

여인들이 견디기 힘든 빡빡한 일정이었지만 병사에게 그런 이해심이란 없었다. 그들에게 서화국의 공녀는 귀찮은 포로 그 이상도 이하도 아니었다. 어차피 수도로 가는 공녀의 수는 바친 후 집계되는 것이었고 가는 동안 죽어 넘어간 공녀들은 다시 서화국에서 채워 넣을 터였다.

오히려 지체되는 시간이 길어질수록 상관으로부터 징계를 받을 뿐이니 그들에게 서화국 공녀의 목숨이란 중요치 않았다.

“제가 책임지고 가겠습니다. 제발 봐주세요.”

벌써 며칠째 이어진 행군에도 또렷한 목소리였다. 하지만 목소리에 비해 나선 여인은 여인이라고 보기엔 모자랄 정도로 왜소해 보이는 소녀였다.

“네가 책임진다고?”

“예, 제가 부축할게요.”

“……기다려야 되는 일이 생기면 너도 베어 버릴 거다.”

눈가에 가득한 짜증과 살기에서 병사의 말이 진심임을 느낄 수 있었지만 이린은 이를 악물며 고개를 끄덕였다. 힘들다는 것은 알고 있지만 그녀는 동무나 다름없는 삼월을 언니처럼 그렇게 허망하게 보낼 수는 없었다.

"제가 잘 부축할게요."

그렇게 말하며 이린은 자신보다 살짝 큰 삼월을 주변 사람들의 도움을 받아 업었다. 혹 빠질까 싶어 보따리는 앞으로 단단히 동여맨 뒤 무거운 발걸음을 옮겼다.

얼마나 시간이 흘렀을까.

"잠깐 쉰다."

대장으로 보이는 이의 말에 뿔피리가 울려 퍼지고 하나둘 지친 발걸음을 멈추었다. 혼자도 힘든 산길을 삼월까지 업고 걸음을 옮기던 이린이 주저앉듯 자리에 삼월을 내려놓았다. 다행히 아까보단 상태가 좀 나아 보였다.

"얘, 이거라도 좀 마셔."

순박해 보이는 처녀가 물그릇을 내밀었다. 고마움에 이린은 희미하게 웃으며 받아 들었다.

"고맙습니다."

"너도 참 오지랖이다. 네 몸 간수하기도 힘든데 이 아이까지 돌보고……."

"아니에요. 제 동무나 다름없는걸요."

그 일이 일어난 지 열흘.

서화국의 국경을 넘어온 지도 사흘이 지나가고 있었다. 끔찍하기 그지없는 열흘간이었지만 이린은 아무런 고통도 느끼지 못하고 있었다. 언니 이화를 그렇게 떠나보내고 난 뒤 감정의 한군데가 망가진 사람처럼 이린은 고통이 느껴지지 않았다. 아무리 힘들어도 눈물조차 나오질 않았다.

하지만 그렇다고 해서 주변에게 무심한 것은 아니었다. 언니 이화와 같은 공녀가 나오지 않길 바라는 마음에 삼월을 더욱 챙겼고 눈에 보이는 다른 여인들을 다독여 가며 발걸음을 옮겼다.

공녀로 보내는 인원을 맞추기 위해 서화국에서 쏟는 정성은 정말 눈물 날 지경이었다. 어마어마한 병력을 배치하는 것은 물론이고 국경을 넘기 전까진 마치 동물처럼 손발이 묶인 채 불편하게 걸어야 했다. 모두 공녀의 도주를 방지하기 위해서였다.

오히려 국경을 넘어 정해진 공녀 수를 진천국에 넘기고 나니 차라리 감시는 느슨해졌다. 하지만 정해진 기간에 공녀를 보내야 했는지 무리한 일정을 강요하고 있었다. 그 와중에 낙오되고 죽어 간 공녀들도 수십이 넘었다.

"으음……."

"삼월 언니, 정신이 들어?"

신음 소리에 멍하니 다리를 주무르던 이린이 삼월을 바라보았다. 정신이 드는지 눈을 깜빡이고 있었다.

"물 좀 마셔."

"아, 아가씨……."

꼴깍꼴깍 물을 넘기는 삼월을 보며 이린은 안도의 숨을 내쉬었다. 그나마 다른 여인들보다 체력은 따라 주었지만 아직 어린 이린이 비슷한 체구의 삼월을 업는 것은 매우 힘든 것이었다. 휴식 시간이 지나고 나면 어찌하나 걱정했는데 다행히 정신을 차렸다.

"너 정말 다행인 줄 알아. 이 아이가 너 안 업고 왔으면 그 자리에서 죽었을 거야."

뾰족이 말하는 소녀의 말에 삼월이 눈물을 글썽이며 이린을 바라보았다.

"아가씨, 전……."

"아무 말 말고 어서 이거 먹어. 뭐라도 먹어야 기운을 차리지."

식사로 나온 거친 주먹밥을 삼월에게 쥐여 주며 이린은 자신의 몫으로 나온 주먹밥을 베어 물었다. 집안에 있을 땐 한 번도 먹지 못했던 거친 음식이었지만 지금은 이것도 감지덕지였다.

"그런데 넌 정말 몇 살이니? 아직 어려 보이는데……."

올해로 열여섯 살이라는 이수는 아직 어려 보이는 이린을 보고 고개를 갸웃했다. 어린 나이라도 상관없이 혼례를 치르지 않은 이들은 다 잡아 온다지만 그래도 눈앞의 아이는 정말 어려 보였다.

"열셋이에요. 체구가 작아서 그래요."

아무렇지 않게 대답하는 이린을 보며 삼월은 안타까운 눈빛을 감추지 못했다. 귀한 집안에서 곱게 자란 아가씨였다. 그리고 공녀로 끌려오던 날 얼마나 끔찍한 일을 당했는지 누구보다 잘 알고 있는 삼월이었다.

그 이후 이린이 밝게 웃은 적이 한 번도 없다는 것 또한 잘 알고 있었다. 물론 희미하게 미소를 머금을 때도 있었지만 어린 시절부터 이린을 잘 알고 있는 삼월은 그녀가 얼마나 맑게 웃는지 잘 아는 이였다.

대갓집 아가씨 같지 않게 말괄량이지만, 품성이 매우 착하다는 것을 알고 있는 삼월이었다. 그저 눈물만 흘릴 수밖에 없었다.

"흐음, 제법 이름난 집안 아가씨 같은데……. 어쩌다 오게 되었대?"

"대단한 가문은 아니에요. 이수 언닌요?"

"어? 나야 뭐…… 말해 뭐 하겠어. 한때는 괜찮은 관직에 있었다고도 하는데 다 옛말이지."

들어 보니 이수의 가문은 한때 군권을 쥐기도 했던 황씨 가문이었다. 아버님과 마찬가지로 초야로 내려왔다고 하던데…….

"생각보다 덤덤하시네요."

"뭐, 워낙 기울어 가던 집안이라. 양반 댁 공녀는 황궁의 상궁으로 간다 하더라고. 최소한 굶지는 않겠지."

명맥만 겨우 잇고 있는 양반 댁의 규수.

예의와 체면을 중시하는 아버님으로 인해 오라버니들도 집안을 돌보지 않았으며 겨우 날품팔이를 하며 생계를 이끌던 어머니도 작년에 돌아가셨다. 그렇게 어머니마저 돌아가시자 이수는 집안에 남아 있던 모든 미련이 사라짐을 느낄 수 있었다.

씁쓸한 표정에 감추어진 안타까움에 이린은 조용히 말을 아꼈다.

“그래도 무척 강하시네요. 마음도 긍정적이시고요. 분명 진천국에서도 잘 지낼 수 있을 거예요.”

자신보다 훨씬 작은 아이의 희망적인 말투에 이수는 살짝 아이를 바라보았다. 맑고 깨끗한 얼굴. 공녀로 끌려왔음에도 소녀에게선 오히려 담담한 기색마저 엿보였다. 철이 없거나 현실을 직시하지 못해서라기보단 본래 성품이 그러한 듯, 어느새 소녀의 곁에 앉아 있는 여인들은 그 기운을 받기라도 한 듯 조금씩 침착함이 감돌고 있었다.

처음에는 호기심 때문에 말을 걸어 본 것이었다. 자기 몸 하나도 챙기기 힘든 때에 아무리 동무와 같다고 하지만 몸종을 챙기는 소녀라니. 땀을 뻘뻘 흘리면서도, 비틀대면서도 놓지 않는 모습이 놀라웠다.

“너는 참 희한한 아이구나. 이런 상황에서…….”

“하하, 제가 좀 그런 얘기 들어요.”

머리를 긁적이던 이린은 앉아서 쉬던 돌 근처에 피어 있는 풀을 보고는 눈을 크게 떴다.

“앗, 이건……. 삼지구엽초잖아.”

“삼지……구엽초? 그게 뭔데?”

“이거 상처 난 데에 붙이면……. 아주 좋아요. 엄청 많네요. 그때 이것만 있었어도…….”

중얼거리는 이린의 눈매가 어딘가의 먼 곳을 헤매는 듯 아련해졌다. 약초가 가까운 데 있었더라면 이 공자를 혹시 살릴 수 있지 않았을까. 그렇다면 이화 언니도 그리 허망하게 가지는 않았을 텐데 하는 헛된 희망.

그리 부질없는 생각을 하며 이린은 주변에 피어 있는 삼지구엽초를 땄다. 지금 쓸 일은 없지만 혹 누가 다치기라도 하면 쓰이지 않을까 싶어 이린의 손놀림이 매우 빨랐다.

그러곤 근처에서 주먹밥을 먹고 있는 여인에게 다가갔다.

"이거 상처 난 데에 붙이세요. 회복에 도움이 될 거예요."

"고, 고마워요……."

고맙다는 여인에게 살짝 웃어 준 이린은 주변을 둘레둘레 살펴보면서 상처가 보이는 이에게 일일이 찾아가 약초를 나눠 주었다. 그런 소녀의 모습에 냉혹하기만 하던 진천국 병사들도 흘끔흘끔 쳐다보고 있었다. 그들이 냉혹하게 대하긴 했으나 공녀가 얼마나 서글픈 존재인지는 알고 있었다. 그런 비참한 현실에서 보여 주는 작은 아이의 선의는 왠지 자신을 돌아보게 만들고 있었다.

"이봐, 나도 상처 난 곳이 있는데 좀 줄 수 있나?"

"아, 정말요? 여기 한번 붙여 보세요. 좀 쓰리긴 해도 효과가 꽤 괜찮거든요."

"큼큼."

상처 난 곳이 손 닿기 불편한 곳인지라 이린이 직접 붙여 주자 민망한 듯 병사가 다른 곳을 바라보며 헛기침을 했다. 이린이 웃어 주었다.

"다 되었습니다. 앞으로 요렇게 생긴 풀 있으면 붙이셔도 괜찮아요. 주변에서 쉽게 볼 수 있는 풀이거든요."

맑게 웃는 이린의 모습에 병사는 문득 집에 두고 온 누이가 생각났다. 나이 차이가 좀 나는 누이도 이렇게 맑게 웃어 보였다.

"몇 살……이지?"

"열세 살이에요."

"……나이도 똑같군, 빌어먹을."

작은 속삭임이었지만 린도 알아들었다. 나라가 다르듯 사람도 달랐다. 공녀를 귀찮게 여기고 핍박하는 이들도 있었지만 이 사람처럼 불쌍히 여기는 사람도 있었다. 그에 이린은 고개를 숙이며 나긋이 웃어 보였다.

"상처 잘 보시면 돼요. 고생하셔요."

고맙다는 듯 고개를 꾸벅 숙여 가며 다른 곳으로 이동하는 린의 모습을 병사가 깊은 눈으로 바라보았다.

이린이 자신의 쉬는 시간마저도 할애해 가며 주변 사람들을 돌보는 사이 어느새 떠날 시간이 되었다. 병사들이 공녀들을 재촉하고 하나둘 다시 정렬을 이루었다. 하지만 확실히 조금 전과는 다른, 조금은 풀어진 분위기에서 움직이고 있었다.

그렇게 산을 중반쯤 넘어갔을 즈음.

휘익.

탁.

"화, 화살이다. 다들 주변을 살펴라!"

"으악!"

나무 사이에서 날아온 눈 먼 화살들이 주변에 박혔다. 나무 둥치에 처음 박힌 화살을 필두로 병사들이 목표인 듯 병사들에게도 박히기 시작했다.

“웬 놈들이냐!”

챙.

병장기 부딪치는 소리가 산속에 울려 퍼지고 공녀들의 비명 소리가 울려 퍼졌다.

“꺄아악.”

머리채를 붙잡힌 공녀 하나가 있는 힘껏 비명을 질렀다. 하지만 제 목숨 챙기기에도 바쁜 병사들이 그녀들을 지켜 줄 리 만무했다.

“아하하, 이년들을 모두 잡아간다. 잡아다 팔면 큰돈이 될 게야.”

해마다 진천국에 바쳐지는 공녀를 노리는 산적들이었다. 수년간 이어진 전쟁으로 인해 피폐해진 것은 서화국뿐이 아니라 진천국도 마찬가지였다. 전쟁에 미쳐 있던 황제가 전쟁이 끝난 후 향락에 빠져 국사를 돌보지 않아 진천국의 위상도 전 같지 않다는 것이 사람들의 생각이었다. 오로지 태자가 어서 황위에 오르는 것만이 나라의 살길이라 사람들은 생각하고 있었다.

“안 돼, 살려 주세요.”

도저히 이 아비규환을 어찌할 수가 없었다.

이린은 주변에 자욱한 피 냄새와 끔찍한 살육의 모습에 떨려오는 몸을 감출 수가 없었다. 나름대로 강단 있다고 여겼지만 곱게 자라 온 규수로서 이런 광경은 처음이었다.

"아악!"

비명 소리가 근처에서도 들려오자 이린은 입술을 깨물었다. 이대로 저 산적들에게 끌려간다면 공녀보다 더한 꼴을 당할지도 모른다는 생각이 머리를 휘감았다. 그리고 그때, 누군가 린의 손을 붙잡았다.

"이쪽으로."

"네?"

아까 상처를 돌보아 주었던 병사였다. 화살을 맞았는지 다리 부근에 피를 흘리고 있었고 움직임도 둔해 보였다.

"이걸 가지고 저쪽으로 도망쳐라."

"하지만……."

"저놈들에게 끌려가면 그야말로 개죽음이다. 어서 가."

병사가 쥐여 주는 단검을 꼭 쥔 채 고개를 끄덕인 린이 주변을 둘러보며 삼월과 이수를 데려왔다. 많은 이들이 어려움에 처해 있었지만 모두 구할 수는 없었다.

"삼월 언니, 이수 언니, 어서 따라와요."

다짜고짜 삼월과 이수의 손을 잡은 이린은 병사가 준 단도로 허리에 묶여 있는 끈을 끊어 버린 뒤 이수에게 건네주었다. 그러고는 챙겨 왔던 작은 단도를 꺼낸 뒤 병사의 팔을 꽉 잡았다.

"너……."

"이대로 실랑이 벌여 봤자 둘 다 개죽음이에요. 함께 가세요."

놓을 수 없다는 듯 말을 이으려는 병사의 팔을 움켜쥔 채 린이 걸음을 옮겼다. 어찌할 새도 없이 병사가 부축을 받아 가며 움직였고 삼월과 이수도 함께 움직였다.

"왜 그쪽으로……."

자신이 가르쳐 준 곳이 아닌 곳으로 향하는 모습에 병사가 묻자 이린이 간단히 대답했다.

"아까 약초 뜯을 때 봤어요. 이쪽으로 가는 편이 나을 거 같아요."

이린의 말대로 보이지 않는 바위 뒤쪽으로 기다란 수풀이 있었다. 몸을 낮춘다면 충분히 몸을 숨길 수 있으리라.

"절대 허리를 펴면 안 돼요. 최대한 빠르게, 소리 나지 않게 가야 해요."

"응."

"알았어요, 아가씨."

다행히 갈대로 보이는 수풀은 몸을 잘 가려 주고 있었다. 이 길이 어디로 이어져 있는지는 모르겠지만 저들에게 끌려갈 수는 없다는 생각에 이린은 발걸음을 재빠르게 옮겼다.

비명 소리가 점점 멀어져 갔다.

* * *

산속의 밤은 일찍 찾아왔다. 더구나 누군가에게 들키지 않도록 기척을 숨겨야 하는 공포의 상황에선 더했다. 다행히 그들은 운이 좋았다. 끝날 것 같지 않던 수풀이 끝나고 주변을 살펴보니 동굴이 나왔다. 급히 몸을 숨기고 행여 누가 수색이라도 할까 말조차 하지 못한 채 웅크리고 있었다.

얼마나 시간이 지난 것일까. 동굴 안 자체가 어둑해서 잘 보이지는 않지만 언뜻 보이는 밖의 풍경도 어두운 것으로 보아 이미 날이 저문 것 같았다.

이린은 지친 듯 웅크리고 있는 일행들을 살펴보았다.

"모두, 괜찮아요?"

"으응. 사람들은 어떻게 되었을까?"

이수의 말에 이린은 작게 한숨을 쉬었다. 도적들의 목적이 여인들이었던 만큼 그녀들을 상하게 하지는 않겠지만 황궁으로 끌려가는 것보다 더 심한 꼴을 당할 게 분명했다. 공녀들을 지키던 병사들은 말할 것도 없고.

"일단 오늘은 이곳에 머무는 것이 좋겠어요. 날도 저물었고 밖에 누가 있을지 모르니까."

그렇게 말하며 이린은 허리춤에 묶어 두어 아직 풀어지지 않은 보따리를 풀어내었다. 급히 챙겨 온 보따리에는 조금 도톰한 솜옷과 언니가 만들어 준 비단옷, 단도와 몇 가지 물품이 들어 있었다.

"체온 유지할 수 있는 거 있으면 입어요. 불 피우는 건 아무래도 무리니까."

그 말에 삼월과 이수가 주섬주섬 보따리를 풀었다. 지급받았던 모포가 있으면 좋았겠지만 난리 통에 그것까지 챙길 여유는 없었다.

"이제…… 우리 어떻게 해야 하지?"

"고, 고향으로 돌아가야지요."

이수의 말에 삼월이 더듬거리며 말했다. 부모, 형제, 친구들이 모두 있는 그곳으로 어서 돌아가고 싶은지 삼월의 눈동자에 눈물이 가득했다.

"……그건 무리야, 삼월 언니."

"어, 어째서요, 아가씨."

단호한 이린의 말에 삼월의 눈동자가 커졌다.

"그곳에서 우린 공녀로 보내진 사람들이야. 돌아간다 한들 살아 있는 사람이 아니야."

공녀로 보내졌다 돌아온 이가 없는 것은 아니었다. 하지만 그녀들의 최후는 비참했다. 정식 절차를 밟고 돌아온다 한들 나라에서는 그녀들을 천한 여자 취급하였고 정식 절차를 밟지 못하고 도주한 여인들은 다시금 보내졌다. 가족들에게도 불이익이 떨어질 수밖에 없었다.

"네 말이 맞아. 그곳으로 다시 갈 수는 없어."

"언니한텐 미안해서 어쩌죠? 데리고 오긴 했는데 언니는 황궁으로 들어가는 게 목적인 거 같았는데."

이린의 말에 이수가 어깨를 으쓱해 보였다.

“아까 그 상황에서 도망치지 않았으면 얼마나 처참한 꼴을 당했을지 너도 알잖아. 늦었지만 고마워. 그 상황에서 데리고 도망쳐 줘서.”

이수의 말에 이린이 피식 미소 지었다.

“그나저나 너 이름이 뭐니? 이름도 몰랐네.”

“이린……. 린이라고 불러 주세요.”

“린?”

“네, 그거면 될 거 같아요.”

서문이린으로서 살아간다면 가족들에게 누가 될 것이다. 그렇기에 이린은 자신의 이름을 버리기로 결심했다. 이린의 씁쓸한 표정에 이수는 이해한다는 듯 고개를 끄덕였다.

“난 알다시피 이수야. 그쪽은?”

“저, 저는 삼월이라고…….”

“삼월이 말고 월이라고 하자. 어차피 우리 이름은 서화국에 놓고 온 셈이니까.”

이린의 말에 묻어나는 슬픔에 삼월은 집에 돌아갈 수 없는 서러움이 문득 몰려왔다. 그녀도 어느 정도는 알고 있었다. 진천국의 공녀로 갔다 돌아온 이들이 어떤 취급을 받는지를…….

“그런데 저분은…….”

급한 대로 상처를 동여맨 병사가 한쪽에 누워 있었다. 이린은 대답 없이 병사에게 다가가 이마를 짚어 보았다. 다행히 피는 멈춘 것 같았지만 열이 나고 있었다.

"무, 물……."

더운지 신음 같은 목소리가 흘러나왔다.

"괜찮은…… 거예요?"

겁먹은 여인들이 다가가지 못하고 멀찍이서 물어보자 린이 고개를 저었다.

"다행히 피는 멈췄는데 열이 나네. 좀 식혀 줄 수 있으면 좋겠는데……."

잠시 동굴 안에 정적이 감돌았다. 이 열악하고 급박한 상황에서 물이 있을 리 없었다.

"어떻게 하죠?"

"아, 잠시만. 어디서 소리가……."

적막한 환경에 익숙해진 것일까. 이린은 무언가 떨어지는 소리가 어렴풋이 들리는 것 같아 귀를 기울였다. 아니나 다를까 희미하게 들리는 소리가 있었다.

"물소리인 것 같아."

물소리가 맞다는 결론이 내려졌지만 동굴 안은 무척 어두워서 선뜻 나서기가 어려웠다. 그나마 지금도 보름달의 밝은 빛에 의지해 겨우 모여 있지 않던가.

"제가 가 볼게요. 잠시만 계세요."

"아, 아가씨 제가……."

"다쳤잖아. 잠시만 있어."

몇 시간째 아무것도 먹지 못하고 웅크려 있는 일행을 위해서라도 물이 꼭 필요했다. 그리고 열이 나는 병사에게도 물은 절실히 필요했다. 무서웠지만 이린은 애써 기뻤던 일들을 생각하며 동굴 속으로 걸음을 옮겼다. 다행히 어둠에 눈이 익으니 어느 정도 형체가 보였다. 그리고 얼마 멀지 않는 곳에 물웅덩이로 추정되는 곳이 있었다. 몸을 숙여 손을 대어 보니 찰랑거리는 물 느낌이 났다.

'먹을 수 있어야 할 텐데…….'

살짝 손으로 뜬 물을 마신 이린은 아무 문제가 없자 준비해 온 수통에 물을 채워 걸음을 옮겼다.

"아가씨, 괜찮으세요?"

"응 괜찮아. 그보다 물 좀 마셔요. 너무 오랫동안 물도 안 마시면 탈진해요."

"고맙다, 제일 어린 너한테……."

이수의 말에 이린은 웃어 보였다. 그리고 수통의 물을 따라 적신 물수건을 병사의 입에 가져다 대었다.

"으음……."

다행히 정신이 드는 것일까. 파르르 떨리며 눈꺼풀이 열렸다.

"정신이 좀 드세요?"

"여, 여긴……."

"동굴 안이에요. 물 좀 드세요."

린의 말에 병사는 무어라 생각할 틈도 없이 물을 마셨다. 어지러운 가운데 차가운 물이 들어가자 정신이 드는 듯했다. 이윽고 병사가 어느 정도 상황을 파악한 듯 조용히 입을 열었다.

"네가 구해 줬구나. 정말 고맙다."

"별말씀을요. 먼저 도와주신걸요."

그렇게 말했지만 이미 린이 단도를 가지고 있었다는 것을 보았던 병사 장 씨였다. 그는 고개를 저으며 고마움을 표했다.

"아니야. 내가 아니었어도 너는 도망칠 수 있었어. 오히려 내가 큰 도움을 받았다."

병사의 말에 린이 미소 짓다가 이수와 월을 바라보았다. 어느 정도 기력을 회복한 둘이 그녀를 바라보고 있었다. 이윽고 이수가 입을 열었다.

"린, 너는 어찌할 생각이니, 앞으로?"

"저는……. 이곳 진천국에서 장사를 시작해 볼까 해요."

"장사?"

되묻는 말에 이린이 크게 고개를 끄덕였다. 서화국에 있을 때부터 생각했던 일이었다. 드물었지만 서화국은 여인들도 활동을 할 수 있는 국가였다. 물론 양반가의 여식은 그럴 일이 거의 없었지만 이린은 어릴 적부터 세상을 돌아다니며 살고 싶었다. 그 와중에 장사를 해 보는 것이 좋을 거라는 생각을 했었다. 그리고 꽃 같은 나이에 세상을 뜨고 만 언니 이화를 대신해 여러 곳을 보고 경험해 보고 싶었다.

"네, 어릴 적부터 해 보고 싶다고…… 생각했었어요."

"대감마님께서 반대했을 거예요, 아가씨."

삼월이 기겁하며 외치듯 말했지만 이린은 어깨를 으쓱해 보였다.

"뭐 이왕 이렇게 된 거 이 기회를 이용해 보려고. 기회라고 하긴 뭐하지만 이곳 진천국은 여인들의 활동이 꽤 활발하다고 들었으니 오히려 잘된 셈 치지 뭐."

이린의 말에 삼월은 살짝 한숨을 쉬었다. 어릴 적부터 말괄량이이던 아가씨지만 설마 양반 댁 아가씨가 이런 마음을 갖고 있었을 줄이야.

그런 삼월의 반응에 이린은 짐작했다는 듯이 웃어 보이고는 병사 장 씨를 바라보았다. 공녀를 황궁으로 데려가야 하는 입장인 그에게 자신의 말은 받아들일 수 없는 것일지도 몰랐다. 그런 린의 반응을 눈치챈 장 씨가 입을 열었다.

"나는 신경 쓰지 말아. 어차피 도적들에게 공녀고 병사들이고 다 잡히거나 죽었을 테니."

장 씨가 말하자 기다렸다는 듯이 이수가 입을 열었다.

"혹시 나도 함께해도 될까?"

이수의 말에 이린이 눈을 동그랗게 떴다.

"우리 집안은 워낙에 가난해서 가지고 온 돈도 없고 딱히 세상물정에 밝은 것은 아니지만 그래도 열심히 일할 수 있어. 너만 괜찮다면 나도 함께하고 싶어"

만난 지 얼마 되진 않았지만 이수는 린이 마음에 들었다. 어려운 상황에서도 몸종인 삼월을 돌보는 것도 그러했고 야무지고 용감해 보였다. 가장 어린 나이임에도 그녀들을 이끌고 있지 않던가.

“저야 고맙죠. 안 그래도 물어보고 부탁드리고 싶었는데 먼저 얘기해 주셔서 감사해요.”

이린의 말에 삼월도 조심스레 나섰다.

“저, 저도 열심히 할게요, 아가씨. 부탁드려요.”

“응, 언니. 앞으로 잘 부탁할게. 아, 그리고 이수 언니, 저도 딱히 자금이 많은 건 아니에요. 처음이니만큼 고생도 많이 해야 하고 노력도 해야 할 거예요.”

자신의 말에 고개를 끄덕이는 이수를 보며 이린은 동굴 안으로 들어오는 달빛을 바라보았다. 그녀 걱정을 하고 있을 가족들이 문득 생각났다. 그리고 달빛처럼 처연하고 배꽃처럼 아름다웠던 그녀의 언니…….

이린은 품에서 노리개 하나를 꺼내었다. 죽은 언니가 지니고 있던 노리개였다.

“이화 언니…….”

떠나오면서 더 이상 떠올리지 않으려 무의식적으로 노력했지만 도저히 언니의 눈물 젖은 마지막 모습이 잊히질 않았다.

‘이러지 말아야 하는데……. 오늘 하루만 봐주세요.’

우리 착하디착한 이화 언니.

너무나도 듬직한 이문 오빠와 둘째, 셋째 오라버니들. 엄하지만 다정한 아버님. 하나하나가 너무나도 소중한 서화국의 사람들.

'나 열심히 살아갈 거예요. 언니의 몫까지. 그러니까…… 내 걱정 하지 말고 건강히 지내셔야 돼요. 이화 언니, 날 지켜봐 줘.'

달빛이 대답하기라도 하듯 시리게 빛났다.

* * *

진천국의 수도 예하란.

대륙 최고의 국가답게 수도 예하란은 여러 국가의 사람들이 몰려듦은 물론이오, 시전이 넓게 번창해 있었다. 도로는 넓게 닦여 있었고 수도를 오고 가는 보따리장수들이나 커다란 수레를 끌고 지나가는 농부들의 모습도 보였다.

하지만 왠지 모르게 어두운 기색이 역력했다. 최고의 국가답게 번성했으나 진천국이 예전만 못하다는 이야기는 종종 나오고 있었다.

현 황제는 집권 초기 당시 강한 통솔력과 영민함으로 여러 사람들의 기대를 받았다. 발전해 나가던 서화국 및 두 나라와의 무리한 전쟁을 승리로 이끌었을 뿐만 아니라 백성들에게 도움이 되는 정책을 펼쳤다.

그 결과 진천국은 제2의 전성기를 맞이하여 군사력과 상업도 함께 번성하게 된 것이었다. 하지만 몇 년 전부터 황제는 변하기 시작했다.

사치와 향락을 일삼았으며 무리한 세금 정책으로 황궁을 증축하는 등 지금까지와는 다른 모습을 보였다. 지금도 도성 백성들은 생기가 없었지만 황궁은 안팎으로 풍악이 울리고 있었다.

저벅, 저벅.

황금빛 휘장이 드리워진 기둥 사이로 한 소년이 빠른 걸음으로 걸어가고 있었다. 열서넛쯤 되었을까. 새하얀 얼굴과 커다란 눈동자, 굳은 입매가 준수한 소년의 얼굴을 돋보이게 하고 있었으며 표정 없는 화난 듯한 모습조차 소년의 기품을 앗아가진 못했다.

빠른 걸음이었지만 소년의 걸음에선 일정한 보폭과 절도 있는 기세가 느껴졌다. 어린 주인의 불편한 속내를 알아차린 듯 지나가는 궁인들 모두 고개를 숙였다.

타악.

"제길."

궁의 처소로 들어서자마자 소년은 거칠게 쓰고 있던 관을 벗어 던졌다. 자신의 무력함과 한심함에 솟아오르는 분노를 어찌할 수가 없었다.

"진정하십시오, 전하."

함께 들어온 사내가 고개를 숙이며 읍했다.

오랜 시절 눈앞의 사내를 모셔 온 사내는 아무 표정 없는 소년이 얼마나 분노하고 있는지 누구보다 잘 알고 있었다.

"진정? 지금 진정이라고 했나?"

오갈 데 없는 분노를 어찌할 수 없어 그는 눈앞의 사내를 노려보았다. 하지만 눈앞의 사내는 아무 표정의 변화도 없었다. 그 모습이 소년의 분노를 사그라들게 만들었다.

"미안하다. 못난 모습을 보였군."

아직은 굵지 않은 미성이었다. 하지만 부르르 떨고 있는 주먹이나 굳은 입매를 다스리는 행동 하나하나는 이미 소년의 그것이 아니었다.

"이제 진정되셨습니까?"

"그래."

말과 함께 그는 둥근 탁자에 앉았다. 화려한 황궁 내부와는 다른, 어찌 보면 소박할 정도로 단순한 문양의 탁자였다. 스스로를 진정시키려는 듯 끌어당기는 찻주전자도 특별한 문양 없이 소박했다.

"제가 하겠습니다."

익숙한 자세로 차를 우리는 수하를 보며 소년 진명휘는 미간을 찌푸렸다.

"……드십시오."

향긋하게 피어오르는 차 향기 덕에 진명휘는 끓어오르는 분노와 한심함을 잠시 누그러뜨렸다. 기운을 안정시킨다는 차였다.

"이제 괜찮으십니까?"

"나 스스로에게 분노가 차오르는 것만 뺀다면 아무렇지도 않아."

그 말에 진명휘의 가장 아끼는 수하인 조운은 살짝 한숨을 내쉬었다. 그가 모시는 주인이자 이 나라의 태자이기도 한 진명휘는 그런 사람이었다.

"전하의 잘못이 아닙니다."

"나는 도저히 아바마마를 용서할 수가 없다. 이제는 그분이 무슨 생각을 갖고 계신지 이해하고 싶지도 않아."

충언을 내뱉던 충신이 그 자리에서 목이 잘렸다.

황제의 26번째 후궁인 호귀인의 탄일을 맞이해 벌인 축제는 그 규모가 어마어마했다. 빈민 수만 명이 1년 동안 먹을 만한 규모가 하루 잔치 비용으로 들어갔을 정도였다. 무리한 세금 정책에 힘들어하는 백성들을 위해 노신이 한 충언은 그 자신의 죽음과 일가의 귀양으로 마무리 지어졌다.

"……황제 폐하에게 생긴 광증은 이미 골수 깊숙한 곳까지 미친 듯합니다."

곱게 포장했지만 결국 황제는 미쳤다는 소리였다. 언제부터였을까. 고금에 없을 명군이라 일컬어지던 황제는 갑자기 변해 버렸다. 사치는 기본이고 공녀의 수를 늘렸으며 후궁은 여인들로 넘쳐났다. 영화로웠던 진천국이 썩어 들어가고 있었다.

"……아직은 내가 너무나도 부족하다."

한 나라의 태자였으나 그의 나이 이제 겨우 열셋이었다. 그의 뒤를 든든히 받쳐 주어야 할 모후는 병약하여 수년 전 이미 병사하였고 그 뒤를 이은 황후는 소생의 황자는 없었지만 든든한 친정을 뒷배로 무시하지 못할 세력을 만들고 있었다.

모후가 살아 있을 때만 해도 이 정도는 아니었건만 그를 받쳐 주어야 할 또 한 명의 세력인 황제는 후궁의 여인들에게 미쳐 태자를 받쳐 주기는커녕 배다른 황자들에게 힘을 실어 주고 있었다.

그로서는 진퇴양난의 상황이었다. 뜻이 있었으나 그의 위, 아래로 수많은 황자들이 있었고 세가의 세력들이 장애물처럼 서 있었다.

그나마 다행인 점은 그의 뛰어남을 알아본 대신들이 그를 지지한다는 것과 대장군 가문이었던 모후의 가문이 건재하다는 것이었다. 하지만 얼마나 힘을 키워야 하는 것일까.

"많이 답답하시옵니까?"

아직 열세 살밖에 되지 않은 나의 주군.

황후께서 오랜 시간 소생을 생산하지 못하여 황태자의 위로는 황자, 황녀들이 많았다. 황태자로 봉해지기는 하였으나 실제로 7황자인 것이 그 증거였다. 아마 이번에 새 황후가 낳은 이가 황자였다면 그 자리마저도 어찌 되었을지 모를 일이었다.

변하기 시작한 황제로 인해 황태자는 자신의 안위를 보장받지 못하게 되고 말았다. 하지만 조운은 믿고 있었다. 이 어린 황태자야말로 기울어 가고 있는 진천국의 마지막 남은 희망이라는 것을.

"잠시 나갔다 오겠다."

"……조심히 다녀오십시오."

말려도 듣지 않았기에 조운은 황태자의 외유에 두말하지 않았다. 어느새 익숙한 듯 민복 차림으로 갈아입는 황태자를 도우며 조운은 비밀리에 호위를 붙였다.

* * *

수도 예하란의 거리를 걸으며 명휘는 안타까움을 느꼈다. 백성들의 얼굴에는 생기가 없었다. 수년 전 있었던 전쟁의 여파가 채 가시기도 전에 생겨난 과중한 세금 정책은 백성들의 희망을 앗아가기에 충분했다.

"아이고, 잘생긴 공자님. 제발 좀 도와주십시오."

허름한 차림의 여인이 발밑에 꿇어앉아 있었다. 엎드린 채 그의 발밑에 매달려 도와 달라 애끓는 목소리로 부르는 모습에 명휘는 눈을 찌푸렸다. 여인의 품에는 자그마한 어린아이가 보였다.

"이걸로 무엇이라도 드시오."

"아, 아이고. 감사하옵니다. 정말 감사합니다."

아이에게 뭐 하나 먹일 수 있다는 것에 감사하는 듯 고개를 조아리던 여인이 벌떡 일어나 음식을 파는 난전으로 향했다. 그 안타까운 모습을 바라보던 명휘는 일견 소란스러움을 느끼고 그곳으로 고개를 돌렸다.

서너 명 되는 사내들이 한 명을 때리고 있는 모양이었다. 경비대들은 어디 갔는지 그 소란스러움에도 나타나지 않았다. 명휘는 빠르게 걸음을 옮겼다.

"이 독한 녀석, 어서 내놓으라고."

"야, 누가 도와줄 거라 생각하지 마. 감히 우리한테 대들어?"

덩치도 크고 험악해 보이는 이들이 구타하고 있는 이는 작은 소년이었다. 얼마나 맞았는지 모르겠지만 소년의 옷과 얼굴은 멀쩡한 곳이 없었고 말리는 사람도 없었다. 명휘는 생각할 틈 없이 빠르게 다가가 때리고 있는 이 중 가장 강해 보이는 이의 팔을 꺾었다.

"으, 으아아악."

"뭐, 뭐야!"

갑작스럽게 들려온 대장의 비명 소리에 함께 때리던 이들이 움직임을 멈췄다.

"끄아아악!"

"너 뭐야. 놓지 못해?"

팔을 꺾을 듯 돌리는 행동에 무리의 우두머리가 고통스러운 비명을 질렀다.

"뭐, 뭐 하는 거야? 이, 이놈을 당장 없애."

대장의 명령에 정신을 차린 듯 건달 두 명이 주먹을 휘둘렀다. 하지만 그들의 허리쯤에나 올까 말까 한 소년은 대장의 꺾인 팔을 붙잡은 채로 공중으로 날아올랐다. 눈에 보이지도 않는 속도로 건달 두 명의 배에 발차기를 찔러 넣자 건달들이 땅바닥에서 신음했다.

"더 덤빌 테냐?"

"으, 으윽…… 무공을 쓸 줄 아는 거였나?"

건달 두목이 수하 두 명을 손쉽게 쓰러뜨린 실력에 놀라 말을 더듬자 명휘가 피식 웃으며 그의 손을 더욱 꺾었다.

"말이 짧군."

"끄, 끄아아악. 죄, 죄송합니다. 자, 잘못……."

"이 아이에게 왜 이런 거지?"

아직도 땅바닥에 웅크린 채 무언가를 지키듯 숨기고 있는 아이. 명휘의 시선이 아이를 향하자 두목이 움찔했다.

"그, 그것이……. 끄아아악."

말을 더듬자 그가 팔을 더욱 꺾었다.

"난 똑같은 질문 하는 걸 좋아하지 않아. 한 번만 더 기회를 주지."

"저, 저 아이가 가지고 있는……. 보따리를 가지려고……."

두목의 말에 명휘는 아이가 그 와중에도 놓지 않고 품에 안고 있는 물건이 있는 것을 깨달았다. 욕심 많아 보이는 이들이 왜 노리는지도 금방 알아차렸다.

딱 보기에도 그보다 어려 보이는 사내아이다. 언뜻 행색이 남루한 듯 보이나 귀한 옷감으로 옷을 지어 입었고, 혹 누군가에게 빼앗기는 걸 두려워하듯 품에 보따리를 꼭 끌어안고 있으니 귀중한 물건일 게 분명했다. 탐욕스런 이들의 눈에 아이는 당연히 좋은 먹잇감이다. 그의 손에 힘이 들어갔다.

우둑.

"으아아악."

사내의 비명 소리가 길게 울려 퍼지고 손이 기이한 방향으로 꺾였다.

"두, 두목."

사내들이 놀라 두목을 부르면서도 본능적으로 뒷걸음질 쳤다.

"힘이 있으면서 이런 데에 쓰다니, 필요 없는 손 따위는 없어도 되겠지. 그렇지 않나?"

"사, 살려 주십시오."

살기 어린 말에 건달 두 명이 덜덜 떨며 엎드렸다. 그들로서는 작기만 한 소년이 두목을 어찌하는지 똑똑히 보았기에 그저 같은 일을 당하지 않으려 노력하는 수밖에 없었다.

"흐음. 너는 어찌 생각하지?"

명휘의 시선이 닿은 것은 어느덧 몸을 일으키고 있는 소년이었다. 옷은 찢어지고 먼지투성이가 된 채 이곳저곳 성한 곳이 없었지만 소년의 눈동자는 맑았다. 맑은 소년의 눈동자가 널브러져 있는 건달들에게 향했다. 건달들이 시선에 따라 움찔하는 것이 보였다.

"이들 또한 먹고살기 위해 그랬을 테지요. 죽을 정도는 아니었으니 괜찮습니다."

입술엔 피딱지가 앉아 있었고 멍이 가득했지만 죽을 정도는 아니라니. 명휘의 입에서 한숨이 흘러나왔다. 그가 나서지 않았다면 이 꼬마는 어찌 되었을지.

"……후회하지 않겠나? 내가 나서지 않았다면 어찌 되었을지 모르는데.”

“다행히 제가 운이 좋아 지켰으니 되었습니다.”

“……일단 다친 곳은 치료해야겠군. 너희는 이 녀석한테 고마운 마음을 잊지 말고 살아가도록 해라.”

“가, 감사합니다요.”

“예, 옙. 감사합니다. 감사합니다.”

두 건달이 두목을 데리고 떠나자 명휘가 소년에게로 다가섰다. 나름대로 강단 있게 서 있기는 하지만 소년의 몸은 생각보다 더 엉망이었다.

“후우. 일단 의약전으로 가지.”

“보시는 것만큼 심하진 않습니다.”

조그마한 녀석이 고집이 여간내기가 아니었다. 살짝 한숨을 쉰 명휘는 보따리를 꽉 쥐고 있는 한쪽 손을 잡았다.

“무, 무슨.”

“구해 준 사람의 참견이라고 해 두지. 간단히라도 치료하자고.”

구해 준 사람의 도리라는 말에 조금은 얌전해진 녀석을 데리고 의약전에 가자 의원은 깜짝 놀라며 타박상을 치료하기 시작했다.

“아이고, 많이 아팠을 텐데 빨리 오셔서 다행이지, 안 그랬으면 고운 살결이 상했을 거요.”

이리저리 상처를 치료하던 노인은 약을 지어 주겠다며 약전 깊숙한 곳으로 들어갔다. 그제야 조용히 치료하는 것을 보고만 있던 꼬마가 입을 열었다.

"구해 주셔서 감사합니다."

"이제야 인사를 하는구나. 그보다 부모님은 어디 계시지? 연락을 해야 할 터인데……."

"괜찮습니다. 사실 약도 필요 없는데……."

부모님을 찾는 말에 눈에 띄게 고개를 젓는 모습에 명휘는 더 이상 묻지 않기로 했다.

"몇 살이지?"

"……열세 살입니다."

그와 동갑이라는 말에 그는 깜짝 놀랐다. 체구가 왜소해서 당연히 저보다 두세 살 더 어릴 것이라 생각했었다. 놀람도 잠시, 그는 생각을 접고 궁금했던 점을 물어보기로 했다.

"궁금한 것이 있는데……."

"무엇인지요?"

"아까 어째서 놓아준 것이지? 그들을 놓아주면 너에게 해코지를 할지도 모르는데."

그의 질문에 꼬마는 그를 물끄러미 바라보았다. 무언가를 가늠하는 듯 꼬마의 눈동자가 명민하게 빛났다.

"아까 그 사람들도 가족이 있을 거예요."

"뭐?"

"그 사람들 손바닥을 보면 굳은살이 박여 있어요. 농사를 오랫동안 해서 굳어진 손바닥이에요."

잠시 말을 고른 소년의 눈동자가 가라앉았다. 안타깝다는 듯 입술을 살짝 깨문 소년이 말을 이었다.

"열심히 일했던 이들이 그런 삼류 건달 짓을 했다는 건 부양할 가족을 책임지기 위해서 어떤 일이라도 해야 할 상황이었다는 거겠지요."

그 짧은 와중에도 그런 것을 생각했단 말인가. 명휘의 얼굴에 놀라움이 번졌다. 그리고 자신에 대한 자괴감으로 가득 찼다. 그런 안타까운 백성이 늘어나고 있다는 것은 나라가 그만큼 혼란스럽다는 말이니까. 그가 다스리고 보살펴야 할 백성들이 힘들다는 말이니까.

"그들이 몸까지 상하면 앞으로는 더 먹고살기 힘들어질 거예요."

좁은 의약전 안이 조용해졌다. 명휘는 명휘대로 생각이 많았고 소년, 린은 린대로 처음 보는 이에게 이런 이야기까지 한 것이 어색해 입을 다물었다.

"아이고, 약 가져왔네. 이거 식사하고 한 번씩 먹으면 될 거야. 근데 분위기 왜 이러나?"

의원이 들어와 그나마 조용한 의약전의 분위기가 조금 풀어졌다.

"아무것도 아니에요, 의원님. 약값이 얼마입니까?"

"그다지 비싼 약재 쓴 것도 아니니까 그냥 먹어. 쯧쯧, 어린아이까지 이렇게 되고, 세상이 어찌 돌아가는 겐지……."

"괜찮습니다, 의원님."

이린이 의원에게 값을 치르려 하였지만 마음씨 좋아 보이는 의원은 한사코 사양했다. 그에 명휘는 의원이 보이지 않는 틈을 타 넉넉한 치료비를 놓은 뒤 린이라고 자신을 소개한 아이를 데리고 의약전을 나섰다.

"집이 어디지?"

"……."

"이대로 집으로 갔다간 또 빼앗길 수도 있어. 어디지?"

"이쪽으로 쭉 가면 있어요. 근데 저 정말 괜찮습니다."

린의 말에도 명휘는 아무 말 없이 아이를 데리고 걸음을 옮겼다. 그의 머릿속에는 린이 했던 말이 귓가를 맴돌았다. 그 불량배들조차 그가 보듬어야 할 불쌍한 백성이었다.

"너는 어린데도 생각이 깊구나."

아무 말 없이 걸음을 옮기던 소년이 갑작스럽게 한 말에 린은 그를 올려다보았다. 아직 어린 티가 가시지 않은 소년은 처음 보았을 뿐이지만 왠지 모르게 믿음이 갔다. 린은 어깨를 으쓱했다.

"그냥 철이 일찍 들었다고 생각하시면 됩니다. 그렇다고 마냥 착하거나 하진 않은 거니까 너무 좋게만 생각하진 않으셔도 돼요."

진천국의 수도 예하란에 온 지도 한 달이라는 시간이 지나가고 있었다. 길지 않은 시간이었지만 어리고 평화로운 세상에 살고 있던 어린 이린이 단단해지기에는 충분한 시간이었다.

"네가 보기에 이 나라는 어떻지?"

뜬금없는 소년의 질문에 린은 물끄러미 그를 바라보았다. 그녀보다 한두 살 더 많아 보이는 소년은 무척 어른스러운 눈빛을 지니고 있었다.

"……어린 제가 무엇을 볼 수 있겠어요. 그저 농민은 농민처럼 살 수 있고 장사꾼은 장사꾼대로 살 수 있기만 하다면 그게 최고인 거지요."

농사를 지어 사는 이들조차 건달로 전락할 수밖에 없는 나라. 그것이 제국이라고 불리는 최강국의 현주소였다. 명휘의 표정이 심각해졌다.

"아, 저곳이 제가 사는 곳이에요. 이렇게 데려다주셔서 감사합니다."

린이 가리킨 곳에는 거의 다 허물어져 가는 초가집 하나가 있었다. 수도에 어찌 저런 곳이 있을까 싶을 정도로 허름한 모습에 명휘는 순간 사람이 살 수 있을까 싶었지만 그 집에서 사람이 나오자 믿지 않을 수가 없었다.

"린아, 이게 무슨 꼴이야? 괜찮아?"

열 살에서 조금 더 먹었을까. 안에서 두 명의 여인이 나왔다. 남자 복장을 하고 있었지만 그의 눈에는 분명 여인이었다.

"괜찮아요. 조금 일이 있었을 뿐이니까 너무 걱정하지 않으셔도 돼요."

"아이고, 이게 무슨 일이세요."

두 걸음 떨어진 곳에서 그들을 바라보고 있던 명휘가 한 걸음을 옮겨 린을 불렀다.

“난 이만 가 보겠어.”

“아, 이곳까지 오셨는데 누추하지만 차라도 한잔 들고 가시지요.”

“……괜찮으니 약 잘 챙겨 먹고 바르도록 해.”

“네, 오늘 여러모로 신세 많이 졌습니다. 시간 될 때 오시면 대접하도록 하겠습니다.”

린의 말에 명휘는 피식 웃으며 고개를 끄덕였다. 작은 아이가 웬만한 애늙은이들보다 예의를 차리며 하는 말에 왠지 자신을 보는 듯한 느낌이 들었다.

아이를 데려다준 뒤 천천히 거리를 걷던 그는 발걸음에 힘을 실었다. 순식간에 거리에서 사라져 가는 그의 얼굴이 그 어느 때보다 굳어져 있었다. 이대로 제자리에 멈춰 선 채 지금을 유지할 수만은 없다는 의지로 가득 찬 얼굴이었다.

* * *

휘이이잉.

장포를 타고 새어 들어오는 바람이 제법 찼다. 북쪽에 위치하고 있는 예하란의 겨울은 언제나 추웠지만 이번 겨울은 더욱 추울 것이라고 미리 알려 주는 듯했다.

안 그래도 먹고살기 어려운 백성들에게 추운 겨울은 더욱 나기

괴로울 터였다. 명휘는 작은 한숨을 내쉬며 목적한 곳으로 걸음을 옮겼다.

목적한 허름한 초가집에 들어서자 작은 마당에서 야채를 뜯고 있던 여인이 그를 보고 아는 체를 했다.

"어머, 어서 오세요."

순박해 보이는 얼굴. 아닌 척하여도 린이라는 아이를 모시는 시종인 듯했다. 그가 고개를 끄덕이자 묻지도 않았는데 월이 입을 열었다.

"안에 계세요. 마침 점심상 차리려고 했으니 드시고 가세요."

"이것도 함께 내주시오."

손에 든 보따리를 내밀자 월이란 여인의 안색이 밝아졌다. 기름진 냄새가 가득하니 분명 맛난 음식일 것이다.

"아이고, 뭘 이런 걸 다……. 감사합니다. 어서 들어가세요."

월의 안내를 받아 두 개밖에 없는 방 앞에 선 그는 문을 두 번 두드린 뒤 안으로 들어섰다. 가구라고는 서탁밖에 없었고 선반조차 없어 서책들이 방바닥에 널려 있었다. 그 중심에 앉아 있는 작은 인영을 발견한 그가 작게 한숨을 쉬었다.

"언제부터 이렇게 있었던 거지?"

"별로 되지 않았어요. 오랜만에 오셨군요."

살짝 고개를 들어 웃어 보인 린이 다시금 책으로 고개를 돌렸다. 잠깐 본 얼굴의 볼살이 홀쭉한 듯 보여 명휘는 고개를 절레절레 흔들며 품에 있던 것을 꺼내었다.

"이거라도 간단히 먹으면서 하도록 해."

장부에 고개를 박고 있던 린이 달콤한 냄새에 고개를 들었다. 아니나 다를까 자다가도 벌떡 일어나게 만드는 달콤한 당과가 가득했다.

"우와, 맛있겠다. 잘 먹겠습니다."

이럴 때는 영락없는 어린아이의 모습인지라 명휘는 피식 웃고 말았다.

"그래, 장부 정리는 잘되고 있는 건가?"

"아, 네. 잘되어 가고 있어요. 투자해 주신 자금 회수하는 데에는 아무 문제 없으실 거예요."

자금이라는 말에 명휘는 그림 같은 미소를 지었다. 이 린이라는 아이를 만난 지 5개월 정도가 지났다. 그동안 그는 한 달에 두어 번씩 아이를 만나러 출궁하곤 했었다.

그리고 점차 친해져 가면서 아이가 장사를 하기 위해 일하고 있다는 것을 알 수 있었다.

그저 어린아이가 막연히 장사를 하고 싶다고 하는 줄 알았더니 아이는 생각보다 체계적으로 계획을 하고 있었다.

만화점이라는 가게에 대한 설명을 듣고 그는 반쯤 충동적으로 린에게 투자하기로 했다. 세상 모든 물건들을 다 사고 파는 곳. 고기가 많은 곳에선 고기를 가져오고 물건을 만드는 재주가 있는 곳에선 물건을 가져오고 각각 그에 맞는 필요한 물건들을 제공하는 장소.

그런 곳을 만들 수 있다면 백성들의 삶이 더욱 편안해지리라. 실제로 진천국뿐 아니라 대륙의 백성들은 고장에서 나는 물건 외의 다른 것들을 접하기 힘들었다. 최강국이라는 진천국의 수도에서는 좀 덜하지만, 이런 현상은 외지에 갈수록 더해 수도에서 한 푼이면 사는 장신구가 벽촌에서는 열 배가 넘는 가격에 팔리곤 했던 것이다.

린이 구상하고 있는 만화점이라는 곳이 곳곳에 생긴다면 백성들이 좀 더 합리적인 가격으로 물건을 구할 수 있을 터였다.

그 생각에 그는 린에게 투자하기로 마음먹은 것이었다. 어찌 보면 충동적일 수도 있겠지만 린은 자신이 생각한 것을 이루기 위한 준비를 차근차근 하고 있었고 거기에 자금만 더해진다면 좀 더 빨리 이룰 수 있을 것 같았다.

"너무 부담 갖지 말고 하도록 해. 어차피 투자한 사람도 나고 그에 대한 결과도 내가 져야 할 몫이니까."

그 말에 린은 휘라고 자신을 소개한 소년을 바라보았다. 믿기지 않게도 자신과 올해 동갑인 소년은 처음 본 순간부터 자신을 도와주더니 엄청난 거금을 투자까지 해 주었다. 솔직히 매우 고마우면서도 이 믿기지 않는 행운이 무섭기까지 한 그녀였다.

"쳇, 그 큰돈을 줬으면서 그런 말을 하다니. 엄청나게 부자인가 봐요, 휘는."

"그래, 그래. 우리 집이 좀 잘살기는 하지. 그러니까 너무 부담 갖지 말고 좀 쉬어 가면서 해."

조금은 편하고 쉽게 이루길 바라는 마음에 투자했는데 오히려 더 바빠 보이는 녀석이 안쓰러웠다. 동갑이라고는 하지만 몇 살은 더 어려 보이는 아이였다. 작고 약해 보이는데도 심지만큼은 얼마나 굳고 강한지, 그런 아이가 대견하고 힘을 얻고 싶어 자주 찾아왔는지도 모른다.

"내가 가르쳐 준 호신술은 잘 연습하고 있나?"

"네, 열심히 연습하고 있습니다."

말하지 않아도 린의 손바닥에 잡혀 있는 물집이 얼마나 열심히 하는지를 알려 주고 있었다. 하지만 간혹 이렇게 확인을 하고 있는 명휘였다.

"열심히 하라고. 다 피가 되고 살이 되는 거니까."

"후후, 감사합니다."

똑똑.

문을 두드리는 소리와 함께 월이 들어왔다. 한 상 가득 맛깔스러워 보이는 음식이 가득했다.

"오늘 휘 님께서 음식을 많이 가져오셔서 아주 진수성찬이에요. 맛나게 드세요."

"그런데 왜 식사가 두 벌이야?"

린의 질문에 월이 싱긋 웃었다.

"저는 이수 님 오시면 같이 먹을게요."

"그래도 같이 먹지……."

"이수 님 혼자 먹으면 외롭잖아요. 그래서 그런 거니까 신경 쓰지 마시고 얼른 드세요."

월은 명휘를 불편해하는 편이었다. 린도 느끼기는 했지만 명휘의 집안은 꽤 부유한 듯싶었다. 자세 하나하나에도 절도와 품위가 느껴졌고 그것은 태어나면서부터 쌓아 온 무언가가 아니고서는 갖기 힘든 것이었다.

그녀 집안에서 노비를 지냈던 월이 불편해하는 것은 어찌 보면 당연한 것이리라. 그래서인지 월은 편히 말을 붙이더라도 이런 때는 선을 그었다.

"배고플 텐데 이거라도 먹고 있어."

명휘가 준 당과의 대부분을 월에게 건네준 린은 사양하려는 월을 말렸다.

"난 먹었으니 걱정하지 말고."

"하, 하지만……."

"이렇게 먹을 게 많은데 뭐. 이수 님 오려면 시간 걸릴 테니까 좀 먹고 있어."

"예, 감사해요."

언제나 그러했다. 양이 적더라도 린은 언제나 자신보다는 그 아랫사람에게 먹을 것을 권했다. 그래서 어느 순간부터 그는 많은 양의 음식을 가져다줬다. 그래야 린도 어느 정도 먹기에.

월이 방에서 나가자 린이 웃으며 그에게 음식을 권했다.

"어서 드세요. 덕분에 매번 맛난 것을 먹네요."

"별말씀을."

그가 수저를 들자 린이 웃으며 음식을 들었다. 지난번에 보아 두었던 대로 좋아하는 음식 위주로 가져왔더니 오물오물 작은 입으로 맛있게 먹고 있었다.

"먹는 대로 쑥쑥 좀 자라라."

"저희 아버님 같은 말씀을 하시네요."

왠지 따스한 기분에 린이 소리 내어 웃었다.

"흐음."

아버님이라는 말에 명휘는 가족이 있었나라는 생각이 들어 고개를 기울였다. 알아 온 지 꽤 되었지만 아직까지 한 번도 가족에 대한 이야기를 듣지 못했다.

"부모님은…… 돌아가신 건가?"

"아니에요. 사정이 있어서 함께하진 못하지만 계세요."

사정이라는 것이 궁금했지만 그는 묻지 않았다. 사정이 무엇인지는 몰라도 부리는 이까지 있는 것을 보니 좀 있는 집안인 것 같은데 어떤 사정이 있기에 홀로 지내는 것일까. 말해 주지도 않을 듯싶었다.

"자, 이거 더 먹어라."

왠지 린을 보면 막냇동생을 보는 것 같았다. 물론 그에게는 많은 동생들이 있었고 그중 가장 어린 동생은 태어난 지 백일 정도밖에 되지 않은 어린아이도 있었다. 하지만 그 어느 동생보다도 눈앞의 아이를 챙겨 주고 싶었다.

"감사합니다. 후후, 정말 저희 큰형님 같네요."

따스한 분위기 속에서 시간이 얼마나 지났을까. 명휘가 입을 열었다.

"아무래도 당분간 못 올 것 같다."

"네?"

"집안에 일이 생겨 좀 멀리 갈 것 같아서 말이야. 인사하러 왔다."

"……멀리 가시는 거예요?"

"응, 몇 년은 오기 힘들 것 같아."

몇 년은 오기 힘들 것 같다는 말에 린은 자신이 생각보다 그를 많이 의지하고 있다는 것을 느꼈다. 이제 안 지 몇 개월 되지 않은 남자를 이만큼이나 의지하고 있었다니. 린은 애써 마음을 추슬렀다.

"그동안 투자해 주신 자금 회수하실 수 있도록 열심히 일해야겠네요."

"그래, 나 없더라도 너무 무리는 하지 말고, 할 수 있을 만큼만 열심히 일해. 알았지?"

쓱쓱 머리를 쓰다듬어 주는 손길이 따스해 왠지 눈물이 나올 것 같았지만 린은 입술을 깨물었다. 타지에 정착해 무언가를 하기가 얼마나 힘들었는지.

공녀로 진천국에 와서 도망을 치고 여인 셋이서 장사를 하기 위해 안 해 본 고생이 없었다. 그동안 자신이 얼마나 우물 안 개구리였는지 깨달을 수 있었다.

그리고 몇 개월 되지 않았지만 이만큼이나마 정착할 수 있었던 건 눈앞의 소년이 아무 대가 없이 투자해 준 것이 아주 큰 이유였다.

“너무 걱정 마시고 하려던 일 꼭 하세요. 제 걱정은 마시고요.”

“그래, 그래. 고맙다.”

린의 진심 어린 걱정에 명휘는 씩 웃었다. 무언가 따뜻한 선물을 하나 받은 느낌이었다.

―태자를 여남의 왕으로 임시적으로 봉하며 그곳의 혼란을 잠재우도록 하겠다.

어제 있던 조정 회의에서 그의 아버지이자 황제가 내린 명이었다. 여남의 왕이라 하였다. 임시라고는 하지만 태자가 봉해질 자리가 아니었다.

그를 태자 자리에서 밀어내기 위해 온 힘을 다하고 있는 중신들의 뜻을 받아들인 황제는 태자인 그를 여남의 왕으로 봉하겠다 하였다. 말로는 혼란스러운 여남을 안정시키겠다는 것이지만 그곳은 말 그대로 이민족들의 땅이었다. 제국의 영토지만, 여러 부족으로 이루어졌으며 그 개별적인 특성이 강한 땅. 워낙 힘든 곳이어서 수년 전부터는 다스리는 왕이 없을 지경이었다.

그런 곳으로 태자를 보내기로 한 것이었다. 그를 따르는 모든 이들이 울었지만 그는 절망하지 않았다. 그곳에서 그는 새로운 것에 도전할 것이었다. 그리고 떠나기 전 왠지 이 아이에게 기운을 받고 싶었다. 이렇게 힘든 상황에서도 희망을 잃지 않고 자신의 길을 가는 소년에게.

"너에게 이렇게 들으니까 왠지 기운이 난다. 잘 다녀올 테니 잘 지내고 있어라. 나 역시 너에게 받을 것이 있으니 오는 대로 확인할 거야."

"네, 걱정하지 말고 잘 다녀오세요."

린은 왠지 그가 무척 어려운 길을 가는 듯한 느낌이 들었다. 자신과는 비교도 할 수 없을 정도로. 문득 허망하게 세상을 등진 언니 이화의 얼굴이 그의 얼굴과 겹쳐 보였다. 그래서 린은 무언가 기운을 북돋아 주고 싶었다.

"이제 슬슬 가 봐야겠다."

"아, 잠시, 잠시만요."

일어서려는 그를 잠시 붙잡은 뒤 린이 한편에 놓여 있는 짐 보따리를 뒤졌다. 그리고 손에 잡힌 무언가에 표정이 밝아졌다.

"이것, 이것을 드릴게요."

"어?"

작은 복주머니였다. 파란색 비단으로 만들어진 복주머니와 붉은색으로 만들어진 복주머니.

"이거 내가 만든 거니까 아주 특별한 거예요. 다시 돌려줘야 하는 거니까 아무 일 없이 잘 돌아오셔야 합니다."

간절함마저 느껴지는 듯한 린의 목소리에 명휘가 린을 바라보았다. 태연한 듯 표정을 짓고 있었지만 내면 깊숙한 곳에 자리한 것은 불안감이었다. 그 모습에 혼란스러운 현실에서도 명휘는 절로 미소가 나왔다.

그리고 그의 시선이 아래로 향했다. 확실히 조그마한 녀석이 만든 것인 듯 삐뚤빼뚤 바느질도 엉성하기 그지없었다. 하지만 그가 가지고 있는 어떤 값비싼 물건보다도 마음이 담겨 있었다.

"고맙다, 내가 나중에 잘 돌려줄게."

아련해 보이는 듯한 린의 머리를 쓰다듬어 주며 명휘가 자리에서 일어났다.

2장

7년이라는 시간이 흐르는 동안 많은 일들이 있었다. 여남 지방의 왕으로 쫓겨 갔던 태자가 황제의 위독함을 이유로 도성으로 입성한 지 2년여.

수년 전 승하한 전 황후의 가문 외에는 제대로 된 세력이 없던 태자가 여남의 왕으로 갔을 때 그가 다시금 도성으로 돌아올 수 있을 거라 믿은 이는 아무도 없었다.

그리고 태자는 잊혀 갔다.

이민족의 땅이라고 불리는 여남을 기억하는 이는 아무도 없었고, 태자가 여남으로 간 지 2년 정도 지나 황후가 새로운 황자를 생산하자 이름뿐인 태자 자리도 위험해지고 있었다. 그렇게 시간이 흘러갔다면 태자는 자연스럽게 폐위되어 여남의 왕으로 남았을지도 몰랐다.

하지만 건강하던 황제가 병석에 눕고 말았다. 하루하루 여인들을 갈아 치우며 주색에 몰두하던 황제답게 여인의 품에서 쓰러지고는 일어나질 못했다. 비록 타락했다 하나 황제가 쓰러지자 제국은 흔들리기 시작했다. 각자의 세력을 키우고 있던 황자들과 그 세력 가문이 움직였던 것이다.

황도는 혼란스러워졌고 백성들은 두려움에 떨었다. 이대로 죽을지 모른다는 두려움에 떨며 어서 정쟁이 멈추길 바라던 백성들에게 희소식이 날아들었다.

하나둘 황자를 앞세우던 세가의 가주들이 암살당했던 것이다. 얼마나 실력이 좋은지 자는 듯 암살당한 가주도 있었으며 뛰어난 무예 실력을 가지고 있던 한 가주도 눈을 부릅뜬 채 사망하고 말았다. 이윽고 세력이 중심을 잃고 지리멸렬할 무렵 황태자가 입성하였다.

아무도 황태자의 존재를 인식하지 못하고 있던 때라 황태자의 귀환은 사람들에게 큰 의미를 갖지 못했지만 그것은 당시뿐이었다.

야만족의 땅이라 무시했던 여남의 단련된 무사들은 대단했다. 그들은 세가의 가주들을 차례차례 무력화시켰고 주인을 잃은 세가의 무사들은 그들에게 항복했다. 그렇게 들고 일어선 5개의 가문을 굴복시킨 황태자는 입성하여 혼수상태인 황제를 대신하여 제국을 다스리게 되었던 것이다.

그렇게 황태자가 진천국을 다스린 지 2년이 지나간 지금, 진천국은 안정을 되찾고 있었다. 멸문시킨 다섯 가문에서 거두어들인 어마어마한 재력을 황태자는 사사로이 쓰지 않았다. 황태자는 그 재산을 모두 피폐해진 진천국을 진정시키는 데에 사용하였으며 과하게 부과되던 세금을 없앴다. 그중 반대하며 반발했던 두 가문의 가주가 당일 암살당한 것은 황태자의 무시무시함을 나타내 준 또 하나의 사건이 되었다.

그제야 그들은 깨달았다.

내전이 발생하기 전 가주들을 암살한 이가 누구인지를. 그리고 자신의 목숨을 걱정하며 황태자의 정책을 대놓고 반대하지 못했다.

백성들은 나날이 안정되어 갔으며 황태자의 선정을 칭송하였다.

황태자의 영역인 태명궁.

실질적으로 제국을 다스리고는 있으나 아직 황태자의 자리에 있기에 건룡궁으로 갈 수 없다 하여 황태자는 태명궁에 머무르고 있었다. 하지만 건룡궁의 장엄함이 무색할 정도로 태명궁은 견고한 무장들에 의해 지켜지고 있었다.

그 태명궁에 한 여인이 찾아들었다.

"태자 전하, 황후마마께옵서 납시었습니다."

궁인의 말에 태명궁 내부에서 조운과 차를 마시고 있던 명휘의 미간이 찌푸려졌다. 자동적으로 한숨이 나오고 말았다.

"전하."

그런 태자의 모습에 조운이 나지막하게 태자를 불렀다. 그에 알았다는 듯 고개를 끄덕인 명휘가 입을 열었다.

"드시라 해라."

"예."

소리 없이 문이 열리고 분홍색 대수삼을 입은 여인이 안으로 들어왔다.

한 손에는 작은 남자아이를 데리고 있는 여인의 모습은 가히 절색이라 해도 손색이 없을 지경이었다. 화공이 그린 듯한 짙은 눈썹과 매혹적인 입술, 벌써 네 번째 아이를 낳았다고는 믿기지 않을 정도로 여리여리한 몸의 굴곡. 사내라면 누구라도 쳐다보지 않을 수 없을 정도로 아름다운 여인은 이 나라의 황후인 호가희란이었다.

내로라하는 명문 세가인 호가세가의 여식인 희란은 열여덟 살이라는 어린 나이에 황후로 들어온 여인이었다. 수배는 차이 나는 이를 지아비로 삼아 황후로 온갖 권력을 쥐며 살아온 그녀에게 가장 큰 불행은 네 명이나 낳은 아이 중 황자가 가장 막내라는 사실이었다.

만약 그녀가 낳은 첫 아이가 사내였다면 황태자는 바뀌었을 것이다.

"어마마마를 뵙습니다."

"황후마마를 뵙사옵니다."

자리에서 일어난 명휘와 조운이 고개를 숙이며 인사하자 희란이 그린 듯한 미소를 지었다.

“어머나 태자, 편히 대하라니까요. 이리 일어설 것 없습니다. 하고 상서령도 어서 일어나세요.”

손가락에 화려하게 낀 가조를 입에다 대며 황후가 말하자 명휘가 미소를 지었으며 상서령 조운 또한 살짝 고개를 숙인 채 인사했다.

“어머님을 맞이하는데 당연한 일인 것을요. 한데 이곳까지 어인 발걸음이십니까?”

“어인 발걸음이라니요? 어미로서 아드님이 보고 싶어 이리 걸음 하였답니다.”

자연스럽게 나오는 어미와 아들이라는 말에 명휘는 저도 모르게 나오려는 비웃음을 삼켰다. 모후라고는 하여도 그와 여덟 살 차이밖에 나지 않는 여인이었다.

“소자가 송구하옵니다. 자주 찾아뵈어야 하는데 요즘 일이 바빴습니다.”

“나랏일을 돌보시는 분인데 당연하지요. 하옵고 우리 현아가 형님이 보고 싶다 하여 이리 걸음 하였습니다.”

현아라는 말에 명휘는 처음으로 황후에게서 시선을 옮겼다. 이제 네 살밖에 되지 않은 어린아이. 무릎에나 겨우 닿을 법한 아이는 지난번에 보았을 때보다 제법 자라 있었다.

“태자 전하를 뵈옵니다.”

어미가 교육을 시켰는지 그를 향해 예를 갖추는 아이의 뒤통수가 달달 떨리고 있었다. 처음으로 태자를 가까이서 만나 인사를 나누는 자리가 여간 불편한 모양이었다. 그 모양새에 명휘는 피식 웃어 버렸다.

"너무 어려워할 것 없다. 내 태자이긴 하지만 너의 형님이기도 하니 편히 하거라."

"예, 예……."

그 말에 살짝 고개를 든 아이는 불안하게 눈동자를 떼구루루 굴렸다. 그리고 순간 마주친 명휘의 눈동자가 웃고 있는 것을 보고 살짝 고개를 올렸다.

"이리 동생을 챙겨 주시다니 이 어미 정말 기쁩니다."

"별말씀을요. 제가 먼저 모후와 현아를 챙겼어야 하는 것인데……. 다과를 내오도록 하여라."

태자의 명령에 궁인들이 명을 받들고 잠시 정적이 흘렀다. 그리고 먼저 정적을 깬 이는 황후였다.

"상서령께선 이른 아침부터 급한 사안이 있나 봅니다. 이리 태자궁을 찾은 것을 보니……."

"나랏일에 어찌 시간을 따지겠습니까. 항시 급하고 어려운 일뿐이겠지요."

"나라의 동량인 상서령이 이리 태자를 잘 보필하고 있으니 이 어미는 아무 걱정이 없습니다."

황후의 말에 조운은 찌푸려지려는 미간을 겨우 참아 내었다. 나름대로 정치판에서 많이 굴렀다 생각하고 있는 그였지만 이런 모습을 보고 있느니 차라리 백 명의 적과 싸우는 것이 낫겠다 싶을 정도였다.

'정말 누가 보면 아주 아들을 위하는 어머니인 줄 알겠군.'

그게 그의 솔직한 심정이었다. 황후로 책봉된 순간부터 태자를 밀어내기 위해 온갖 혈안이 되어 있었으며 황자를 생산한 순간부터는 제 소생의 아이를 황태자로 만들기 위해 온갖 술수를 다 부린 여인.

눈앞에 있는 여인의 욕심은 끝이 없었다. 나라에서도 손꼽히는 가문의 여식으로 만족하지 않고 황제의 정실이자 후계의 어머니가 되고자 한 인물이었다.

2년 전 황제가 쓰러지고 세가 간의 다툼이 있을 적에도 그녀는 움직이지 않았다. 이미 정보 세력을 만들어 놓고 황도를 주시하고 있던 명휘와 조운은 황후의 가문 또한 발톱을 드러내길 기다리고 있었다.

하지만 호가세가는 움직이지 않았다. 기다렸던 것인지 때가 아니라 생각했던 것인지 그녀의 가문은 움직이지 않았고 그 선택으로 그녀의 가문과 세력은 건재했던 것이다. 다행히 세가의 힘이 많이 약화되었고 호가세가 또한 그 세가 전과 같지 않다지만 무시할 정도는 아니었다.

'그때 다 밀어 버렸어야 했는데.'

이왕 무력을 일으킨 것 명휘와 조운은 모든 귀족 세력들을 밀어 버리려 했었지만 큰 죄를 짓지 않은 황후의 가문을 무작정 칠 수 없었다.

잠시 후 궁녀들이 들어와 다과상을 내어놓았다. 향긋한 차 향기가 사람들의 생각과는 관련 없이 향긋하게 피어올랐다. 의례적인 안부 인사가 몇 마디 오고간 뒤 차 마시며 달그락거리는 소리만 들려왔다. 찻잔이 절반 정도 비워졌을까. 찻잔에 맺힌 물방울을 바라보던 황후가 입을 열었다.

"참, 태자. 이 어미 부탁이 있는데 들어주시겠습니까?"

"말씀하십시오, 어마마마."

드디어 본론이 나온다 싶어 명휘의 눈동자가 빛났다. 어차피 피차 서로 보기 불편한 자리, 그만 정리하고 싶은 마음뿐이었다.

"다른 것은 아니고 우리 현아가 벌써 네 살입니다. 하여 공부를 시키고 싶은데 마땅한 선생이 없어요."

"……황자를 가르치는 선생이 없다는 말씀이신가요?"

이미 황자들을 가르치는 경서방에서 배우고 있을 터였다. 명휘의 미간이 살짝 찌푸려졌다.

"경서방에 다니고 있지만 현아가 아직 어려 다른 이들과 함께 배우기 낯설어합니다."

"흐음, 그러하군요."

"하여서 태자가 허락만 한다면 따로 독선생을 두고 싶은데……. 어찌 생각하십니까?"

그의 의중을 살피듯 바라보는 모습에 명휘는 피식 웃어 버렸다. 황후의 생각이 너무 빤히 보였기 때문이다.

"현아가 그리 낯설어하다니 형으로서 챙겨 주지 못해 미안할 따름입니다. 어마마마께서 그리 말씀하시니 독선생을 붙이는 것이 마땅할 듯싶군요."

"아, 하면……."

"제가 보기엔 저의 태자부였던 선우시랑께 독선생을 부탁드리면 되겠군요."

선우시랑이라는 말에 자신의 뜻대로 되어 간다 싶었던 황후의 표정이 굳어졌다. 선우시랑이라 하면 사사로이는 태자의 태자부이기도 했으며 선우세가를 이끄는 노학자가 아니던가. 물론 덕망 높은 학자이기도 했지만 가장 중요한 사실은 태자를 어린 시절부터 가르쳐 왔으며 태자의 강력한 지지 세력이라는 것이었다.

"아, 괜찮습니다. 어찌 태자부셨던 선우시랑 공께 부탁드리겠습니까? 그저 독선생 정도면……."

"아닙니다. 사사로이는 소자의 아우이자 모후의 아드님이 아니십니까. 현아가 영특해 보이니 분명 사부께 많은 도움을 받을 수 있을 것입니다."

거절할 명분이 더는 없었다.

황태자의 스승이기도 했던 이를 스승으로 붙여 준다는 데 무슨 말을 할 수 있겠는가. 황후가 입술을 깨물었다.

"고, 고맙……습니다, 태자."

"별말씀을요. 모후께선 언제든지 의논할 일이 있으면 저에게 논의해 주시지요. 아들로서 성심성의껏 답하겠습니다."

나무랄 데 없는 대답에 황후의 표정이 굳어졌다 이내 풀어졌다.

“호호, 고맙습니다, 태자. 내 지아비께서도 환후 깊으신데 이리 든든한 아드님이 계셔 얼마나 다행인지 모릅니다.”

“당연하지요. 세 황녀의 혼사도 알아보고 있으니 너무 심려치 마십시오.”

황녀라는 말에 미소 짓던 황후의 미소가 다시금 굳어졌다. 황녀라고 해봐야 가장 큰 황녀가 이제 아홉이었다. 그런 황녀의 혼사라니……. 새파랗게 굳어진 황후가 떨리는 음성으로 입을 열었다.

“아, 아직 어린…… 황녀랍니다. 아직은 품에 두고 키우고 싶은 마음이지요.”

“그러신가요? 모후께서 그러하시다니 잠시 접어 두겠습니다.”

황태자의 말에도 굳어진 표정을 지우지 못한 황후가 자리에서 일어났다.

“이, 이만 물러가 보겠습니다, 태자.”

“예, 마마. 안색이 좋지 않으신데 쉬십시오. 아, 그리고 현아.”

“예? 예, 저, 전하.”

자신을 부르는 말에 깜짝 놀란 현이 말을 더듬었다.

“형님이라 부르라니까. 그리고 앞으로 사흘에 한 번씩 이 시간에 내 처소에 들도록 해라.”

“태, 태자. 황자는 무슨 일로…….”

“제가 아무리 바쁘다 하나 황자를 너무 챙기지 못한 듯하여서 말입니다. 형제간의 우애도 쌓고 공부도 가르쳐 볼까 합니다.”

"바쁘실 텐데 괜찮습니다."

"아닙니다. 걱정 마십시오. 사흘 뒤에 오너라."

"예, 아, 알겠습니다."

제대로 원하는 것은 얻지도 못한 채 허둥지둥 황후가 황자를 데리고 빠져나가자 태자가 입가를 피식 올렸다. 조용히 그 모습을 바라보고 있던 조운의 입가에도 미소가 감돌았다.

"안 참아도 돼."

"예? 그, 그렇다면……. 푸하하핫!"

참지 않아도 된다는 말에 조운이 웃음을 터뜨렸다. 이윽고 그 웃음이 전염되기라도 하듯 명휘의 웃음소리도 터졌다. 일간의 시간이 지나고 웃음소리가 진정되었을 즈음 조운이 입을 열었다.

"히유, 황후께선 전하가 정말 무슨 짓이라도 할 것이라고 생각하나 봅니다."

조운의 말에 명휘가 어깨를 으쓱했다.

"글쎄, 솔직히 황후가 저러는 걸 보면 마음이 동하지 않는 것은 아니지만 이러니저러니 해도 동생 아니겠어?"

몇 번 본 적은 없지만 황후를 닮아 제법 곱던 여자아이들이 떠올랐다. 그의 모후께서 일찍 승하하지 않고 동생을 낳아 주었다면 어떠했을까. 모후의 가녀린 외모를 닮은 여아가 있다면 참 어여삐 여겼을 터인데.

명휘의 눈이 무언가를 생각하듯 가라앉자 그 내심을 짐작한 조운이 살짝 한숨을 내쉬었다.

'선황후마마께서 외로우신 전하께 형제라도 한 분 더 만들어 주셨으면 좋으셨을 텐데…….'

돌아가신 선황후마마께서 얼마나 곱고 아름다운 마음씨를 가지고 있었는지 잘 알고 있는 조운은 내심 드는 생각에 안타까움이 앞섰다. 친우이자 멀긴 하지만 인척이기도 한 그가 있었고 여러 형제들이 있었지만 그는 근본적으로 신하였고 다른 형제들은 정적이었다. 그런 분께 마음 붙일 수 있는 곳 하나 있었다면 좋을 텐데.

"뭐, 황자마마를 걱정하기보단 전하의 배필을 찾는 것이 먼저 아니겠습니까?"

분위기를 전환해 보려는 듯 밝게 말한 조운의 말은 명휘를 상념에서 끌어올리기에 충분했다. 명휘의 미간이 찌푸려졌다.

"인상 쓰지 마십시오. 잘생긴 얼굴에 흠 생깁니다."

"사내 얼굴이 흠 좀 있으면 어때서?"

천하 제일미라 불리었던 전 황후의 외모를 닮은 황태자는 아름다운 얼굴을 가지고 있었다. 물론 체격이 있고 굵은 선이었기에 여인으로 착각할 일은 없었지만 어린 시절엔 종종 소녀로 착각할 정도로 아름다움을 자랑했었다.

"그건 정말 애석한 일이니 참아 주십시오. 그보다 슬슬 안결을 맞아야 하지 않겠습니까?"

"……할 일이 얼마나 많은데 무슨……."

"아무리 할 일이 많아도 그보다 중요한 일은 없습니다. 전하께서도 안정을 찾으셔야 합니다."

조운의 진지한 말에 명휘는 한숨을 쉬었다. 조운뿐만 아니라 조정의 많은 신료들이 그의 혼사에 신경 쓰고 있었다. 스스로도 슬슬 필요할 때가 되었다고 생각하지만 아직은 동하지 않았다. 명휘가 슬쩍 화살을 돌렸다.

"그러는 너는 왜 안결을 맞지 않는 건데?"

"아, 저야 자유를 사랑하는 경향이 강해서 괜히 한 여인에게 얽매이면 서로 불행해질까 봐 그러는 거지요."

구구절절 말은 많아도 결국 혼인하기 싫다는 말이라 명휘는 코웃음을 쳤다.

"조가주가 저번에도 그러더군. 자식 놈이라고 하나가 아니라 둘 있었으면 당장 쫓아냈다고. 어떻게 된 게 하루가 멀다 하고 여자가 바뀐다고."

"헉, 아버님께서 그런 모함을 하시다니."

"모함은 무슨. 내가 봐도 그런데."

"에잇, 갑자기 왜 제 쪽으로 말이 돌아간 겁니까? 급한 것은 전하인데……. 전 신경 쓰지 마시고 전하야말로 슬슬 생각해 보십시오. 아시겠습니까?"

왠지 휘말렸다는 생각에 인상을 찌푸리던 조운이 급히 말을 마무리했다.

"가는 거야?"

"잠시 다녀올 곳이 있습니다. 오늘은 더 이상 급한 건 없으니 전하께서도 좀 쉬십시오.”

조운이 사라지자 처소에 적막이 가라앉았다. 떠들썩한 조운이든 자신을 긁던 황후든 말하던 이들이 사라지니 어딘가 허전한 느낌이 들었다.

‘정말 혼인할 때가 된 건가.’

혼인이라는 생각이 머릿속에 떠올랐지만 명휘는 곧 머릿속에서 생각을 지웠다. 아름다운 외모와 명석한 두뇌, 고운 마음씨를 지녔음에도 지아비에게 사랑받지 못한 모후가 떠올랐다.

* * *

휘익.

쨍그랑.

무언가를 던지자 물건이 깨지는 소리가 들렸다. 여인의 가녀리기만 한 손에서 무언가가 날아갈 때마다 보화로 치장되어 있는 방의 물건들이 망가져 갔지만 누구 하나 말리는 이가 없었다. 그저 저 물건들이 자신에게 해를 끼치지 않기만을 바라며 고개를 숙이고 있었다.

“이익!”

쨍그랑.

좀 더 커다란 무언가가 깨지는 소리가 났다. 궁인들이 움찔댔지만 움직임은 멈추지 않았다.

얼마나 시간이 지났을까.

방 한쪽에 멀쩡해 보이는 물건이 사라졌을 즈음 여인이 겨우 행동을 멈추었다. 하지만 그녀의 어깨는 위아래로 상하 운동을 하고 있었다. 어찌하여야 주인의 화를 잘 피해 갈 수 있을까 조마조마한 심정으로 지켜보고 있던 궁인들은 누군가의 방문에 안도하며 방문자를 알렸다.

"황후마마, 호가세가의 가주님께서 드셨습니다."

가주라는 말에 황후 호가희란은 고개를 거칠게 돌렸다. 기다리던 이가 들었다는 소리에 거칠어진 숨을 가라앉히며 입을 열었다.

"어서 드시라 해라."

이윽고 문이 열리고 안에 중년의 사내가 들어섰다. 푸른 장포를 입은 중년인은 젊은 시절 꽤 준수했을 외모와 기품을 지니고 있었다. 그리고 그는 방 안의 꼴을 보곤 혀를 쯧쯧 찼다.

"이 무슨 꼴입니까, 황후마마. 언제나 체통을 지켜야지요."

"아버님! 제가 화를 안 내게 생겼습니까?"

바르르 떨며 목소리를 높이는 황후이자 딸을 한 번 바라본 호가세가의 가주 호가진원은 구석에 몸을 웅크리고 있는 한 존재를 보며 손을 내밀었다. 기다렸다는 듯 그에게 다가오는 이는 하나뿐인 귀한 손자이자 11황자인 현아였다.

"할아버님."

"아이고, 우리 황자님. 많이 놀라셨습니까?"

얼마나 놀랐는지 눈가에 눈물이 맺혀 있었다. 엄하고 독하기 그지없는 호가세가의 가주였지만 그 또한 할아버지였다. 어리디 어린 손자의 눈물 맺힌 모습이 안쓰러워 손수 닦아 준 그는 궁녀를 불렀다.

"이만 황자를 모셔 가도로 하여라. 놀라신 듯하니 진정시켜 드리고."

"예, 대감."

황자를 보살피는 궁녀들이 황자를 데리고 나가자 진원이 미간을 찌푸리며 딸을 나무랐다.

"이 무슨 추태란 말입니까? 제가 누누이 말하지 않았습니까? 마마께서는 이 나라의 어머니이니 그 체통을 언제나 지켜야 한다고 말입니다."

엄한 아버지의 말에 황후는 입술을 깨물었다.

"저도 그러하고 싶지만 너무 화가 납니다."

"무슨 일이셨습니까? 이 아비에게 말해 보십시오."

한숨을 내쉬듯 말하는 아버지의 목소리에 희란은 어린 시절처럼 투정부리듯 입을 열었다. 황후가 되었다고 하지만 그녀에게 있어 아버지는 언제나 든든한 버팀목이자 스승이었다.

"하여 태자에게 우리 현아의 교육을 이야기하였다가 괜히 불이익만 당하였습니다."

딸의 이야기를 들은 진원은 작게 한숨을 내쉬었다. 자신의 딸이 어수룩해서가 아니라 태자의 정치력이 워낙 뛰어난 탓이었다.

"마마의 마음은 이해하지만 태자는 그리 쉽게 볼 상대가 아닙니다. 마마께서도 아시지 않습니까? 태자가 지금의 자리를 어찌 얻었는지를요."

"알고 있지요. 너무나도 잘 알고 있지만 우리 현아에게 제대로 된 교육을 시켜 주고 싶었습니다."

현아라는 말에 호가가주의 눈빛이 어두워졌다. 황후의 하나뿐인 황자이자 세가의 희망이기도 한 11황자는 성격이 너무 소심했다. 물론 아직 어려 언제든지 바뀔 수도 있겠지만 그 기질이란 것은 쉽게 바뀌는 것이 아니라 매우 걱정이었다.

그렇기에 모든 황자들이 함께 교육을 받는 경서방에 적응하지 못한 채 뒤처지고 있는 것을 염려한 황후가 태자에게 독선생을 부탁했던 것이다. 물론 그 마음을 이해 못 한 것도 아니고 딸의 처신이 잘못되었다 할 수는 없었지만 결과적으로 원하던 바를 얻지 못했다.

"너무 상심하지 마십시오. 태자가 정해 준 독선생의 실력은 결코 떨어지지 않습니다."

애써 진원이 황후를 위로했다. 구중궁궐에 들어와 홀로 싸우고 있는 딸이 안쓰러워 더 이상 걱정을 보태 주고 싶지 않았다.

"그것만이면 괜찮겠지만 태자가 앞으로 사흘에 한 번씩 우리 현아를 데려오라 했어요."

"예?"

"말로는 우애를 다진다 하지만 어떤 말을 해서 아이를 겁박할지 누가 안답니까. 저는 그 생각만 하면 도저히 화를 가라앉힐

수가 없어요."

기어이 눈물까지 보이는 황후의 모습에 진원은 잠시 생각에 잠겼다가 입을 열었다.

"너무 걱정하지 마십시오, 마마. 비록 정적이라 하나 태자는 소인배가 아닙니다."

11황자를 위해 적이 되어야 하는 이지만 진원은 태자의 성품을 믿었다. 그가 호가세가의 가주일 때부터 지켜봐 온 태자는 결코 잔인한 이가 아니었다. 오히려 정도에 벗어나지 않는 한 진심으로 황자를 돌보아 줄 믿을 만한 사람이었다.

"정말 괜찮을까요?"

"예, 이 아비를 믿으십시오."

"아버님을 믿겠습니다."

점차 진정하는 황후를 보며 진원은 궁녀가 내온 차를 한잔 마셨다. 가문을 위해 출가시킨 딸의 처지가 참으로 안타까웠다.

어린 시절부터 영특하고 아름다워 가문을 이어 갈 큰아들보다 아꼈었다. 꽃처럼 아름답게 키워 데릴사위를 들일까 생각도 하였지만 딸은 욕심이 많았다.

황후가 승하했다는 이야기에 자청하여 황후 간택에 들어간 딸은 자신만만하게 선언했다. 호가세가를 제1 가문으로 반드시 올려놓겠다고. 그리고 소중한 딸이 원하는 일이기에 말리지 않았다. 비록 전 황후 소생의 적통 황태자가 있다 하지만 충분히 가능할 거라 믿었으니까.

그렇지만 현실은 달랐다.

왕으로 보냄으로써 완전히 축출할 수 있을 거라 생각했던 황태자는 누구보다 강력한 적이 되어 돌아왔고 황제는 버팀목이 되지 못한 채 목숨만 겨우 연명하고 있었다. 이 상태에서 황제가 승하한다면 황후와 11황자는 목숨조차 위태로운 것이다.

"많이 힘드시지요, 마마?"

"……아닙니다, 아버님."

"아비 앞에서는 솔직하셔도 됩니다. 힘들면 힘들다 말씀하셔도 되는 겁니다."

그 말에 황후의 고운 얼굴이 일그러졌다. 울음이 터지려는 것을 억지로 참는 듯 황후가 입술을 깨물었다.

"솔직히…… 너무 힘이 듭니다. 우리 현아를 지키는 것도 힘이 들고……. 하루하루 어찌 버티나 모르겠습니다."

지금은 병석에 누워 있는 황제는 입궁할 때부터 좋은 지아비가 아니었다. 그녀의 아름다운 외모에 빠져 있던 기간은 길지 않았고 이 꽃 저 꽃 돌아다니며 수많은 여인들을 맞이했다.

황후로서 투기한다 말할 수 없어 속으로만 얼마나 많이 울었던가. 비록 원해서 들어온 황궁이었지만 스스로의 선택을 얼마나 후회했는지 모른다.

"너무 걱정하지 마십시오. 이 아비가 마마를 위해 항상 버티고 있을 테니까요."

다정한 아비의 말에 황후가 기어이 눈물을 쏟아 냈다. 모든 것을 어루만져 주고 쓰다듬어 줄 듯 위로하는 손길이 퍽 다정했다.

"흑흑, 우리 현아가 걱정입니다. 우리 현아……. 우리 현아를 어찌해야 할지……."

"걱정 마십시오, 마마. 이 아비가 다 알아서 하겠습니다."

인자하기만 한 진원의 손길과는 다르게 그의 눈빛이 어둡게 빛났다.

* * *

우울한 기분을 떨치고자 황궁을 나선 명휘는 익숙한 거리로 걸음을 옮겼다. 수도 예하란의 거리는 과거와 달랐다. 사람들의 얼굴에는 희망이 가득했으며 어미의 손을 잡고 맛난 것을 사 달라 조르는 아이의 얼굴에서도 기쁨이 가득했다. 그 모습이 보기 좋아 그는 마음이 답답할 때면 이곳을 찾아오곤 했다.

꼭 자신을 칭송하는 모습이 아니어도 좋았다. 나라를 지탱하는 백성들이 희망차게 생활하고 있다는 사실만으로도 그에게 위안이 되었다.

"꺄아, 이것 좀 봐 봐."

몰려다니며 뛰어노는 아이들의 모습도 간간이 보였고 아이들로 인해 먼지가 나 투덜거리면서도 흐뭇하게 바라보는 상인의 모습도 보였다.

그 모습을 찬찬히 바라보던 명휘가 다다른 곳은 만화점이라고 현판이 적혀 있는 가게였다. 언제부터인가 예하란 귀퉁이에 생겨난 만화점은 현재 번화한 예하란의 거리에서도 가장 커다란 건물이었다.

만 가지의 물건을 갖고 있다 하여 만화점이라고 불린 그곳은 진천국 내에서도 수십 개의 지부를 가지고 있을 정도로 그 규모가 컸으며 벌어들이는 수익도 어마어마했다.

그렇다 하지만 만화점이 수익만을 얻는 곳은 아니었다. 지역마다 특성을 살려 물고기가 모자란 곳엔 물고기를 유통시키고 가축이 모자란 곳엔 가축을 유통시키며 지역 간 있던 물가 차이를 최소화시켰다.

워낙 먼 곳에 있어 같은 물건이라도 지역마다 커다란 가격 차이를 주고 유입되던 것들도 현재는 거의 사라져 있었다. 그 모든 변화가 만화점이라는 점포를 통해 이루어지고 있으니 정말 대단한 일이었다.

"아이고, 공자님. 오셨습니까?"

만화점 본점 앞에서 비질을 하던 점원이 그를 발견하곤 인사했다.

연초록색 장포를 입고 그저 띠를 둘렀을 뿐이지만 준수한 외모의 휘 공자라 불리는 사내는 예하란 거리의 누구보다 눈에 띄었다.

"오랜만이네, 장 집사. 또 이렇게 비질을 하고 있는 건가?"

"가게의 얼굴인데 당연히 해야지요. 어서 들어가십시오, 공자님."

장 집사라 불린 이는 처음 이린 일행이 도망칠 때 도와주었던 병사 장 씨였다. 고향으로 돌아가려 했던 그는 어린아이들끼리 장사를 하려는 것을 보고 아이들 곁에 머물기로 하였다.

처음에는 단지 아이들이 정착할 때까지만 머물 생각이었다. 하지만 아슬아슬하면서도 체계를 잡아 가는 강인한 모습에 매료되어 떠나지 못했다. 그리하여 지금은 만화점을 책임지는 집사로서 지내고 있었으며, 그의 가족들도 이곳으로 이사 와 함께 지내고 있었다.

장 집사의 믿음직한 모습에 명휘가 웃으며 안으로 들어서자 손님으로 가득 찬 내부가 한눈에 들어왔다.

사실 이 정도까지 발전할 것이라고는 그도 예상치 못한 일이었다.

처음엔 그저 똑똑한 어린아이가 제 앞가림을 하길 바라는 마음에 돈을 빌려준 것이었다. 그런데 몇 년 만에 돌아와 보니 아이는 놀라울 만큼의 상재를 발휘하며 만화점이라는 가게를 세워 놓았고 2년이 지난 지금에 와서는 그 이름을 모르는 이가 없을 정도였다.

"어, 휘 공자님 오셨습니까?"

가게에서 일을 보고 있던 여인 이수가 그를 발견하곤 웃으며 다가왔다.

"린아를 보러 왔는데……."

"아, 이를 어쩌지요? 린아는 오늘 그곳을 갔습니다."

집사도 모르는 것을 보니 가게 뒤쪽으로 난 문을 통해 나간 모양이었다. 린이 정기적으로 가는 곳이 어딘지 알고 있는 휘가 고개를 끄덕이며 뒷문 쪽으로 향했다. 익숙한 정원을 지나 뒷문을 빠져나오니 또 다른 거리가 드러났다.

번화한 예하란의 거리에 어떻게 이런 곳이 있을까 싶을 정도로 허름한 집들이 옹기종기 모여 있는 곳. 빈민 구제는 나라도 못 한다는 말이 있듯, 그가 선정을 베풀며 이들에게도 혜택에 돌아갈 수 있도록 부단히 노력했음에도 아직 나아지려면 많은 시간이 걸릴 것 같았다.

안쓰럽게 구걸하는 노인에게 돈을 건네준 명휘가 향한 곳은 조금 규모가 커 보이는 집이었다. 허름해 보이는 외관과는 달리 내부로 들어간 그곳은 청결한 향기로 가득 차 있었다.

"어머, 휘 공자님 오셨습니까?"

중년의 여인이 그를 맞이하였다.

이곳을 책임지는 그녀는 린이 이곳을 방문할 때면 종종 함께 오는 사내를 잘 알고 있었다. 살짝 미소 짓는 얼굴은 준수하기 그지없었고 걸음걸이 하나에도 기품이 넘쳤다.

"이것 받으십시오. 갑작스레 방문해서 좋은 것은 챙겨 오지 못했습니다."

정중하기 그지없는 말투.

하지만 오 씨는 불편함을 느꼈다. 굴곡 있는 삶을 살아오면서 나름대로 지위가 있는 사람도 보아 왔지만 눈앞의 청년이 존대를 하는 것은 참 불편했다. 그만큼 그의 지위가 높은 것이리라.

오 씨에게 오는 길에 산 먹거리를 건네고 휘는 익숙한 얼굴을 발견했다. 병색이 완연해 보이는 여인을 부축하며 음식을 먹이고 있는 이는 린이었다.

고생스런 일을 하고 있는 모습에 휘의 미간이 절로 찌푸려졌고 그 모습을 본 오 씨가 입을 열었다.

“충분히 후원도 하고 있고 다들 고마워하는데 늘 찾아와요. 많이 바쁠 텐데…….”

그녀에게 있어 이곳을 후원해 주는 린은 참 고맙고 자식 같은 존재였다. 어리고 아직 여려 보이는데도 심지도 굳고 어찌나 강단 있는지 나이 많은 그녀가 배울 때가 더 많았다. 그녀의 말을 들으며 휘가 걸음을 옮겼다.

“그러지 말고 조금만 더 드세요.”

린의 간곡한 말에 가까스로 입을 벌려 한 수저 넘기던 여인이 와락 눈물을 쏟았다.

“흑.”

“울지 마세요. 기력 없는데 울기까지 하면 못 버티세요.”

“하지만 나 같은 죄인이……. 무엇을 먹는다고…….”

자신을 죄인이라 칭한 여인은 올해로 겨우 열일곱이었다. 꽃다운 나이에 진천국 공녀로 끌려와 궁녀가 되었던 여인은 한 고위 관리의 눈에 띄어 첩이 되었다. 고위 관리는 거의 몇 배는 나이 차가 나는 노인이었으며 그 집안의 첩실만 스무 명이 넘었다.

본부인의 구박 또한 너무 심해서 하루가 멀다 하고 매질을 당했다. 그 모진 구박을 당해 가며 첩실로 살다가 아이를 가졌는데 본부인이 누명을 씌웠다. 다른 사내의 아이를 가진 것이라며.

본부인과 큰 다툼을 하면서까지 첩실로 들인 공녀를 지켜 주고 싶지 않았던 관리는 그녀를 버렸고 무일푼으로 쫓겨나 어떻게든 먹고살고자 노력했지만 살아갈 길이 막막하여 자진을 시도했던 것이다.

그런데 질긴 것이 목숨이라 했던가.

정신을 차리고 보니 아이는 죽고 자신만 살아남고 말았다. 사랑하여 생긴 아이는 아니지만 배 속의 아이는 유일하게 살아가는 이유였다.

“살아야지요. 무슨 잘못이 있다고 죽으려 하세요.”

“……아이 하나 지키지도 못한 어미가 살아 무엇 하겠어요……. 전 죽어 마땅해요.”

자신보다 한 살 어린 여인의 눈에서 떨어지는 눈물은 색깔만 투명할 뿐 피눈물이나 똑같았다. 전혀 닮지 않았지만 그 여인의 모습에 잘 아는 누군가가 떠올랐다. 린이 입술을 독하게 깨물며 여인을 끌어안고 말았다.

“서화국의 가족들을 생각해요. 모두 무사히 돌아오기만을 기다리고 있을 거예요.”

“흐흑……. 가족……. 기다리지 않을 거예요…….”

흐느끼며 내뱉는 여인의 말은 참으로 비참하였다. 공녀로 끌려

갈 것을 두려워한 여인은 산으로 도망쳤다 한다. 그렇게 산속에서 풀뿌리를 캐며 연명하던 여인이 참지 못하고 몰래 집으로 숨어들었을 때 여인을 공녀로 넘긴 것은 가족이었다. 그녀의 애처롭던 울음소리를 외면하던 가족들의 모습은 또 다른 상처였다.

"차라리…… 차라리 죽는 게 나아요……. 이렇게 사느니……."

가족에게조차 버림받았다는 여인이 모질게 말하자 린이 끌어안았던 여인을 품에서 떼어 놓은 뒤 어깨를 움켜잡았다. 앙상하게 잡히는 뼈에 약해지려는 마음을 가다듬으며 독하게 소리쳤다.

"그런 소리 하지 말아요. 그런 식으로 생을 놓아 버린다고 해결될 거 같아요?"

"하지만……."

"살아갈 이유가 없다고 했지요? 죽을 이유도 없는 거잖아요. 그렇다면 그냥 일단 살아요."

언니처럼 허망하게 스스로 목숨을 끊도록 둘 수는 없었다. 원하지도 않은 곳으로 억지로 끌려와 자신을 놓아 버린 채 살지언정 그 목숨 놓아 버리게 하고 싶지 않았다.

"나에게 고맙다고 했잖아요. 아직 고마운 거 하나도 갚지 못했으니까……. 그러니까 제발 살아 줘요."

"흑……. 흑……. 미안…… 미안해요……."

왠지 자신보다 더 슬퍼 보이는 아픈 눈동자에 여인이 결국 울음을 터뜨렸다. 주변에서 그 가슴 아픈 모습을 바라보고 있던 여인들도 하나둘 울음을 터뜨렸다. 그 애처로운 광경에 선불리 다가

가지 못한 채 휘는 시선을 돌려 눈을 감았다.

이들 또한 그의 백성이었다. 돌봐 주어야 하는 불쌍한 이들이지만 아직까지 모든 이들에게 손을 뻗진 못했다. 현 황제의 어두운 그림자는 깊게 남아 있어 쉽게 걷어 내기 힘들었다. 공녀라는 제도는 사라졌지만 고관대작들은 몰래 공녀를 사들이려 했으며 진천국 내에 남아 있는 공녀들을 데려가 노리갯감으로만 취급했다.

이윽고 어느 정도 시간이 지나 린이 여인을 자리에 눕혀 재우고 있었다. 그에 휘가 곁으로 다가가 조용히 그녀를 불렀다.

"린."

"어? 휘 온 거예요? 잠시만요."

아이처럼, 하지만 작은 움직임에도 움찔거리는 여인의 몸을 이불로 덮어 준 뒤 린이 자리에서 일어났다.

이제 스무 살이 된 린은 여전히 작았다. 처음 보았을 때도 작은 체구라고 생각했는데 7년이 지난 지금에도 린은 보통의 이들보다 훨씬 작고 가냘팠다.

물론 이제는 린이 여인이라는 것을 안다. 어떻게 눈썰미 좋은 그가 못 알아보았나 싶을 정도로 일반 여인들보다 체구도 작은 린이었다. 2년 전 황도로 입성한 뒤 린을 찾고 나서야 그는 린이 여인이라는 것을 알 수 있었다. 물론 남장을 하고는 있었지만 말이다.

"린, 손님도 오셨는데 오늘은 이만 가 봐요. 제가 잘 보살필게요."

어느새 다가온 오 씨의 말에 린이 잠시 고민하다 생긋 웃었다.
“그럼 오늘만 좀 부탁드릴게요.”
“걱정 말고 가 봐요.”
린은 잠든 와중에도 편히 자지 못하고 움찔거리는 여인의 이불을 토닥여 준 뒤 수통의 물을 가져다 간단히 손을 씻었다. 그러고는 자신을 걱정스럽게 바라보는 휘를 향해 미소 지어 보였다.
“하나도 안 힘들어요. 이 정도쯤은.”
“그래, 그래. 그보다 나 배고픈데 식사라도 하러 가자.”
“어? 나도 배고팠는데 마침 잘되었네요. 맛난 데로 안내할게요.”
“그래.”
활기차게 웃으며 나가는 린의 모든 것이 보기 좋았다. 처음 이 아이를 만났을 때부터 느낀 것이었지만 참으로 빛나는 아이었다. 힘든 상황에서도 포기하고 절망하기보단 희망을 찾고 돌파해 나가는 아이. 그래서 많은 사람들이 아이를 따르는 것이다.
그 또한 황궁에서 사람들에게 치이고 휴식이 필요할 때면 무의식적으로 린을 찾곤 했다. 그저 맛있는 것을 먹고 이야기를 나눌 뿐이지만 그것만으로도 만족스러웠다.
“일 힘들지 않아?”
“또 그 소리예요? 하나도 힘들지 않아요.”
“이미 많은 돈을 기부하고 있잖아.”
“돈을 기부한다고 해서 마음이 전달되는 건 아니에요. 그들에게는 위로가 필요해요."

많은 돈을 벌기 시작한 이후 린은 여러 가지 일을 했다. 고아들을 위해 고아원을 짓기도 했고 여러 가지 기부를 했지만 가장 큰 비중을 차지하는 것은 저 여인들을 돌보는 것이었다.

바로 서화국의 공녀를 돌보는 일.

전쟁으로 가장 큰 피해를 입은 이들은 저들일 것이다. 나라에서 지켜 주지 못한 불쌍한 이들은 잘 정착해서 누군가의 아내로 사는 이들도 있었지만 극히 일부였다. 대부분은 궁녀로 들어가거나 고관대작의 첩으로 들어가 힘겨운 삶을 살고 있었다.

그마저도 나이가 들어 아름다움이 사라지면 버려지기 일쑤였는데 그녀들은 고향으로 돌아가지도 못했다. 서화국에서는 불쌍한 희생양인 그녀들을 반기지 않았고 결국 이곳 진천국에서 비참한 삶을 연명할 뿐이었다.

린이 이들을 돌보는 것을 보며 그 또한 공녀에 대한 처우 개선 방안들을 생각해 보고 있지만 나라가 아직 모두 안정되지 않은 시점에서 많은 부분을 투자할 수 없었다.

쓱쓱.

린이 기특하다는 듯 머리를 쓰다듬어 준 휘가 살짝 볼이 붉어진 채 그를 바라보고 있는 린의 모습에 헛기침을 하며 고개를 돌렸다.

어린 동생처럼 생각하고 있던 린이었지만 요즘 들어 자꾸 이렇듯 어색한 반응이 나타났다.

'이 아이는 동생이야. 내가 돌봐 주어야 할 동생 같은 아이라고.'

물론 같은 나이이지만 말이다.

"아, 저쪽이 맛있어요. 어서 들어가요."

린의 뒤를 따라 들어간 곳은 약간 소담한 느낌의 식당이었다. 주인과 잘 아는 사이인 듯 주인이 반갑게 인사했다.

"아이고, 린아. 오랜만이네."

"아저씨 안녕하셨어요? 요즘 제가 뜸했지요?"

"네가 좀 바쁘냐? 어쩔 수 없는 거지. 여보 누가 왔는지 봐 봐."

기어이 부엌에 있는 아내까지 부른 주인이 린의 손을 꼭 잡으며 자리로 안내했다.

"누가 온 거요?"

빼꼼 고개를 내민 여인이 린을 발견하고는 화들짝 놀라며 튀어나왔다. 후덕한 몸매를 지닌 여인은 슥슥 제 치마에 손을 닦더니 린의 손을 붙잡고 반가워했다.

"아이구, 이게 얼마 만이야. 반가워라."

"잘 지내셨지요, 아주머니? 자주 못 와서 죄송해요."

"아니야, 아니야."

눈물까지 글썽이며 린을 바라만 보던 여인은 남편의 재촉에 황급히 자리에서 일어났다.

"임자, 맛난 거라도 좀 내와. 그러지 말고."

"아이고 내 정신 좀 봐. 잠깐만 기다려라, 린아."

후다닥 아주머니가 들어가고 좀 진정이 되자 주인아저씨가 차를 내왔다. 조그마한 식당은 식사 시간이 지나서인지 손님이 없었다.

“요즘 손님은 좀 있으세요?”

“그럭저럭 괜찮단다. 지금 식사 시간이 아니라 그렇지 먹고살 만해.”

안심하라는 듯 미소 짓는 주인아저씨의 웃음이 푸근했다. 린이 마주 웃으며 차를 들자 편히 마시라는 듯 아저씨가 사라졌다.

“잘 아는 사이야?”

“아, 얼마 전에 인연이 되신 분이에요. 종종 와서 식사하고 있어요.”

린의 말에 음식을 내오던 아주머니가 입을 열었다.

“린이가 우리 은인이지, 뭐.”

“아주머니도 참. 근데 뭘 이렇게 많이 하셨어요?”

“별것 아니야. 안 그래도 저녁 장사 준비하고 있었는데 너무 많이 준비했단다. 아마 네가 올 줄 알았나 보다. 많이 먹거라.”

한 번 더 손을 토닥인 아주머니가 사라지고 탁자 가득 맛있는 음식들이 가득했다.

“내가 이래서 자주 못 온다니까.”

음식값은 받지도 않으면서 올 때마다 상다리가 부러지도록 차려 주시는 분들이기에 린은 될 수 있으면 찾아오질 않았다. 그래도 워낙 음식 맛이 좋아 휘에게 맛보여 주고 싶어 온 것이었다.

“많이 신세 진 분들인가 본대?”

"음, 그냥 이 식당 다시 열 때 좀 도와드린 것뿐이에요. 솜씨도 좋으시고 두 분 다 건강하신데 식당 문을 닫으셨거든요. 그래서 조금 도와드린 거예요."

린의 말에 명휘의 눈동자가 따뜻하게 빛났다.

"왜 그렇게 보는 거예요?"

왠지 머쓱해진 린이 얼굴을 붉히며 말했다.

"내가 널 보면서 배우는 게 많아."

"뭐가 많다고 그래요. 사람 쑥스럽게……."

"……먹자. 이거 내가 사는 거니까 많이 먹어."

"에이, 내가 산다니까요? 맨날 사 주기만 하고……."

"내가 투자한 돈 열심히 불려 주려면 맛있는 거 많이 먹여야지. 당연한 거니까 부담 갖지 말고 먹어."

그의 말에 어쩔 수 없다는 듯 웃은 린이 젓가락을 들었다. 솜씨와 정성까지 들어간 음식은 냄새뿐 아니라 솜씨도 훌륭했다.

"우와, 역시 맛있어요. 그렇지요, 휘?"

"음, 맛있군."

황궁에서 먹는 호화롭지만 차가운 음식과는 달랐다. 화려한 재료로 치장되어 있지는 않았지만 소박하면서도 정성이 가득 들어간 따뜻한 음식이었다.

"자, 이것도 먹어 봐요. 요즘 힘든 일이 많은가 봐요. 얼굴이 영 까칠하네……."

린이 보기에 휘는 외로운 사람 같았다.

처음 자신을 도와준 뒤 쭉 알고 지내게 된 휘라는 사람은 가벼운 듯하면서도 알기 힘든 타입이었다. 동갑이라는 나이를 믿을 수 없을 정도로 어른스러운 데다가 지식도 넓었다. 집안 또한 어마어마하게 부유한 모양이었다. 그녀에게 그 큰돈을 투자한 것을 보면.

물론 그 돈으로 인해 지금의 만화점이 있는 것이지만 말이다. 무언가 보답을 해 주려고 해도 어른스러운 표정으로 뒤에서 후원만 해 주는 정말 고맙고도 알 수 없는 사람.

그런 사람이 가끔 무척 외로운 표정을 짓고 있었다. 세상천지 혼자밖에 없다는 듯한 표정으로 있으면 왠지 토닥여 주고 싶었다.

"뭐 그럭저럭 골치 아픈 일들이 있거든."

"뭔지는 모르겠지만 제가 도와줄 거 있으면 말해요. 언제든지."

"하하, 그래."

그녀의 말에 정말 기쁘다는 듯 크게 웃는 휘의 앞접시에 고기 한 점을 올려놓은 린은 마찬가지로 자신에게 반찬을 집어 주는 그의 행동에 미소 지었다.

"휘, 오늘은 안 가지고 왔어요?"

"쿡쿡, 왜 안 찾나 했다. 자, 가져왔지."

린의 말에 익숙한 듯 휘가 꺼낸 것은 보자기에 곱게 싸인 호리병이었다. 황급히 받아 든 린이 마개를 열자 향긋한 약초 냄새가 주점에 가득 찼다.

"우와, 약초 술인가 봐요."

"응. 이번엔 약초 술로 준비했어."

향기로운 황궁의 술을 좋아하는 린을 위해 나올 때면 항상 한 병씩 챙겨 오는 휘였다. 술 향기를 맡고 눈치 빠르게 주인아저씨가 잔을 가지고 왔다.

"주인장도 한잔하십시오."

"아, 아이고. 이거 손님께 받아도 되는 건지……."

"한 병 더 있으니 걱정하지 않으셔도 됩니다. 부인께서도 술을 할 줄 아신다면 한잔하시지요."

"그럼 그럴까요?"

기다리고 있었다는 듯 부엌에 있던 아주머니까지 빼꼼히 나와 양주와 휘와 린이 테이블에 둘러앉았다. 한적한 시간이라 손님이 없어 양주의 마음도 느긋한 듯하였다.

"자, 그럼 한 잔씩, 건배."

린의 말에 술잔이 부딪치고 잔이 비워졌다. 약초 술의 향취와 깊은 맛에 사람들의 입에서 절로 탄성이 나왔다.

"후아, 이거 무슨 술입니까? 이런 술은 처음 마셔 봅니다."

"집안에 술 장인이 사는 모양이에요. 제가 완전 반했다니까요."

린의 칭찬에 휘가 미소 지었다.

"자, 한 잔씩들 더 하십시오."

그 말에 거절하려던 주인 부부가 망설이는 것이 보였다. 그저 한 잔만 받아 볼 생각이었는데 처음 맛보는 술맛이 너무 좋아 참기 힘든 모양이었다.

"딱 한 잔씩만 더 하세요. 자주 맛보기 힘든 술이잖아요. 지금은 손님도 없고."

"그럼 염치 불고하고 한 잔만 더……."

한 잔씩 더 마시고 양주가 기분 좋게 각자의 자리로 돌아가고 휘와 린이 잔을 기울였다. 잔이 오고 가고 분위기가 무르익어 갈 무렵 린의 볼이 발갛게 달아올랐다. 휘 자신이 먹기에도 조금 센 약초주가 여인인 린에게는 더욱 센 모양이었다.

"린, 이제 그만 마시는 게 좋겠어."

"아이 참. 한 잔만 더 마실게요."

기어이 한 잔을 더 마신 린이 배시시 웃었다. 평소에는 나름대로 예의를 차리다가도 술을 마시면 어느 정도 풀어지는 모습이 귀여워 술을 자주 가져오기도 한 휘였다.

"린도 요즘 힘들어?"

힘드냐는 말에 린은 배시시 웃던 표정을 굳힌 채 휘를 뚫어져라 바라보았다.

"왜 그래?"

"잘은 모르지만 내가 아무리 힘들어도 휘가 제일 힘든 거 같아요. 뭐 나는 힘들면 많은 사람들이 걱정도 해 주고 멀리 떨어져 있긴 해도 가족도 있고, 이렇게 든든한 휘도 있으니까요. 그런데 휘는……."

잠시 말을 멈춘 린이 물끄러미 그를 바라본 뒤 입을 열었다.

"마치 홀로 떠 있는 섬 같아요. 누구도 도와줄 수 없는 철벽의 요새라고 해야 할까. 철벽의 요새는 강하지만……. 외롭잖아요."

가끔 놀라곤 한다.

린이라는 녀석은 꼬마 같아서 마냥 어리게 보이다가도 이렇게 그를 놀라게 만든다. 누구에게도, 가장 친밀한 조운에게도 말하지 못했지만 그도 외로웠다.

어린 시절에는 그런 생각도 했었다. 만약 모후께서 자신의 편이 되어 줄 형제라도 한 명 더 낳아 주셨다면 좀 낫지 않았을까 하고. 유독 몸이 약하셔서 그를 제외하고는 더는 자식을 생산하지 못하였기에 무리겠지만 말이다.

"뭐, 형제가 있었으면 좋겠다……. 라는 생각을 하지 않은 것은 아니지. 린 너는 형제가 있나?"

형제라는 말에 린의 표정이 굳어졌다.

잊으려 해도 잊을 수 없는, 한 사람이 떠올랐기 때문이다. 어느 순간 이린은 거울을 보지 않았다. 어느새 언니의 나이를 넘겨 버린 스스로를 깨닫고 싶지 않아서였다. 서화국으로 돌아가면 언니가 없다는 사실을 깨달을 것 같아 떠올리지도 않았다.

"저는…… 많아요. 비록 지금은 셋이지만……. 위로 넷이나 있었지요……."

감출 수 없을 만큼 슬퍼 보이는 린의 표정에 휘는 아차 싶었다. 씩씩하고 긍정적으로 살아가는 녀석이지만 어느 순간 무척 슬픈 표정을 짓곤 하였다. 그 이유가 형제 때문인 모양이었다.

"자."

휘가 말없이 린의 비어 버린 잔에 술을 따라 주었다. 그에 아프게 웃으며 린이 잔을 비웠다.

"미안해요. 그냥……. 좀 떠오르기 싫은 기억이 있어서요."

"누구에게나 떠올리기 싫은 기억 하나둘쯤은 있는 거지."

"맞아요, 그러기 위해서 이렇게 술도 마시는 거고. 휘도 한잔해요."

"쿡쿡, 나이도 어리면서 그런 소리는……."

"뭐 휘도 마찬가지 아닌가요? 우리 같은 나이잖아요."

린의 말에 대답하지 않은 채 휘가 잔을 부딪쳤다. 함께 잔을 비운 뒤 린이 씁쓸한 미소를 지으며 입을 열었다.

"너무 착하고……. 고운 사람이었는데……. 참 소중한 이였는데……. 너무 슬펐어요."

"그 사람도 너를 많이 소중히 여겼나?"

"네……. 무척이요."

"그러면 네가 이렇게 슬퍼하고 있다는 것을 알면 무척 슬퍼할 거야."

휘의 말에 린은 고개를 들어 말끄러미 그를 바라보았다. 그리고 동의하지 않는다는 듯 고개를 절레절레 저었다.

"휘의 말을 듣고 보니……. 절 아끼지 않은 것도 같아요. 그랬다면……. 스스로를 그렇게 쉽게 놓지 않았을 테니까……."

너무나도 착했던 언니가 그리운 만큼 미운 마음도 들었다. 자신과 가족들을 위해 살아 줄 수는 없었던 것인지. 아무리 이 공자가 소중했더라도 다른 삶의 이유를 찾을 수는 없었던 것인지.

"잘 알지 못하는 내가 모두 이해할 수는 없겠지만……. 그래도 그 사람이 린을 아꼈던 마음은 부정하지 마. 그러면 그럴수록 남겨진 사람이 더 힘드니까."

휘의 진심 어린 말에 린이 눈가를 휘며 웃었다. 그러곤 술병을 집어 그와 자신의 잔에 따랐다.

"왠지 휘의 말을 듣고 있으니까……. 그 말이 진짜처럼 느껴지네요. 고마워요."

"그리고 나도 있잖아. 너무 외로워하지 마."

자신도 있다는 말에 린은 눈을 동그랗게 뜬 채 그를 바라보았다. 쑥스러운지 그의 눈가가 살짝 붉어져 있었다.

"휘도…… 마찬가지예요. 나 있으니까……. 너무 힘들어하지 말아요."

휘라는 사람을 보고 있으면 왠지 위로해 주고 싶어진다. 은인이라든지 다른 이유를 제쳐 두고 그저 위로해 주고 싶고 편히 쉬게 해 주고 싶어 평소보다 말도 많아지고 이곳저곳 데리고 다니는지도 모르겠다.

"제가 있잖아요, 그 대신에. 비록 피가 섞인 것은 아니지만……. 피의 섞임 따위 큰 문제는 되지 않는다고요."

"그래. 린, 나에게도 네가 있었지."

휘가 조용히 웃었다. 그 미소에 린은 왠지 심장 한구석이 아려오는 것을 느꼈다. 볼이 살짝 붉게 달아올랐다. 왠지 모를 어색함에 손으로 부채질을 하며 애써 시선을 돌렸다.

"아유, 오늘 왠지 좀 덥네요."

"그래? 좀 취했나 보다. 물이라도 마시자."

자상하게 물잔에 물을 따라 주는 그의 행동에 린은 붉어진 얼굴로 그를 아무 말 없이 응시했다. 시선을 느낀 듯 그가 그녀를 바라보았다.

"왜?"

"아, 아니에요. 자 어서 한잔해요."

"그래, 고맙다."

단정한 입매와 서늘해 보이는 길쭉한 눈. 젓가락질 하나를 하는 동작 하나하나에도 기품이 느껴졌다. 아름다운 하나의 조각상을 보는 느낌이랄까. 문득 만져 보고 싶다는 생각과 함께 린의 머릿속에 무언가가 새로 떠오르는 느낌이었다. 그렇게 객잔의 분위기는 무르익어 갔다.

* * *

어두워질 즈음 가게로 돌아온 린은 처소로 돌아와 탁자에 놓여 있는 주전자에서 물을 한 잔 마셨다. 향이 좋은 약초 술이 생각보다 독한 모양이었다. 붉어지는 볼을 토닥이고 있을 때 두 여인이 들어왔다.

홍색과 녹색의 비단옷을 입은 여인들이었다. 간단하지만 세심한 머리꽂이가 머리 위에서 짤랑였고 입가엔 자연스런 미소가 아름다웠다. 도저히 7년 전 어려웠던 시절의 월과 이수라 생각지 못할 정도였다. 월이 자리에 앉으며 볼이 붉어진 린을 향해 입을 열었다.

"내가 이럴 줄 알았어요, 아가씨, 너무 독한 술은 자주 마시지 마세요."

한 손에 준비해 온 듯한 주전자에서 꿀과 숙취에 좋은 약재를 탄 물을 따른 월이 가벼운 잔소리와 함께 린에게 내밀었다.

"미안, 미안. 너무 향이 좋아서."

"휘 공자님과 나가는 것은 좋은데 번번이 술을 마시는 건 좀 그렇네요."

월의 걱정 어린 잔소리에 린이 피식 미소 지었다.

"흐음, 근데 린아. 매번 휘 공자님을 만날 때마다 이렇게 나가는 거야?"

이수가 미간을 찌푸렸다. 그녀가 보기에는 어디로 보나 어여쁜 여자아이인데 마냥 사내 모습으로 있는 것이 마음에 들지 않았다. 물론 사업이 중요하긴 하지만 여인으로서의 행복 또한 중요하다 생각하는 그녀였다.

"뭐, 어때요. 이게 편한데……."

"휘 공자님도 이제 네가 여인인 거 알지?"

이수의 말에 린이 잠시 생각에 잠겼다가 입을 열었다.

"아마 모를 거예요. 나 대하는 모습이 딱 남동생 보는 느낌이거든요."

"흐음……."

배시시 웃는 린의 모습은 영락없이 여자애였다. 그것도 무척 어여쁜. 제대로 꾸미지도 않아도 저 정도인데 휘 공자가 모를 리 없었다. 일에 관련되어서는 완벽하기 그지없는 린이지만 그 외의 일에는 순진할 정도로 의심이 없었다.

그녀가 보기에 휘라는 남자는 보통 사람이 아니었다. 평범한 척하려 해도 그냥 풍기는 분위기 자체가 평범하지 않았다. 이수가 만나 본 수많은 사람들 중 누구도 휘와 같은 분위기는 없었다.

"왜요, 언니?"

참 착하고 고마운 아이.

지금 생각해 보면 이 아이를 그곳에서 만난 것은 하늘이 도운 것이었다. 어린 시절 아무것도 모를 때는 진천국에 와서 출세할 기회를 잡겠다고, 집을 떠나 보겠다고 생각했지만 그게 얼마나 어려운 일인지 이제는 안다.

만약 그날 이 아이를 따라가지 않았다면 어찌 되었을까. 진천국으로 온 공녀들의 실상은 누구보다 잘 알고 있는 이수였다. 수익 나는 일정 부분을 공녀들을 위해 사용하는 린으로 인해 그 비참함을 잘 알게 되었다.

-차라리 이대로 죽게 놔두지 그러셨어요.

얼마 전 갔던 곳의 공녀가 한 말이었다.

진천국 장수의 첩으로 들어갔다 버림받은 공녀는 몸을 더럽힌 것은 물론이고 심한 고생으로 인해 아이까지 잃고 말았다. 그 비참함을 견디지 못해 자결하려 했으나 가까스로 목숨만은 건졌다 했던가.

바싹 마른 입술과 텅 빈 눈동자로 속삭이던 여인의 말이 잊히지 않았다. 차라리 죽여 달라던 여인의 삶이 자신의 일이었을지도 몰랐다.

"너, 그 휘라는 분 만나면 어떤 생각이 들어? 뭐 가슴이 두근거리거나 그런 맘은 없니?"

이수의 갑작스런 말에 린의 눈동자가 동그래졌다. 그러고는 이내 생각에 잠겼다.

"글쎄요……. 뭐, 많이 외로워 보인다는 느낌이라든지. 안쓰러운…… 느낌?"

린의 대답에 이수는 자신의 생각이 어느 정도 맞다는 것을 깨달았다. 물론 저 아이는 모르고 있겠지만 말이다.

"그분 잘생기지 않았어?"

"네? 잘……생긴 거요?"

잘생겼냐는 말에 린은 곰곰이 휘를 떠올렸다. 딱히 외모에 관심이 없는 린의 입장에서도 휘는 무척 잘생긴 얼굴이었다. 여인처럼 아름다운 얼굴이 아니라 서늘한 눈매나 단정한 이목구비, 백옥처럼 하얀 얼굴빛은 누가 보아도 마음을 빼앗길 만큼 훤칠한 장부였다. 오라버니 세 명이 있었지만 그중에서도 가장 잘생긴 것 같았다.

"으음, 우리 오라버니들보다도 잘생긴 거 같아요."

"아앗, 정말요? 전 이문 도련님이 제일 잘생겼던데."

린의 말에 동의할 수 없다는 듯 월이 끼어들었다. 이문을 생각하는 듯 월의 양 볼이 붉게 달아올랐다.

"이문 오라버니가 잘생겼던가?"

"그럼요. 집안에서도 얼마나 인기가 많았는데요. 거기다 자상하기까지……."

월이 끼어들어 다른 방향으로 말이 돌아가려 하자 이수가 미간을 찌푸리며 입을 열었다.

"내가 보기엔 휘 도련님도 무척 자상한 거 같은데. 그렇게 늦지도 않았는데 항상 린을 데려다주는 것도 그렇고 말이야."

"맞아요, 진료소나 고아원 다닐 때도 언제나 빈손으로 가는 법도 없고……. 무척 자상하세요."

이수와 월의 말에 린은 묵묵히 고개를 끄덕였다. 의식하지 못하고는 있었지만 휘는 무척 자상하기까지 했다. 그녀를 위해 맛있는 음식을 사 주고 좋아하는 술까지 집안에서 챙겨다 주었다.

"참 좋은 사람이야. 그렇게 생각하죠, 다들."

조용히 긍정하는 듯 고개를 끄덕이던 린이 갑자기 좋은 사람이라고 마무리 짓자 이수는 순간 말문이 막혔다. 잘 나가다 왜 이쪽으로 진행된단 말인가.

"……오, 오늘은 무슨 얘기 했어?"

"음, 이런저런 얘기들 하다가 외롭겠다는 얘길 했어요."

"그래서?"

"그래서 내가 있으니까 걱정하지 말라고 그랬죠."

뭔가 분위기가 오묘하다. 이야기만 듣고 있으면 꽤 괜찮은 분위기 같은데도 미묘하다.

"음, 그 사람이 혼례를 한다면 어떨까? 안사람이 있으면 훨씬 낫지 않을까?"

이수의 말에 린의 눈동자가 커졌다. 미처 그 생각은 떠올리지 못했다는 듯 입이 살짝 벌어졌다. 그런 린의 반응에 자신이 의도한 대로 그녀가 제 마음을 자각해 주지 않을까 이수가 생각했을 때였다.

"그 생각은 미처 못 했네요."

좋은 생각이라는 듯 곰곰이 생각에 잠겼던 린이 이수를 빤히 바라보다 입을 열었다.

"이수 언니, 혹시 연하 남성도 괜찮아요?"

"나, 나?"

"음, 내가 보기엔 휘에게는 어른스러운 여인이 어울릴 거 같은데……."

린의 말에 이수는 살포시 한숨을 내쉬었다. 무언가 어긋나도 꽤 어긋난 것 같았다.

"이수 아가씨. 왜 그래요?"

마찬가지로 그쪽 방면으로는 둔한 월이 물어보자 이수는 고개를 절레절레 저었다. 왠지 피곤함이 몰려와 쉬고 싶어졌다.

"아냐, 좀 피곤해서. 나 이만 들어가서 쉴게. 린이 너도 피곤할 텐데 일찍 쉬어."

"응, 알았어요. 언니. 푹 쉬어요."

"그럼 저도 쉴게요, 아가씨. 쉬세요."

월과 이수가 나가고 홀로 방에 남은 린은 습관적으로 서탁으로 다가가 장부를 들어 올렸다. 하지만 평소와는 달리 장부가 눈에 들어오지 않았다.

'오늘따라 피곤하네…….'

책을 읽는 것이 나을까 싶어 책을 들썩였지만 그것도 잠시, 무언가 집중이 되지 않는 느낌에 침상에 털썩 주저앉았다. 팔로 머리를 괴고 침상에 누워 눈을 감자 이수가 했던 말이 떠올랐다.

'혼례라…….'

이수의 말처럼 외로워 보이는 휘에게 가장 좋은 방법은 혼례를 치르는 것이다. 그 좋은 방법을 왜 여태껏 떠올리지 못한 것일까. 그런데…….

'왜 이렇게 내 마음이 진정되질 않는 거지?'

휘의 곁에 누군가 있다면, 혼례를 치르고 다정히 그와 함께하고 맛있는 것을 먹고 때론 술도 한잔 같이하고……. 그 생각을 떠올리는 순간 가슴 한구석이 찌르르 아파 왔다.

'아무래도 나 이상해. 술이 너무 독했나…….'

이수의 말을 떠올리면 떠올릴수록 가슴 아픈 이유를 찾지 못한 채 린은 밤새 뒤척였다. 자신의 직설적인 말이 둔한 린에게 약간이나마 깨달음을 주었다는 사실을 알지 못한 채 이수는 어떻게 하면 두 사람을 가까이 만들어 줄 수 있을까를 떠올리고 있었다.

그렇게 밤새 두 여인은 잠을 이루지 못했다.

* * *

해가 저물 무렵 궁으로 돌아온 휘는 아직도 궁에서 자신을 기다리고 있는 조운과 상장군 남궁민을 보고 눈을 크게 떴다.

"아니, 두 사람 다 이 시각까지 무슨 일이야? 퇴궐한 것이 아니었나?"

그 태연한 말에 조운은 왠지 억울해져서는 볼멘소리를 내었다.

"잊으셨습니까? 내일 조회가 있지 않습니까? 전 신료들을 다 모아 놓은."

그제야 잊고 있던 조회 생각이 나서 휘가 아차 싶은 표정을 지었다. 오전까지만 해도 기억하고 있었는데 출궁한 사이 잊고 있었던 것이다.

"잊고 있었던 모양이십니다. 전하."

한 마디 한 마디에 뼈가 들어 있어 웬만한 사람이라면 주눅들 법도 하지만 휘는 전혀 신경 쓰지 않았다. 보기와는 달리 조운은 잔소리꾼과 같은 경향이 있어 이런 일을 당한 게 한두 번이 아니었던 것이다.

"이제 그만. 미안하지만 어쩌겠어. 잊고 있었던 것을."

"더군다나 술까지 드신 것 같고. 아주아주 즐거우셨나 보옵니다."

"아이고, 상서령. 그만하십시오. 말씀드려 봐야 상서령 입만 아플 것입니다."

중재에 나선 것은 상장군 남궁민이었다.

이십 대 초반밖에 되지 않았으나 일찍 타계한 전 남궁세가 가주의 뒤를 이어 뛰어난 무위와 지략을 겸비한 장수로서 상장군 위치에 있는 남궁민이었다.

진천국 내에서도 손꼽히는 남궁세가였지만 남궁민의 아버지이자 선대 가주는 몸이 약했다. 무가의 자손으로서 치명적인 약점이었기에 그 전대의 가주이자 남궁민의 할아버지는 손자에게 온 힘을 쏟았다. 그런 아버지의 모습으로 인해 더욱 중압감에 시달렸던 전 가주는 남궁민이 성인이 되기도 전에 세상을 떠났고 남궁민은 어린 나이에 가주 위에 올랐다.

아무리 조부로부터 후계자 수업을 받아 온 데다가 뛰어난 무위를 자랑했다고는 하지만 혼란스런 정국 속에서 그는 흔들렸다. 흔들리던 세가를 잡기 위해 서로 물어뜯기 위해 혈안이 되어 있는 가문들 틈바구니에서 동분서주하던 그에게 손을 내민 것은 그보다 어린 황태자였다.

유배되다시피 쫓겨나 사람들 속에서 잊히고 있던 그가 손을 내밀었을 때 그는 정세를 읽지 못하는 어린 황태자의 오만이라고 생각했다.

하지만 그것이야말로 그의 오만이었다. 저와 남궁세가의 힘을 빌리려 한다는 그의 생각과는 달리 황태자는 스스로 힘을 키우고 있었으며 오히려 세가의 불순분자를 제거하는 데 힘을 보태어 주었다.

왜 자신을 도와주었냐는, 왜 수많은 세가들 중 기울어 가는 남궁세가를 선택했냐는 그의 물음에 황태자는 그를 선택한 것이라 하였다. 남궁세가를 선택한 것이 아닌 자신의 힘으로 세가를 지키려 하는 남궁민이라는 사람 자체가 마음에 든다 했던가.

그때부터 그는 나라에 충성하는 신하로서가 아닌 남궁민으로서 황태자를 주군으로 모셔 왔다.

"상장군이 말리니 이만하겠습니다."

남궁민은 입을 삐죽이 내밀며 조용히 진정하는 조운이 가끔은 부러웠다. 그와는 달리 조운은 황태자와 어린 시절부터 함께하여 그런지 어떤 때는 형제처럼도 보였다.

"그래그래, 고맙다 고마워. 아, 상장군, 고마워."

남궁민이 직접 탁자 위에 놓여 있는 차를 따랐다. 술을 마신 황태자를 배려한 것인지 숙취에 좋다는 약초차였다. 약초 향기를 맡자 방금 전 린과 함께 마셨던 술이 생각났다. 린의 발갛게 달아오른 얼굴도.

"그런데 저희도 떼어 놓고 그리 자주 나가시니 궁금합니다. 밖에 재밌는 것이라도 숨겨 놓으셨습니까?"

조운의 말에 휘는 차를 한 모금 마셨다. 친우라 할 수 있는 이들조차 린을 본 적이 없었다. 왜일까. 소개할 수 있는 기회는 꽤 있었는데도 이상하게 린을 보이고 싶지 않았다.

"언제 한번 무영과 대면을 좀 해야겠습니다."

무영은 휘의 뒤를 그림자처럼 따르는 무사였다. 한시도 떨어지지 않았기에 린의 존재를 알고 있는 유일한 존재.

"그런다고 해도 나올 건 없겠지만 말이지."

차를 홀짝이는 휘의 모습이 얄미웠지만 하극상을 벌일 수도 없는지라 조운은 주먹을 바르르 떠는 수밖에 없었다.

"쿡쿡, 이러다 한 대 치겠군."

"어찌 제가 황, 태, 자, 전, 하를 한 대 치겠습니까?"

이를 바득바득 무는 조운의 모습에도 크게 마음이 동하지는 않았다. 그에 휘는 말꼬리를 돌려 대화의 방향을 바꿨다.

"그보다 내일 조회 때문에 남았던 거 아니었나? 시간도 늦었는데 이만 시작하지?"

"후우, 알겠습니다."

일로 주제가 넘어가자 조운의 눈빛이 변했다. 장난스럽던 목소리도 진지해졌다.

"다른 현안은 문제될 것이 없습니다. 어차피 저희의 예상에서 벗어난 것은 없고 있다 하더라도 무마하는 데 큰 문제가 없으니까요."

2년간 차곡차곡 기반을 다져 놓은 덕에 황태자의 힘은 세가와 대신들을 압박하고 있었다. 고개를 끄덕이며 차를 한 모금 더 마신 휘가 더 말해 보라는 듯 고갯짓을 했다.

"제 예상일 뿐이지만 내일 조회의 가장 큰 핵심은 전하의 가례일 것입니다."

"흐음, 가례라."

"예, 궁지에 몰려 있는 그들에게 있어 황실 외척이라는 자리는 포기하기 힘든 먹잇감이니까요."

남궁민 또한 이해 가는 바였다.

황태자의 신하이지만 남궁세가의 가주로서 세가를 돌보고 있는 그는 가문에서 종종 나오는 이야기를 잘 알고 있었다. 그의 여동생인 연아를 황태자비로 밀어 넣자는 의견.

하지만 그는 반대하고 있었다.

구중궁궐인 황궁으로 하나뿐인 소중한 동복 여동생을 보내고 싶지도 않았고 동생의 그릇을 알고 있는 그는 동생이 황태자를 감당하지 못할 것임을 알고 있었다.

물론 동생은 다른 마음이었지만.

황궁에 들어오기 전만 해도 동생의 투정 아닌 투정을 받다 온 그였다.

'오라버니, 절 그분의 안곁으로 보내 주시어요. 황태자비가 아니어도 그분을 곁에서 모실 수만 있으면 됩니다.'

눈물로 호소하던 여동생.

수많은 세가의 형제들이 있지만 한 어머니에게서 난 자식은 그와 동생 연아밖에 없었다. 그렇게 소중한 동생이 눈물로 호소하는데 흔들리지 않겠는가.

하지만 그는 마음을 다잡았다. 그에게 남궁연아도 소중했지만 다른 지켜야 할 이들이 많았다. 남궁연아가 황궁에 들어가는 순간 소중한 것들을 지키지 못할 가능성이 컸다.

"상장군, 상장군. 듣고 있나."

자신을 부르는 소리에 민이 정신을 차렸다. 송구하다는 듯 고개를 숙였다.

"송구합니다, 전하. 제가 잠시 다른 생각을……."

"괜찮아. 그런데 좀 편히 대하도록 해. 조운 녀석은 무례할 정도인데 자넨 너무 딱딱하잖아."

휘의 말에 민은 고개를 숙였다.

"그리하겠습니다."

"쿡쿡, 이봐 상장군. 이런 태도 자체가 딱딱한 거라고."

툭 치며 조운이 말하자 남궁민의 얼굴이 붉어졌다. 성격상 그에게 조운처럼 행동하는 것은 쉽지 않았다.

"뭐 그거야 어쩔 수 없는 거고. 성격이니까. 내가 하고 싶은 말은 아까 같은 일로 소소하게 죄송하다 할 필요는 없다는 거야. 우리끼리 있는 자리인데."

"예, 전하."

고개 숙이는 남궁민의 모습에 미소 짓던 휘가 다시금 주제로 돌아왔다.

"그래, 가례라. 오전에도 그런 소리를 들었는데 또 듣고 있군."

"흘리듯 말하기는 했지만 어차피 일어날 문제였습니다. 전하의 보령 벌써 스물이지 않습니까."

"두 사람 다 아직 혼례 전이면서 가장 어린 나에게 그러는 건가?"

"저희야 가문에서 뭐라 하든 무시하면 되니까 상관없지요. 특히 저는 내놓은 자식 아닙니까?"

씩 웃는 조운의 모습에 휘는 고개를 절레절레 저었다.

"대부인께서 걱정할 모습이 눈에 선하군. 조가주는 아무 말 없으신가?"

"얼마 전엔 혼례를 치르지 않으면 호적에서 파 버린다고 하시더군요."

"너야 가뿐히 무시했을 테고?"

"뭐 무시했다기보다는 여차하면 그냥 집 나와서 새로 가문을 세울 거라고 했을 뿐입니다."

조운의 말에 휘와 민이 못 말리겠다는 듯 고개를 저었다. 조운의 집안에서 얼마나 걱정이 클지 짐작이 갔다. 대대로 황실에 충성해 온 조씨 가문의 가주이자 조운의 아버지는 매우 고지식한 사람이어서 이런 아들의 성향을 감당하기 힘들어했다.

"히유, 아들이 너 하나만 아니었더라도……."

"아, 그 말씀 저희 아버님께서도 하셨습니다. 하지만 안타깝게도 집안에 아들은 저 하나지요."

대부인 한 명만을 부인으로 두었기에 형제가 많지 않은 조운이었다. 더구나 밑으로 여동생만 둘. 행인지 불행인지 조씨 세가의 후계자는 조운밖에 없었다.

물론 여인 문제를 제외한다면 후계자로서 더할 나위 없는 실력을 갖추고 있었지만.

"아, 본론으로 돌아가 내일이 문제인데……. 전하, 이 기회에 혼례를 치르는 것은 어떠하십니까?"

"뭐?"

"저야 개인적으론 전하께서 마음에 드는 여인과 백년해로하시길 바라는 마음이지만 아직까진 없으신 것 같고……. 여러 가문의 여인들을 들이는 것도 나쁘지 않을 듯싶습니다. 전하시라면 최대한 분란이 나지 않게 조절도 잘하실 테고요."

조운의 말에 휘는 고개를 저었다.

열 여인 마다하지 않는 것이 사내라지만 휘는 그의 어머니와 같은 여인을 만들고 싶지 않았다. 그리고 그와 같은 불행한 자식을 만들고 싶지도 않았다.

"잘 알고 있잖아. 내가 그럴 수 없다는 것을."

"송구합니다, 전하."

휘의 눈빛이 아프게 가라앉자 조운이 사죄했다. 어린 시절을 함께하였기에 황태자의 아픔을 잘 알고 있었다. 불행했던 선황후 마마의 모습도. 그걸 알면서도 조금이라도 편한 길로 가고자 했던 것은 그의 잘못이기도 했다.

"아니야. 사실 그것이 가장 좋은 길이긴 하지."

"아닙니다. 힘들더라도 다른 길을 찾아야지요. 전하께서도 마음 놓을 곳 한 군데는 있어야 하니까요."

조운의 말에 남궁민도 고개를 끄덕였다. 그가 여동생을 황태자에게 내밀지 못하는 또 하나의 이유가 그것이었다. 그릇이 커다란 황태자를 감싸 주지 못할 아이임을 알기 때문이다. 그에게는 사랑스럽기만 한 동생이지만 결코 누군가를 감싸 안지는 못할 그릇이었다.

"그럴 사람이 있을지 모르겠다."

"음, 그러하시면 제 동생은 어떻습니까? 제가 전하께 맞는 여인으로 잘 키우고 있는데……."

장난처럼 말한 조운의 말에 휘는 진심을 담아 그를 노려보았다. 조운의 가장 큰 여동생은 이제 겨우 열두 살이었다.

"네 동생 나이를 설마 망각한 것은 아닐 테지?"

"그럴 리야 있겠습니까? 하지만 서로 은애하는 마음만 있다면 나이가 무슨 문제겠습니까. 저와 상장군이 온 힘을 다해 밀어 드릴 수 있습니다."

"됐다, 됐어."

힘없이 손을 내젓는 휘의 모습에 피식 웃은 조운이 진지하게 눈을 빛냈다.

"이것만큼은 진심입니다, 전하. 전하께서 마음 편히 있을 수만 있다면 누구든 상관없습니다. 신분이 미천하든, 지식이 부족하든 어떤 결격 사유가 있어도 상관없으니 말씀만 하십시오. 아시겠습니까?"

오랜 친구의 진심 어린 말에 휘는 피식 웃으며 고개를 끄덕였다.

여러 여인들을 만나고 다니며 염문을 뿌리면서도 조운은 꽤 정확한 여성관을 가지고 있었다.

"상서령이 한 말이 맞습니다. 사적인 시간에서만큼은 편히 있어야 하지 않겠습니까?"

남궁민도 한마디 거들자 피식 웃던 휘는 자신에게 그런 여인이 생길까라는 생각을 해 보았다. 그의 위치나 모든 상황으로 보았을 때 그럴 가능성은 0에 가까웠지만 문득 떠오르는 누군가의 그림자에 그는 고개를 저었다.

'갑자기 왜 린이 생각나는 거야.'

왜 갑자기 린의 얼굴 붉어진 얼굴이 생각났던 것일까. 스스로도 결론을 짓지 못한 채 침묵하고 있자 조운은 그가 내일 있을 조회를 걱정한다고 생각했는지 유쾌하게 입을 열었다.

"일단 내일은 잘 막아 보도록 하겠습니다. 위독하신 황제 폐하의 병세를 핑계로 삼으면 되겠지요."

"그래."

담담히 대답하며 그는 약초차를 한 모금 더 마셨다. 누군가와 마신 술 향기가 차와 함께 그에게로 스며들었다. 누군가의 웃는 얼굴이 저도 모르게 떠오르는 밤이었다.

3장

예하란의 드넓은 거리를 지나가는 가마는 많았지만 유독 한 가마가 눈에 띄었다. 가마 지붕은 보석으로 장식되어 있었으며 기둥은 금으로 도금되어 있었다. 분홍색 휘장은 고급 사라사 천이었는데 진천국 내에서도 귀족들이나 황실에서만 사용하는 것이었다.

언뜻언뜻 비치는 휘장 사이로 보이는 여인의 모습은 그야말로 경국지색이었다.

곱게 말아 올린 머리 사이로 홍옥을 박아 만든 금비녀가 반짝였으며 귀에 달랑거리는 귀걸이는 섬세한 세공이 무척 아름다웠다. 무척 세가 높은 듯한 여인은 정면을 응시하면서 입술을 깨물고 있었다. 무언가 기분 나쁜 일이 있는 듯하였다.

—연아야, 널 황궁에 보내어 불행하게 만들 수는 없단다.

새벽이슬을 맞으며 돌아왔다 다시 조정에 드는 오라버니에게 눈물로 호소한 것에 대한 답이었다.

어린 시절 아버님을 따라 들었던 황궁에서 처음 본 그분에게 마음을 빼앗기고 말았다. 아직 어렸지만 늠름하고 당당하며 아름다운 그 자태에 언젠가 이분의 짝이 되리라 다짐했었다.

그런 그분이 변방으로 유배되다시피 쫓겨났다 당당히 다시 복귀하시던 날 얼마나 기뻐했던가. 드디어 자신의 격에 맞는 짝을 되찾았다 생각하며 다시 만날 날을 손꼽아 기다려 왔다.

그리고 가주가 된 오라버니를 따라 다시 찾은 황궁에서 그분을 만나 안결이 되기 위해 노력해 온 것이다.

'나보다 더 자격 있는 사람이 어디 있다고.'

거대 세가인 남궁세가의 하나뿐인 정실 여식이었고 오라버니는 황태자의 총신이었다. 외모나 품격, 예의범절까지 그녀만큼 어울리는 이가 없었다.

남궁연아는 곱게 다듬어진 손톱을 잘근잘근 씹었다. 어머니도 함께 거들었지만 아무 소용이 없었다.

덜컹.

상념에 잠겨 있던 남궁연아가 갑작스레 멈추어 선 가마의 흔들림에 몸이 갸우뚱했다. 안 그래도 좋지 않은 기분이었던 그녀에게서 날 선 목소리가 나갔다.

"대체 무슨 일이냐!"

"죄송합니다, 아가씨. 상단이 지나가는 터라 잠시 혼잡하여……."

"그깟 상단 때문에 멈추었단 말이냐."

"송구합니다, 아가씨. 잠시만……."

오랫동안 남궁가의 일을 맡아 왔던 가마꾼이 오늘따라 날카로운 아가씨의 성질을 건드리지 않기 위해 노력했지만 남궁연아는 건수를 잡았다는 듯 더욱 화를 냈다.

"내 손을 타기 전에 어서 해결해야 할 것이야. 안 그러면 너희 모두 치도곤을 낼 것이니!"

치도곤이라는 말에 남궁연아를 돌보며 수행하던 유모가 곁에 선 시비를 향해 눈짓을 했다. 그에 남궁연아를 모시고 왔던 시비가 몸을 바르르 떨었다. 유한 성품의 가주와 달리 남궁연아는 모친의 성품을 이어받아 무척 사나웠다. 더군다나 그녀의 유모도 남궁연아의 세를 등에 업고 아랫것들에게 험한 일 많이 하기로 유명했다. 기분이 좋지 않은 날이면 매질로 쓰러지는 이들도 생겨났다.

"제, 제가 잘 말해 보겠습니다."

시녀가 물건을 나르고 있는 상단 쪽으로 급히 걸음을 옮겼다. 한 명이 지나가기 위해 행렬을 멈춘다는 것 자체가 말이 안 되는 일이었지만 그녀는 자칫 잘못했다 또다시 치도곤을 맞을지 모른다는 생각뿐이었다.

당연히 시비의 말에 상단은 있는 대로 화를 내며 인상을 찌푸렸다.

"그게 말이 된다고 생각합니까. 아니, 이곳이 그쪽 집안 땅도 아닐 터인데."

"죄, 죄송합니다. 하지만 한 번만 사정을 좀……."

시비가 계속 고개를 숙이자 뒤쪽에서 상황을 지켜보고 있던 린이 입을 열었다. 보아하니 있다 하는 집안의 아가씨인 모양인데 중간에 낀 시비의 입장만 나쁠 터였다.

"단주님, 우리가 잠시 멈추지요. 급한 물건이 아니니 지나갈 수 있도록 우리가 비켜 주도록 해요."

"하지만……."

"괜찮아요. 괜히 이쪽 분만 곤란한 거 같으니까요."

"알겠습니다. 이봐요, 우리 상단주님한테 고마워하슈."

"아이고, 감사합니다. 감사합니다."

시비가 고개를 계속 숙이며 감사를 표하고 사라지자 일행이 한쪽으로 비켜났다. 혼자 타고 있는 것이 분명한 호화로운 가마가 지나가는 모습이 보였다.

"아이고, 누가 탔는지 모르지만 가마 한번 호화롭구먼. 쯧쯧쯧."

단주의 혀 차는 소리에 린은 소리 없이 고개를 끄덕이며 마음속으로 동의했다. 눈에 띄는 가마는 얼마 전 만화점에 특별 주문한 그 물건이었다.

일반 최상의 가마도 충분히 호화로운데 특별 주문까지 하며 치장한 가마의 주인이 누굴까 했더니 지나가는 여인인 모양이었다.

이윽고 가마가 지나가자 린이 빙긋 웃었다.

"우리도 이만 가죠. 급한 것은 아니지만 처리하고 들어가 봐야 해서요."

"총단주님. 바쁘시면 제게 맡기고 들어가 보시지요. 세가에 납품한 지 벌써 꽤 되었으니 혼자 가도 문제 없을 것입니다요."

"그럼 부탁 좀 드릴까요?"

"그러믄입죠. 어서 가 보십시오."

급한 일인 듯 린이 고맙다는 말과 함께 걸음을 옮겼다.

단주의 말처럼 급한 일은 아니었지만 슬슬 휘가 찾아올 시기가 되었기에 린은 급히 걸음을 옮겼다. 거의 사나흘에 한 번씩 오는 휘였다. 그리고 휘가 오지 않은 지 나흘이 되었으니 오늘쯤 찾아오지 않을까 생각했던 것이다. 이윽고 만화점에 도착한 린은 생각했던 누군가의 모습이 보이지 않자 약간 풀이 죽고 말았다.

"오셨습니까요."

"네, 무슨 일은 없으셨지요?"

린의 말에 가게를 돌보던 장 집사가 소곤대듯 입을 열었다.

"남궁세가의 아가씨란 이가 와서 위층에 있습니다. 월아 아가씨가 접대하고 있습니다."

"저 찾아온 사람은 없었고요?"

"예, 없었습니다."

린이 찾는 이가 누군지 대략 짐작한 장 집사가 의미심장한 미소를 지으며 고개를 저었다.

"왜 그런 표정으로 보세요?"

"아닙니다, 아니에요."

흐뭇한 미소를 짓는 장 집사를 한 번 보며 무언가 말하려던 린은 위층에서 들려온 소리에 눈을 크게 떴다.

쨍그랑.

"제가……."

"제가 다녀올게요. 무슨 일이 있나 봐요."

장 집사를 만류하며 2층의 특실로 올라간 린은 눈을 크게 떴다. 그야말로 아수라장이었다.

"지금 감히 뭐 하는 짓이야! 내가 누군지 알고……."

화려한 붉은색의 대수삼을 입은 여인이 소리를 지르고 있었고 쓰러져 있는 월의 뺨이 붉어져 있었다. 더 생각할 것도 없이 린이 앞으로 나섰다.

"무슨 일이신지요, 손님."

"리, 린 님."

갑작스럽게 나타나 자신을 막아선 이를 본 남궁연아는 린이라는 말에 생각나는 것이 있어 눈을 빛냈다.

"린이라면……. 그대가 여기 주인인가?"

"네, 그렇습니다만……. 저희 직원이 무슨 잘못을 했는지요?"

린의 말에 남궁연아의 옆에 서 있던 이가 고함치듯 말했다.

"이것을 보아라. 이 계집이 차를 쏟아 우리 아가씨 옷이 더러워졌다."

남궁연아를 대신해 말한 사람은 유모였다. 월아를 때린 이도 그녀인지 입가에는 비릿한 미소를 지은 채 기세등등하게 고개를 쳐들고 있었다. 그에 린이 남궁연아의 옷을 바라보았다. 소매 부분이 살짝 젖어 있었다.

이곳 만화점을 방문한 귀족 손님들의 접객은 월이 담당해 왔다. 수년 동안 일해 왔으나 한 번도 이런 실수를 한 적이 없어 의아하게 생각한 린이 뒤에 시립하고 있는 또 다른 직원을 불렀다.

"이분의 말씀이 맞나요?"

"그것이……. 가져온 물건이 마음에 들지 않는다 하시며 손을 치셔서……."

직원의 말에 린은 무슨 상황인지 바로 알 수 있었다.

"지, 지금 우리 아가씨가 잘못했다는 것이냐!"

"……손님의 옷을 더럽혔으니 잘못을 한 것이겠지요. 장 집사님."

어느새 소란스러움에 올라와 있는 장 집사를 부르자 그가 가까이 다가왔다.

"예."

"얼마 전 수입해 온 그 옷을 가지고 오세요. 손님께 잘못을 저질렀는데 이리 그냥 넘어갈 수는 없지요."

"알겠습니다."

장 집사가 고개를 숙이고 사라지자 남궁연아가 그제야 마음에 좀 든다는 듯 고개를 까닥였다.

“흠, 역시 주인은 좀 다르구나.”

“그렇습니다, 아가씨.”

린의 눈동자가 싸늘하게 식어 갔고, 장 집사가 옷을 가져왔다.

“여기 가져왔습니다.”

“한번 보시지요.”

린이 내민 옷을 받아 든 남궁연아와 유모의 입술이 벌어졌다.

“이, 이것은…….”

한 번도 본 적 없는 원단이었다. 어지간한 황궁 여인보다 호화로운 생활을 한다고 자부하는 남궁연아도 처음 보는 고급 비단에 말도 잊은 채 그것을 바라만 보았다.

“마음에 드시는지요.”

“흠흠, 이 정도면 내 격에 잘 맞겠구나.”

린의 목소리에 정신을 차린 연아가 겨우 옷에서 눈을 뗀 뒤 입을 열었다.

“아가씨께 맞도록 맞추도록 하겠습니다. 이 정도면 실례에 대한 사죄가 되시겠습니까?”

“그래, 이 정도면 내 이해하도록 하지.”

“그렇다면…….”

남궁연아에게 미소 지은 린이 옆에 서 있는 유모에게로 향했다. 그리고 누가 말릴 틈도 없이 유모의 고개가 돌아갔다.

짜악.

너무 급작스럽게 일어난 일에 순간 아무도 움직이지 못했다. 그리고 잠시간 시간이 지난 후 정신을 차린 것은 남궁연아와 유모였다.

"이, 이게 무슨 짓이냐!"

자신의 수족과도 같은 유모가 맞았다는 사실에 분노한 남궁연아의 외침에 쓰러진 유모도 몸을 추슬러 벌떡 일어났다.

"아가씨의 옷을 더럽힌 값을 치렀으니 저도 저희 직원이 당한 일을 아가씨의 수족에게 하였을 뿐입니다."

"이런 괘씸한……. 이 호위 뭐 하고 있느냐. 어서 이것들을 잡아라."

갑작스런 상황에 행동하지 못한 이 호위가 다가섰다. 그로서는 항상 주위 사람들을 피곤하게 하며 못된 행동만을 일삼는 아가씨 편을 들고 싶지 않았지만 그의 주인은 남궁연아였다. 보아하니 상단의 주인인 듯싶은데 가볍게 손을 본 뒤 적당히 마무리 지어야 할 것 같았다.

휙.

린은 자신을 향해 빠르게 다가오는 손의 방향을 읽었다. 명문세가의 무사답게 잘 훈련되어 있었지만 작은 남자아이라 생각해 방심했던 것일까, 빈틈이 많이 보였다. 재빠르게 고개를 젖혀 손을 피해 낸 그의 발이 빠르게 움직였다.

방심하고 있던 호위 무사의 발을 온 힘을 다해 걷어차자 순간 균형을 잃고 몸이 옆으로 기울어졌다.

"어, 이런!"

뒤늦게 상황을 인지한 호위 무사가 균형을 잡으려 했으나, 자신의 몸 정도는 지킬 줄 알아야 한다며 명휘가 가르쳐 준 간단한 호신술을 익힌 린의 몸이 더 재빨랐다. 린의 자그마한 체구가 호위 무사에게 파고들어 명치 부근을 차 버렸다.

"어, 억."

차인 명치 때문에 순간 숨이 막힌 것일까, 호위 무사가 숨 막힌 소리를 내는 찰나 린이 남궁연아의 손목을 잡았다.

"아악, 이것 놔."

"죄송하지만 이만 물러나십시오. 소중한 아가씨께서 다치길 원치 않으신다면."

"이익."

린의 말에 이 호위가 분한 듯 주먹을 쥐었다. 방심하기는 했지만 작은 소년에게 당했다는 수치심에 온몸이 부들부들 떨렸다. 어느새 장 집사를 포함한 직원들이 다가와 있었다. 다들 살기등등한 표정이었다. 무사인 그가 저들을 이기지 못하지는 않겠지만 남궁연아가 인질처럼 잡혀 있었다.

"……이만 아가씨를 놓아주시지요."

"……."

"이대로 물러나겠다고 약속하겠습니다. 하니 놓아주시지요."

호위의 말에 린이 남궁연아의 손을 놓았다. 튕겨져 나가듯 남궁연아의 몸이 유모 쪽으로 쓰러졌다.
"아가씨."
"에잇, 이런 괘씸한……."
무어라 더 화를 내려 했지만 호위를 제외하고는 층에 있는 모든 이들이 그녀의 적이나 다름없었다. 무엄하게도 하나같이 사나운 눈으로 그녀를 바라보고 있었다.
"내…… 오늘은 이대로 가지만 절대 그냥 넘어가지 않을 것이야."
"조심히 가십시오. 옷은 곧 댁으로 보내드리겠습니다."
"이익!"
옷은 보내드리겠다며 정중히 고개를 숙이는 모습이 더욱 얄미워 남궁연아가 발을 굴렀다.
"이만 가자!"
남궁연아가 사라진 후 린은 한숨을 내쉬며 주변을 둘러보았다.
"이만 일들 하세요. 별일 아니에요."
린의 말에 조금 떨어진 곳에 있던 월아가 다가왔다.
"감사해요, 총장주님. 그런데 저 때문에 어떡해요. 남궁세가라는데……."
"괜찮아. 그보다 볼은 괜찮은 거야?"
"그럼요. 이 정도는 아무것도 아닌걸요."
하지만 월의 볼은 부풀어 오르고 있었다. 린이 직원 한 명을 불렀다.

"월의 상처를 좀 봐주세요. 붓지 않게 찜질도 부탁드리고요."

"예, 장주님. 걱정 마십시오."

그렇게 월과 직원이 사라지고 난 뒤 직원들도 하나둘 자리를 찾아 움직였다. 소란스러운 일이 있기는 했지만 그들의 얼굴에는 불안감이 전혀 없었다. 그도 그럴 것이 이런 일은 한두 번이 아니었다.

진천국에서 자리를 잡기까지 시비를 거는 이들도 많았고 시기하여 음해하는 이들도 많았다. 그럴 때마다 내 사람을 위해 온 힘을 다해 감싸 준 이가 린이었고 그들을 가족으로 묶어 준 이도 린이었다. 그 누구보다 든든한 사람이라고 해야 할까.

점차 진정되는 분위기에 피곤한 듯 고개를 저은 린이 1층으로 내려왔다. 왠지 피곤한 느낌에 일찍 들어가 쉬어야겠다고 생각하며 린이 장 집사를 찾아 두리번거릴 때 헐레벌떡 뛰어오는 장 집사가 보였다.

"장 집사님, 무슨……."

"린 님, 고향에서 린 님을 찾아오신 손님이……."

장 집사가 황급히 비켜난 문 쪽에는 기다란 그림자를 드리운 이가 서 있었다. 꿈에서도 잊지 못할 그리운 모습에 린의 눈동자가 사정없이 떨렸다.

"설마……."

"린아."

빠른 걸음으로 뛰다시피 다가와 린을 껴안은 사람은 그녀의 오라버니인 서문이문이었다.

* * *

각 지방을 다스리는 이들까지 수도로 올라와 참석하는 대조회는 사흘 동안 지속되었다. 그만큼 수많은 사안들이 논의되었고 끊임없이 하나의 이익이라도 더 내기 위해 노력했다. 하지만 그중에서도 가장 큰 화두는 황태자비를 맞이하는 일이었다.

자신의 가문 여식을 황태자비 후보로 밀어 넣기 위한 세가와 대신들의 노력은 가히 대단했다. 그들의 입김을 황제의 병환을 핑계로 유보시킬 수 있었던 것은 그만큼 그들을 압박하는 그의 힘이 강했기 때문이다.

'혼례라…….'

그 단어를 떠올리기만 해도 아련한 모후의 모습이 떠올랐다. 병약하면서도 아름다웠던 모후는 언제나 부황을 기다리며 눈물 흘렸었다. 황후로서 투기한다고 할까 봐 후궁의 여인들을 막지도 못한 채 점점 시들어 가기만 했던 모후.

눈을 감는 그날까지도 황제를 기다리며 눈물 흘렸었다. 아무도 모르지만 모후는 돌아가시기 전, 그만을 따로 부르셔서 당부했었다. 부디 은애하는 여인을 안곁으로 맞이해 아껴 달라고.

황태자인 그에게 있어서 그게 얼마나 이루기 힘든 것인지 알면서도 모후는 은애하지 못한다면 예의라도 지켜 달라고 했었다. 그저 안결으로라도 아껴 주라고. 불쌍한 여인으로 만들지 말라고.

그리해 조운이 반쯤 농담처럼 한 말을 그는 흘려들을 수가 없었다. 모후를 위해서라도 그림자 같은 후궁의 여인을 들이고 싶지 않았다.

1차 사안 정리를 끝낸 대조회는 이틀 후 다시금 시작될 예정이었다. 대조회를 마무리하는 2차 조회를 앞두고 명휘는 전국 각지에서 모인 관리들을 위해 연회를 베풀고 얼굴만 잠시 비친 후 궁을 빠져나왔다. 답답한 궁의 공기를 맡고 싶지 않았다.

그는 한 손에 들려 있는 보따리를 한 번 바라본 뒤 싱긋 웃었다. 평소보다 더 신경을 쓴 음식들이니 분명 좋아할 것이다. 그렇게 즐겁게 이야기 나누며 시간 보낼 생각을 하며 걸음을 옮길 때였다. 그의 눈동자에 익숙한 누군가가 비추어졌다.

"린!"

크게 부르는 소리에 돌아보는 이는 자신이 아는 린이 맞았다. 다른 점이 있다면 눈동자에는 눈물이 가득 차 있었고 누군가의 품에 안겨 있다는 점이었다. 그리고 그 사실을 머리로 인식하기도 전에 몸이 먼저 움직였다.

휘익.

"크윽, 대체 무슨……."

"린에게 무슨 짓을 하는 거지?"

순식간에 사내를 제압한 휘가 팔을 꺾은 채 사내에게 나지막하게 속삭였다. 위압감이 사방을 장악했고 살기에 가까운 기운이 내려앉았다. 기운이 약한 이들이 털썩 주저앉는 소리가 들려왔다. 갑작스러운 상황에 놀라 굳어졌던 린이 휘를 말렸다.

"휘, 진정해요. 제 형제예요!"

거짓말처럼 위압감이 사라지고 사내를 제압하고 있던 휘의 손에서 힘이 빠졌다. 제압당해 있던 이문이 스르륵 떨어지듯 땅으로 떨어졌다.

"괘, 괜찮으세요!"

쓰러지는 오라버니에게 뛰어가며 이린이 소리쳤다. 그 모든 상황이 느리게 느껴지며 현실이 아닌 듯해 휘가 눈을 깜빡였다.

* * *

방 안의 분위기는 매우 조용했다.

아니 조용하다 못해 살기마저 느껴질 만큼 누군가의 시선이 살벌하기 그지없었다.

휘는 자신에게로 쏟아지는 거의 살기에 가까운 기운을 느끼면서도 그 무례함을 따지지 못했다. 굳이 자신의 신분을 밝히지 않더라도 지금껏 그에게 이렇듯 노골적으로 무례한 시선을 던진 이는 없었지만 그는 무어라 말할 수가 없었다.

"흠흠, 이분은 제 큰형님이신 서문이문 님. 그리고 이분은 서한으로 전했던 휘 님이세요."

분위기를 조금이나마 전환시키고자 린이 헛기침을 하며 입을 열었다. 하지만 그런 이린의 노력에도 이문의 기운은 전혀 줄어들지 않았다.

"형, 님."

형님이라는 소리에 이문이 움찔 몸을 떨었다. 그리고 자신의 귀여운 여동생을 바라보았다. 곱디고운 얼굴로 대견하게 자라 있는 동생은 여전히 남장을 하고 있었고 그래서인지 자신을 형님이라 칭하고 있었다. 잠시 슬픈 마음이 들어 이린을 바라보던 이문은 이린의 살기 어린 시선에 헛기침을 하고 얼른 입을 열었다.

"흠흠, 서문이문이라 합니다."

"휘입니다. 초면에 실례가 많았습니다. 아까는 린이 누군가에게 제압당해 있다고 생각을 해서."

먼저 휘가 고개를 숙였다.

누군가에게 절대 고개를 숙여 본 적 없는 휘였지만 지금의 일은 무조건 그의 잘못이었다. 그의 사과에서 진심이 느껴졌는지, 린의 살기 어린 시선을 견디지 못한 탓인지 이문이 부드럽게 받아넘겼다.

"그, 그럴 수도 있지요. 우리 린이에게는 은인이나 다름없다고 들었습니다. 은인이시니 이 정도 결례는 당연히……. 이해해야지요."

비록 눈빛은 그렇지 않을지언정 이문이 그리 말하니 나름대로 탁자의 분위기가 좋아졌다. 이에 이린이 입을 열었다.

"휘, 오랜만이에요. 요즘 바빠 보여서 당분간 못 볼 줄 알았는데 이렇게 일찍 또 보네요."

"아, 잠시 짬이 나서……."

"그랬구나. 오랜만에 고향에서 형님이 오셔서 막 인사를 나누던 참이었어요."

"오랜만에 만나는 모양이지?"

"네……. 무척 오랜만에……."

이린의 눈가에 또다시 물기가 고였다. 아까처럼 흘러내리지는 않았지만 다시금 처연해지는 분위기에 휘는 무의식적으로 손을 들어 이린을 토닥여 주었다.

아니, 토닥여 주려 등에 손을 대었다. 그렇지만 자신과 마찬가지로 손을 올리던 이문과 손이 부딪쳐 목적한 바를 이루지 못했다. 두 사내의 시선이 허공에서 첨예하게 부딪쳤다.

그 미묘한 신경전에 분위기가 또다시 가라앉을 즈음, 월아의 목소리가 들려왔다.

"들어가도 될까요?"

"아, 들어와, 월아."

빛의 속도로 두 사내의 손이 내려가고 월과 이수가 음식들을 가지고 들어왔다. 두 여인의 양손 가득으로도 모자라 뒤의 장 집사까지 음식을 들고 있었다.

"우와, 뭐가 그렇게 많아요?"

"이문 도련님께서 이것저것 많이 가져오셨더라고요. 휘 님께서도 음식을 가져오셔서 완전 진수성찬이에요."

월이 즐겁게 말을 하며 탁자 위로 음식들을 차려 놓다 곧 말을 아꼈다. 어딘지 모르게 가라앉아 있는 방 분위기를 눈치챈 것이다. 그나마 이수는 그런대로 괜찮았지만 월은 특히나 부담스러웠다. 그도 그럴 것이 본래도 불편하던 휘는 물론이요, 모시던 이문 도련님까지 떨떠름해 있으니 당연한 것이었다.

"우와, 매실주다. 모두 한 잔씩 마셔요."

미묘한 분위기를 아는지 모르는지 린이 반가운 물건을 발견하고는 자리한 이들에게 한 잔씩 따랐다. 향기로운 매실 향이 방 안에 가득 차고 분위기도 조금 완화되는 듯싶었다.

"우와, 이거……. 유모가 만든 거지요?"

익숙한 서화국 음식을 하나 집어 먹은 린이 환호성을 질렀다.

"그래. 너 가져다준다니까 유모가 챙겨 주었다. 맛있니?"

"네. 너무 맛나요."

그리운 맛에 린의 눈가에 눈물이 고여 있었다. 그런 린이 안쓰러워 이문이 린의 등을 쓸어 주었다. 지켜 주지 못한 어린 동생이었다.

"많이 먹거라. 많이 가져왔으니 천천히 먹고. 월아와 이수 아가씨도 드시지요."

"예, 도련님."

"예, 공자님."

남매의 모습을 바라보던 이수와 월도 고향 음식을 반갑게 먹었다. 그리고 이문의 시선이 린만 바라보고 있는 휘에게로 향했다.

"서신으로 동생에게 많이 들었습니다. 한잔하시겠습니까?"

"예, 마침 넉넉히 가져왔으니 한잔하시지요."

그와의 술은 예의상 한 잔 마신 뒤 린의 큰오라버니인 이문은 동생을 챙겼다. 그로서는 7년 만에 만난 동생이 너무나도 안쓰러워 한시가 아깝고 아쉬웠다.

"우리 린아, 많이 컸구나. 아버님께서도 보시면 무척 좋아하실 텐데."

오라비의 보살핌을 받으며 먹던 린이 아버님이라는 말에 수저를 멈추었다. 애써 감춰 두었던 그리움이 봇물 터지듯이 차올랐다.

"아버님……. 건강하시지요?"

"그래. 다행히 건강하시다. 네가 종종 서신을 보내어 전보다 훨씬 건강해지셨단다."

만화점을 안정화시키고 공녀라는 제도가 사라지면서 이린은 가족들에게 연락을 취했다. 하루하루 얼마나 걱정하고 있을지 알고 있었기에, 특히 연로하신 아버님이 가장 걱정이었다. 언니를 그렇게 보내고 아버님께서 무사히 살아갈 수 있을지 가장 걱정이 되었다.

"형님, 형수님과 조카는 건강하지요? 둘째를 출산했다 들었는데……. 많이 컸겠어요."

"그래. 어린 너를 보내 놓고도 죄인인 나는 이리 잘 살고 있구나. 미안하다, 린아."

이문의 말에 이린이 미간을 찌푸렸다.

"그런 말씀 마세요. 어찌 죄인이라 한단 말씀이세요."

"하지만……."

"그런 말씀 하지 마세요. 저 정말 속상합니다."

눈물까지 글썽이는 동생의 모습에 이문이 고개를 끄덕였다.

"그래, 미안하다. 내 다시 그런 말 하지 않으마."

다정한 남매의 모습에 그나마 조금씩 이어지던 젓가락질이 멈추어 있었다. 고향의 가족들을 생각하는 월과 이수의 눈동자에도 눈물이 맺혀 있었다.

"이런, 내가 사람들을 앞에 두고 예의 없이 행동했구나. 월아야, 잘 지냈느냐?"

이문의 물음에 월이 얼굴을 붉히며 고개를 숙였다.

"덕분에 너무 잘 지내고 있습니다. 도련님."

"이수 아가씨라 하셨지요. 우리 린아가 많은 신세를 지고 있다 들었습니다."

"신세는요. 린아 덕분에 저희 모두 잘 지내고 있답니다. 정말 착하고 장한 동생을 두셨어요."

"항상 잘 부탁합니다. 그리고 이수 님께 이것을."

이문이 내민 것은 서신과 짐 보따리였다. 얼마간의 연락을 주고받았던 린과 월과는 달리 이수는 가족들에게 서신 하나만을 보낸 뒤 더 이상 주고받지 않았다. 딱히 걱정하지 않을 거라는 냉정한 말만 했던 이수였지만 막상 자신의 앞으로 온 서신과 보따리를 받는 그녀의 손은 떨리고 있었다.

편지를 읽어 본 이수의 눈가에 눈물이 맺혔다.

"저 잠시만……."

자리를 뜨는 이수의 모습을 바라보던 린이 이문에게 인사를 했다.

"감사해요. 가족들 많이 보고 싶었을 거예요. 말하진 않았어도."

강한 모습 보여도 가끔 가족들이 어찌 지내나 걱정하던 걸 모를 리 없는 린이었다. 린의 말에 이문이 고개를 끄덕였다.

"이수 아가씨 가족들 모두 걱정하고 있더구나. 네 말대로 들러 보길 잘했다 싶었어."

이문의 말에 그제야 그들은 린이 배려했음을 알고 고개를 끄덕였다.

"역시."

"뭘. 가족을 걱정하는 건 누구나 당연한 거잖아."

사려 깊은 린의 모습에 휘가 평소처럼 무의식중에 린의 머리를 쓰다듬어 주었다. 린은 그런 휘와 눈을 마주치며 해맑게 웃어 보였다.

"그러고 보니, 휘. 얼굴이 많이 상했네요. 식사는 제대로 하고 있는 거예요?"

"응? 뭐, 그럭저럭."

"아닌 것 같은데요. 이것 좀 먹어 봐요. 우리 유모가 만든 서화국 음식인데 아주 맛나요."

린이 휘의 앞접시에 음식을 놓아 주자 씩 웃으며 먹은 휘가 맛있다는 듯이 웃어 보였다.

"린도 좀 먹어. 오랜만에 먹는 고향 음식이잖아."

"네. 정말 맛있어요."

자연스럽게 서로를 챙겨 주고 친밀한 접촉도 하는 모습에 이문이 눈을 커다랗게 뜨고 바라보았다. 저런 동생의 모습은 그도 처음 보는 것이었다.

털털한 듯하지만 마음을 연 이들을 제외하고는 사람을 가리던 아이였다. 가까이 지내던 아이들도 여럿 있었지만 집으로 데려온 아이는 거의 없었다. 그런 린이 아무 거리낌 없이 누군가에게 음식을 권해 주고 친밀하게 대하는 행동에 이문은 놀라고 있었다.

"형님, 이화……. 누이는……. 어찌 되셨나요?"

서신으로도 차마 묻지 못했던 이야기였다. 이문도 차마 이린이 묻기 전에 말하지 못한 이야기이기도 했다. 아프게 입술을 깨물면서도 묻는 동생의 모습에 이문이 잠시 숨을 고른 뒤 입을 열었다.

"이화가 좋아하던 매화나무가 잘 보이는 곳에 묻어 주었단다……. 아마 그 아이도 좋아할 게다."

매화나무라는 말에 이린은 본가를 떠올렸다. 한창 이맘때쯤이면 매화꽃이 만발하여 자매가 꽃놀이를 하곤 했었다. 그 아련한 기억에 이린은 아무 말도 할 수 없었다. 그런 이린의 마음을 눈치챈 것일까. 이문이 싱긋 웃으며 입을 열었다.

"너희가 머물던 그곳은 여전하니……. 언제든 오면 된다."

"……조금만 더……. 이따가요……."

아직은 본가를 갈 자신이 없었다.

언니의 흔적과 기억이 듬뿍 남아 있는 그곳을 아무렇지도 않게 돌아볼 자신이 없었다.

"아, 이 공자 댁에서도……. 상심이 크시지요?"

이 공자라는 말에 이문의 표정이 굳어졌다. 그간 차마 묻지 못했던 안부였다. 언니로 인해 어떤 비극을 맞았는지 알고 있기 때문에……. 그 인품 좋은 집안에 닥친 불행을 알기에 차마 묻지 못했다.

"네가 알아야 할 것이 있다……."

"네?"

"사실…… 이 공자가 살아 있단다."

"……네?"

이 공자가 살아 있다는 말에 이린은 눈을 크게 떴다. 귀로 듣고 문자로 이해했으나 뜻을 알지 못했다. 그게 무슨 말이란 말인가. 이 공자가 살아 있다니.

"이 공자가…… 살아 있다……고요?"

"그래……. 너한테 말하지 못했지만……그때 급히 옮겨진 후 다행히 목숨만은 건졌단다."

"하……, 정말 다행이네요……."

다행이다.

분명 다행인데……. 이런 마음이 들면 안 되는 것인데…….

"그럼, 왜……. 이화 언니는……."

자신이 언니라 하는 것도 인식하지 못한 채 린은 무의식적으로 중얼거렸다. 애써 묻어 두었던 기억이 다시 떠오르며 스스로 자결을 택한 언니가 떠올랐다. 피 흘리며 아프게 스러져 간 누군가가…….

"누군가라도 목숨 건진 걸…… 감사히 여겨야겠지……."

이문의 말을 이해하면서도 이린은 도저히 떨리는 몸을 주체할 수 없었다.

"언……니……."

"내가 괜한 얘기를 했구나……. 그래도 너무 슬퍼하지 마라. 이화의 몫까지 이 공자가 살아 주었다. 그렇게 생각하려무나."

이문의 말에 이린은 애써 흐르는 눈물을 참았다. 언니가 조금만이라도 다른 선택을 했다면 좋았겠지만……. 그렇다 해서 이 공자까지 목숨을 잃길 바라서는 안 되었다.

"그래야지요……. 그래도 덕분에 그런 거겠지요……."

"그래, 그렇게 생각해야지……."

"잘 지내고 계십니까? 그때 많이 다쳤을 텐데……."

극적으로 살기는 했으나, 목숨을 잃었다 생각할 만큼 큰 상처였다. 그러했기에 이화가 극적인 선택을 했던 것이고…….

"거의 일 년을 자리보전했었지. 그래도 잘 회복했어. 그런데 현재……, 행방불명 상태다."

"네? 행방불명이라뇨?"

"나도 정신이 없어 자주 찾진 못했지만 이화가 그렇게 가고 나서 많이 힘들어했다. 본인 때문에 목숨을 잃었다는 생각도 했고."

충분히 이해할 수 있었다. 이린조차 자신이 좀 더 현명하게 대처했다면 언니가 스스로 목숨을 끊는 것이라도 막을 수 있지 않았을까 생각해 왔으니까.

"한동안 상심하다 사라졌다고 하더구나."

"사라졌다니……. 하……."

이 공자의 불행한 소식에 이린은 마음이 아팠다. 힘없이 스러져 간 언니가 안타까운 만큼 살아남은 이 공자가 언니 몫까지 살아 줬으면 했는데…….

"어딘가에서 마음을 추스르고 다시 돌아올 거다. 우리도 여러모로 행방을 찾기 위해 노력하고 있으니 너무 마음 아파하지 말거라."

"네……."

이문의 말에 대답하면서도 이린은 자신의 힘으로라도 이 공자를 찾아봐야겠다고 생각했다. 만화점의 영향력이라면 어느 정도 도움이 될 것이었다. 여동생이 생각에 잠긴 모습을 지켜보던 이문은 화제를 돌렸다.

"린아, 많이 먹거라. 그리고 나중에 보따리를 보면……. 이화의 옷을 유모가 직접 고친 것이 있단다. 간직하길 바랄 것 같아 하나 남겨 두었다."

오라버니의 말에 린은 고개를 끄덕였다. 이 공자의 일도 마음 아프지만 지금 당장은 눈앞의 오라버니가 더욱 소중했다. 더군다나 이화의 옷이라니……. 그 말에 당장이라도 보따리를 풀어 보고 싶었지만 자리를 생각해 린은 겨우 참았다. 그리고 오라버니를 향해 웃어 보였다.

"감사합니다. 정말 감사해요."

자세한 사정을 알고 있는 월이 결국 눈물을 떨어뜨렸고 잘 알지 못하는 훠조차 무거운 분위기에 무어라 말을 하지 못했다. 그리고 그가 알지 못하는 일이 있다는 사실에 안타까움이 밀려들었다. 직접 사정을 듣고 린을 위로해 주고 싶었다. 눈동자 가득한 눈물을 지워 주고 싶었다.

"아, 이것도 좀 드셔 보셔요. 이거 훠가 가져온 건데 정말 맛있어요. 먼 길 오셨는데 든든히 드셔야지요."

"그래, 맛있게 먹으마. 너도 어서 먹거라."

겨우 감정을 추스른 남매가 애써 음식을 주고받는 것을 보던 훠가 젓가락을 내려놓았다.

"어? 왜요, 훠?"

"아니, 오늘은 이만 먹어도 될 것 같아."

린이 무어라 더 말하려 했지만 훠가 한 손을 들어 그녀를 막았다.

"오늘은 이만 들어가 볼게. 형제끼리 오랜만에 이야기도 나누고 그래야지."

자연스럽게 휘가 일어나자 일행들도 자리에서 일어나려 했다. 하지만 휘는 자신으로 인해 분위기가 망가지지 않길 바랐다.

“시간 내서 또 올 테니까 일어나지 말도록 해. 다음에 또 보자고.”

“그래요, 고마워요. 휘. 조심해서 가고요.”

왠지 외로워 보이는 듯한 휘의 모습이 걸렸다. 아무렇지도 않은 듯 걸어가는 그를 힐끗 바라본 린이 그녀를 부르는 목소리에 고개를 돌렸다. 하지만 왠지 홀로 걸어가던 그의 뒷모습이 떠오르는 것까진 막을 수 없었다.

* * *

린과 헤어져 황궁으로 돌아온 휘는 외로움이라는 감정이 드는 것을 느꼈다. 이런 감정은 이미 익숙해져서 더는 떠오르지 않을 거라고 생각했는데 오늘따라 더욱 깊숙이 다가왔다.

그리해 그는 황궁 안 가장 깊은 곳으로, 평소라면 걸음 하지 않았을 곳으로 옮겼다.

황제의 침전이 있는 건룡궁이니만큼 그 호화로움은 상상을 초월했다. 황제를 상징하는 금빛으로 치장되지 않은 곳이 없었으며 어린아이 주먹만 한 진주들이 박힌 장식들도 눈에 띄었다.

호화롭고 화려한 곳이었지만 온기가 없었다. 황제가 병환 중에 있다고는 하지만 여전히 수많은 내관과 호위 무사들이 시립하고 있었다. 그럼에도 그곳은 정적과 싸늘함으로 가득했다.

그가 들어서자 궁녀와 내관이 고개를 숙였고 황제를 책임지는 태의감이 읍했다.

“태자 전하를 뵈옵니다.”

“폐하께서는 어떠하신가?”

“여전히 차도가 없으십니다. 송구하옵니다.”

황제가 쓰러진 뒤로 벌써 몇 년이 지났지만 여전히 황제는 차도가 없었다. 주색잡기에 여념이 없던 황제는 쓰러질 당시 서른네 번째 애첩의 품에서였다. 따로 말하지는 않았지만 황제의 병은 약이 없었다.

“그게 어찌 그대의 잘못이겠는가. 이만 물러가게.”

“예, 전하.”

어차피 태의감의 일은 뻔했다. 의식 없는 황제의 수명을 연장시키는 일. 잠시 자리를 비운다 해서 문제가 생길 것 같지도 않아 태의감은 오랜 시간 굳어 있던 몸을 일으켰다.

“전하, 차를 올릴까요?”

“부탁하네, 강 내관.”

강 내관이 차를 준비하기 위해 자리를 비우자 잠시간 침소가 정적에 휩싸였다. 그리고 휘의 무심한 눈빛이 화려한 휘장 안에 누워 있는 사내를 향했다.

‘아바마마.’

아비였으나 그리 불러 본 적은 많지 않았다. 자신의 뒤를 이을

태자였음에도 유독 그에게만은 정을 주지 않던 황제였다. 안결이던 황후에게 정이 없다고는 하지만 핏줄인데도 그는 황태자에게 데면데면하게 굴었다. 불모지나 다름없는 곳으로 황태자를 보내 버릴 만큼.

'소자를 자식으로 생각하기는 하셨습니까?'

어린 시절에는 그를 원망하기도 했었다. 아름답고 현숙한 어머니를 외면했으며 사랑을 갈구하는 어린 소년이었던 그의 손을 잡아 주지 않았던 존재.

기억도 희미한 아주 어린 시절엔 그래도 그런 아비의 관심을 받고 싶어서 무엇이든 열심히 했었다. 물론 그럴 때마다 더욱 차가운 시선이 돌아왔지만.

그리고 어느 순간 깨달았다. 이 사람은 그를 자식으로 보는 것이 아니라 정적으로 보고 있다는 것을. 그때부터 살아남기 위해 몸부림쳤다.

포기한 순간부터 그에게 부모로서의 무언가를 기대하지 않는다고 하지만 오늘 같은 날은 자신도 모르게 이곳으로 발걸음을 하게 되었다. 미동도 하지 않는 아비도 아비라고 말이다.

"전하, 따뜻할 때 드십시오. 운산 벽옥차입니다."

어느새 다가온 강 내관이 준비한 차를 잠시 바라본 그는 들지 않은 채 응시하기만 했다. 그리고 아무 말도 하지 않은 채 그가 들 때까지 고개를 숙이고 있는 내관을 바라보았다.

"강 내관, 그대는 선대 황제 폐하부터 모셔 왔던가?"

"그러하옵니다, 전하."

"못해도 30년 이상 되었겠군."

"45년 되었습니다."

45년이라는 말을 되뇌며 그는 강 내관이 내민 차를 들어 올렸다. 그의 취향을 잘 아는 듯 딱 알맞은 온도로 식어 있었다.

"향이 좋군. 온도도 좋고."

"황공하옵니다."

누워 있는 아비보다 더 많이 본 이가 강 내관이었다. 황제의 명령은 대부분 내관을 통해 전해졌고 듣기도, 전하기도 황망한 명령을 그때마다 전한 사람은 강 내관이었다.

"그대가 고생이 많군."

허리가 땅에 닿을 듯 굽어 있는 백발의 노내관을 바라본 그가 읊조렸다.

"황공하옵니다, 전하. 마땅히 해야 할 일을 이리 치하하시니 감읍할 따름이옵니다."

이미 스스로의 마지막 날이 머지않다 느끼고 있는 백발의 강 내관에게는 황태자가 그저 안쓰럽기만 했다.

이런 감정을 갖는 것 자체가 불충일 따름이지만 그에게 황태자는 어릴 적부터 부모에게 사랑받지 못한 그저 안쓰러운 분일 뿐이었다.

일찍 세상을 뜬 황후를 대신하여 부황에게 사랑받고자 노력하던 어린 황태자를 기억하고 있었다. 매번 부황에게 내쳐지면서도 사랑받고 싶어 다가가던 황태자의 얼굴에서 표정이 사라진 것은 언제부터였을까.

그렇게 벽을 만들어 가던 부자지간은 새로운 황후가 태자를 낳고 황태자가 왕으로 봉해져 유배당하다시피 여남으로 내려가면서 단절되고 말았다.

그리고 황제가 쓰러져 다시 일어나지 못하고 있는 지금, 부자관계의 회복은 점치기 힘들었다. 물론 황제가 일어난다 해도 회복될지는 알 수 없었지만.

황제.

천하제일의 위치에 있는 이였지만 그가 모시고 있는 황제는 옹졸했다. 자신의 작은 그릇을 인정하고 싶어 하지 않았고 그래서 황후도 내쳤다. 언제나 바른말을 하고 옳은 길로 인도하던 황후의 올바름과 총명함을 용납하지 못했다.

그리고 그런 황후를 쏙 빼닮은 태자조차 용납하지 못했다. 자신의 자식이 아닌 정적으로서 대하는 황제의 태도는 태자의 뛰어남이 부각되면 될수록 더욱 심해졌다.

그러한 상황을 누구보다 잘 알고 있었기에 그에게 황태자는 언제나 안쓰러운 분이셨다. 그런 강 내관의 생각을 알지 못한 채 황제를 응시하던 명휘가 몸을 돌렸다.

"혹, 차도가 생기면 즉시 알리도록."

"알겠습니다, 전하."

태자궁으로 가는 도중 명휘는 잠시 걸음을 멈추었다. 밤공기를 맞으며 걷고 싶어 가마를 물리친 덕분에 밤하늘이 훤하게 보였다. 잠시 어두운 밤하늘을 바라보던 그가 자조적인 웃음을 지었다.

'아직도 아비의 정을 바라는 것이더냐…….'

정을 떼지 못한 스스로를 탓하며 명휘가 무거운 발걸음을 옮겼다. 그의 발걸음이 그 어느 때보다도 외로워 보였다.

* * *

쪼르르륵.

자신의 잔에 술을 채운 휘가 맞은편 잔에 술을 마저 따랐다. 밝게 자신을 뽐내고 있는 달을 벗 삼아, 울고 있는 풀벌레 소리를 안주 삼아 마시고 있는지 휘의 맞은편에는 아무도 없었다. 하지만 상관없다는 듯 그는 아무 말 없이 자신의 잔을 비웠다.

그렇게 얼마나 시간이 흘렀을까. 기척 없이 조용한 전각 근처로 인기척이 들려왔다. 휘를 암중에서 호위하고 있는 무사가 잠시 경계하다 누구인지 파악하고는 다시금 모습을 감추었다.

휘 또한 다가오는 기척을 느끼고 있었지만 가벼운 발걸음 소리가 누구인지 알고 있었기에 뒤돌아보지 않았다. 그가 개인적으로 소유하고 있는 전각이기도 한 이곳을 들어올 이도 한정되어 있었고 말이다.

"휘도 여기 있었네요."

맑은 목소리.

외로움을 안주 삼아 마시고 있던 휘가 그 청량함에 피식 미소 지으며 고개를 돌렸다. 곱게 머리를 묶고 푸른색 장포를 입은 린이 걸어오고 있었다.

"……우와, 혼자 이렇게 많이 마신 거예요?"

얼마나 혼자 있었던 것인지, 휘의 근처에는 빈 술병이 벌써 두 병이나 있었다. 그럼에도 안주 하나 보이지 않아 린이 미간을 찌푸렸다.

"린도 한잔하겠어?"

"당연하죠."

털썩 휘의 맞은편에 주저앉은 린이 채워져 있는 잔을 살짝 바라보다 비어 있는 휘의 술잔을 바라본 뒤 술병을 집어 들었다.

쪼르르륵.

맑은 소리가 울리고 휘의 잔이 채워졌다.

"……이렇게 혼자 마시니 좋아요? 나라도 부르지."

"쿡, 글쎄……. 오늘은 바쁠 것 같아서 말이지."

"이문 형님은 피곤하셔서 쉬고 계세요. 그리고 아무렴 휘가 부르면 내가 오지 않았겠어요?"

둘째 오라버니와는 달리 큰오라버니는 아버님에게 학문만을 배웠다. 그런 큰오라버니인지라 그녀와 밤새도록 이야기를 나누고 싶어 했지만 오랜 원행으로 많이 지쳤던 듯 쉬라는 그녀의 말에 못 이기는 척 처소로 돌아갔다.

"……고마워."

말과 함께 휘가 잔을 부딪쳤다. 두 사람 다 아무 말 없이 한 번에 잔을 비웠다. 휘가 조용히 빈 잔을 다시금 채웠고 린이 가지고 온 보따리를 풀었다. 간단한 안줏거리와 술병이 들어 있었다.

"린도 술 마시려고 온 거야?"

"음……. 나도 마음이 혼란스러워서요."

오랜만에 오라버니를 만나 너무나도 기쁘고 반가웠다. 하지만 반가운 만큼 떠오르는 가슴 아픈 기억에 오늘만큼은 술을 마시고 싶었다. 그래서 가끔 휘와 찾던 이곳으로 걸음을 옮겼던 것이다.

"그나저나 휘의 집안은 정말 부유한가 봐요. 이런 곳을 집안 땅으로 가지고 있고……."

야트막한 언덕 가에는 전각도 있었으며 자연스러운 정원까지 조성되어 있었다. 인공으로 만들어진 듯한 연못까지 있는 곳은 휘가 집안 소유의 땅이라고 알려 준 곳이었다. 그리해 종종 함께 와 술을 마시곤 했던.

사람들에게 치이고 힘들 때 오는 곳이라고 했던가. 그래서인지 이곳에서 그와 자신 말고는 아무도 보지 못했다.

"그래……. 무척 부유하지."

부유하다고 하지만 전혀 즐거워 보이지 않는 휘의 모습에 린이 잔을 들어 올렸다. 이럴 때는 아무 말 없이 술을 함께 마셔 주는 것이 더 좋을 것 같았다.

"린은 왜 왔어? 오늘은 술이 없어도 되는 거 아닌가?"

“……그냥요. 형님을 만난 건 좋지만……. 떠오르는 사람이 있어서요.”

떠오르는 사람이라는 말에 휘는 식사하면서 말한 이라는 것을 알 수 있었다. 어떤 사정이 있는지는 정확히 알 수 없었던.

“이유…… 물어봐도 되나?”

“…….”

휘의 말에 린은 아무 말 없이 한 잔을 마셨다. 그리고 잠시 생각하듯 허공을 바라보다 조용히 입을 열었다.

“공녀……라고 알고 있어요?”

“…….”

대답을 바란 것이 아니었던 듯 린이 말을 이었다.

“지금은 행해지지 않고 있고……. 진천국에서는 공녀를 받는 입장이지만……. 서화국은 달랐어요. 휘도 짐작하겠지만…… 전 서화국 사람이거든요.”

말하지 않았어도 휘라는 사람의 통찰력이라면 그녀가 서화국 사람이라는 것을 알고 있을 것이다. 그런 린의 말에 알고 있었다는 듯 휘가 고개를 끄덕였다.

“생각하는 것보다……. 무척 아픈 일들이 많았어요…….”

“아까 말한 누이가……. 그러했나?”

누이라는 말에 린이 아픈 미소를 지었다.

“장래를 약속한 사람도 있었고……. 행복한 혼례까지 한 달도 채 남지 않았어요. 그런데…….”

쪼르르륵.

휘가 비어 있는 린의 잔에 술을 따랐다. 그 모습을 바라보던 린이 휘의 잔에도 술을 따른 뒤 입을 열었다.

"행복할지 모르겠어요. 아무리 힘들고 절망적이었어도……. 그런 행동을 했어야 했는지……."

정확히 언급하진 않았지만 린의 말에 의하면 누이가 공녀로 차출되는 과정에서 비극을 겪은 것 같았다. 아마 그 혼약자라는 이도 일을 겪은 것 같았고……. 무슨 말을 할 수 있을까.

공녀라는 제도를 자신이 만든 것은 아니었지만 그의 아버지인 부황이 만든 것이었다. 그것이 얼마나 잔인한 제도인지 알고 있었기에 힘을 키운 뒤 제도를 없앴지만 그 또한 아무 관련 없다고 말할 수 없었다.

"진천국이……. 원망스럽겠군."

"아니라고 하면 거짓말이겠죠. 누이를 비극으로 몰고 간 진천국이라는 나라도, 그걸 막지 못한 서화국이라는 나라도 싫었어요. 하지만……."

들고 있던 잔을 그대로 비운 린이 어두운 눈동자로 입을 열었다.

"가장 원망스러운 사람은 나예요. 가장 가까이 있었으면서도 막지 못한 나 자신이……. 내가 가장 바보 같고……. 원망스러워요."

결국 이문의 앞에서도 흘러내리지 못했던 눈물이 흘러내렸다.

보름달 빛이 이린의 얼굴을 밝히며 볼을 따라 흐르는 맑은 물길을 환히 비추어 주었다. 휘는 자신도 모르게 손을 들어 이린의 볼에 손을 가져다 대었다.

"네 잘못이 아니야."

"……아니요. 그때 가장 가까이 있었으면서도 아무 행동도 하지 못한……. 내 잘못이에요."

자신을 자책하는 이린의 눈가에 흘러내리는 눈물을 닦아 주면서도 휘는 할 말을 찾지 못했다.

"내가 얼마나 이기적인 사람인지……. 누이를 구하지 못한 죄책감에…… 공녀들도 도와줬던 거예요……. 그런다고 살아 돌아올 수 있는 것도 아닌데……."

만화점을 세운 이유도 여기에 있었다.

어린 시절부터 막연히 여러 곳을 돌아다니고자 장사를 해 보고 싶다고 했지만 더욱 구체적으로 변한 것은 공녀가 되고 나서였다. 세상에 존재하는 모든 이들을 구할 수는 없겠지만 적어도 내 눈앞의 소중한 사람만은 지키고 싶었다. 지키기 위해선 힘이 필요했고, 만만히 보이지 않도록 남복을 한 채 재력을 불리는 쪽을 택했다.

만화점의 규모를 대륙 곳곳으로 늘려 정보 조직도 함께 운영하도록 한 것도 공녀로 끌려와 고통받는 이들을 파악하고 도와주기 위함이었다. 힘든 일이었지만 그나마 언니 이화를 허망하게 보냈다는 죄책감을 더는 길 같아 온 힘을 다해 왔다.

더욱더 자신을 자책하는 린의 모습에 휘는 린을 품으로 끌어당겼다. 도저히 린의 저런 모습을 볼 수 없었다. 자신의 잘못이 아님에도 스스로를 상처 입히는 모습을 볼 수가 없었다.

"그런 말 하지 마. 누가 이기적이라는 거야. 누가 잘못이라는 거야. 네 누이를 지키지 못한 것도 네 잘못이 아니고……. 공녀들을 돌보는 것도 네 이기심이 아니야. 너로 인해 얼마나 많은 사람들이…… 나 또한 얼마나 많이 구원받고 있는데……. 그런 말을 해."

"하지만……."

린이 무어라 말하려 했지만 휘는 자신의 품에 안겨 있는 작은 몸을 더욱 꽉 껴안았다. 더 이상 아무 말 하지 못하도록 품에 가둔 채 말을 이었다.

"넌 네 자신이 얼마나 귀한 사람인 줄 모르지? 그 자체만으로도 많은 사람들을 구해 주고 있어. 네 언니도 그걸 알고 있을 거고……. 그러니…… 그러니 더 이상 자책하지 마."

"휘?"

위로해 주는 따뜻한 말에 눈을 감고 있던 린이 언니라는 말을 자각하곤 꼭 껴안아진 품에서 고개를 들었다. 자신을 응시하고 있는 강한 눈빛과 든든한 품, 시원한 체향이 느껴졌다.

"자, 잠깐만요, 휘. 이것 좀……."

언제부터 알고 있던 것일까. 깜짝 놀라 휘의 품에서 벗어나려 애썼지만 휘는 힘을 풀지 않았다.

"가만히 있어."

"어, 언제부터 알았던 거예요?"

"……그게 중요한가?"

어떻게 이 사랑스러운 사람이 여인임을 모를 수 있을까. 언제였던지는 알 수 없지만 자연스럽게 알 수 있었다. 눈앞의 사람이 너무나도 소중해서 표현하지 못했을 뿐.

휘의 말에 린은 당황하여 몸을 더 크게 버둥거렸지만 휘는 미동조차 하지 않았다. 자신을 바라보는 그의 눈동자가 평소와 다른 감정을 가지고 있다는 생각과 함께 휘의 얼굴이 조심스럽게 다가왔다.

"휘……."

더 이상 아무 말도 듣지 않겠다는 듯 휘는 품 안의 작은 여인의 입을 막았다. 생각했던 것보다 더 보드랍고 따스했으며 얼어붙은 외로운 마음도 녹일 것처럼 달콤한 향기가 피어올랐다.

"린……."

그에게서 흘러나오는 목소리가 맞는 것일까. 탁하게 잠겨 있는 목소리는 평소의 다정한 음성도, 위엄 있는 목소리도 아니었다. 자신을 여인으로서 대하고 있는 목소리. 그 갑작스러운 자각에 린의 눈동자가 크게 떠졌다.

"나, 나, 이, 이만 가볼게요."

밀치듯 휘를 떠밀자 거짓말처럼 그의 몸이 휘청이며 떨어졌다. 재빨리 몸을 일으킨 린이 뒤도 돌아보지 않은 채 걸음을 옮겼다.

밝은 보름달이 어느새 다가온 구름 사이로 사라져 가고 있었다.

* * *

이레에 걸친 대조회가 끝나고 연회가 베풀어졌다. 황궁의 무희들이 화려한 옷을 차려입고 눈을 현혹시켰으며, 풍악 소리가 끊이지 않았다. 흥겨운 음악 소리에 맞추어 향기로운 술과 기름진 음식까지 화려하게 펼쳐져 있는 연회 자리에 대소 신료들은 즐거워했다.

그야말로 2년여 만에 처음 있는 거대한 규모의 연회였다. 태자가 집권을 하기 전까지만 해도 하루가 멀다 하고 벌여졌던 연회는 태자가 집권을 시작한 직후 사라져 버렸다. 연회비로 사용되던 수만 냥의 예산은 백성들을 위한 구휼 기금으로 사용되었다.

피폐해졌던 진천국이 회복되어 갈수록 대소 신료들의 즐거움은 하나둘씩 사라져 갔다. 그러던 와중에 벌어진 대연회였다. 오랜만에 열린 연회에 기쁠 법도 하건만 신하들은 하나둘 눈치를 보기 시작했다.

그도 그럴 것이 연회의 주인이기도 한 태자의 표정이 심각하게 굳어 있기 때문이었다.

“조 상서령, 전하께서 어찌 저러시는지 아나?”

“제가 어찌 전하의 깊은 심기를 알겠습니까. 저도 잘 모릅니다.”

한 젊은 신료의 물음에 조운이 답하며 어깨를 으쓱했다. 그렇지만 신료는 믿는 눈치가 아니었다.

"상서령께서 모르면 누가 알겠습니까. 이 사람도 전하가 염려되어서 그런 것이니 너무 말을 아끼지 마십시오. 여러 생각이 모여 도움이 될 수도 있는 것이 아니겠습니까."

"하하. 정말 저도 알고 싶습니다만……."

"후우, 알겠습니다. 혹시 제가 도울 일이 있으면 언제나 허심탄회하게 말씀해 주십시오."

젊은 신료가 약간 상한 마음을 드러내며 자리로 돌아가자 조운이 헛웃음을 지었다. 물론 모든 것을 드러낼 만큼 어리숙하지 않았지만 이번만큼은 진실이 아니던가.

자신이 그렇게 믿음을 주지 못하는 사람이었던가 생각하며 그는 가장 높은 단상 위에서 생각에 잠겨 있는 이를 바라보았다.

"이보게."

상장군 남궁민이었다. 알고 지낸 지 아주 오래되진 않았지만 믿을 수 있는 지기라고 생각하는 몇 안 되는 사람.

"오, 상장군. 어쩐 일이신가."

"알면서 뭘 묻는가."

남궁민이 대답하며 단상 위를 바라보았다. 하지만 조운도 대답할 것이 없었다. 그 또한 아는 것이 전혀 없지 않던가.

"미리 말해 두지만 난 정말 모르네. 이건 진실이야."

양손을 들어 올리는 조운의 모습에 남궁민은 고개를 끄덕였다.

"전하께 무언가 고민이 있는 건 확실해 보이지?"

"그래. 그런데 알 길이 없단 말이지……."

평소의 황태자가 아니었다.

근래 있었던 가장 껄끄러운 일이라 봐야 혼례 정도였다. 하지만 그것도 진천국의 안정을 위한다는 명목으로 미루지 않았던가.

"아, 알 길이 없는 것은 또 아니지."

조운이 씩 웃으며 남궁민을 바라보았다.

"방도가 있다는 건가?"

"음……. 잠시만."

조운이 남궁민을 바라보며 무언가 이야기하려다 약간 소란스러워지는 상석을 보고 손을 들었다. 불편한 심기를 감추지 못하고 있던 명휘가 자리를 뜨는 모양이었다. 내관들조차 불편한지 손을 휘저은 명휘가 태자궁으로 향하는 모습이 보이자 조운이 남궁민에게 속삭였다.

"자네라면 무영이 어디 있는지 알 수 있겠지?"

"뭐?"

황태자의 비밀 호위 무영을 칭하는 말에 남궁민이 되묻자 조운이 개구진 미소를 지우지 않은 채 말을 이었다.

"그래. 무영 말야. 어차피 전하께서는 처소로 가실 테고 처소에서는 무영의 호위를 받지 않고 계시잖아."

"그렇지만……."

"무영도 고생이 많은데 함께 술 한잔하자고. 어떤가?"

그제야 조운의 의도를 알아차린 남궁민이 고개를 끄덕인 뒤 정신을 집중했다. 평소였다면 비밀 호위인 무영의 기운을 알아차릴 수 없었지만 지금은 어렴풋이 느낄 수 있었다.

"저쪽이네."

남궁민의 말에 조운이 고개를 끄덕이며 그곳으로 걸음을 옮겼다. 주위에서 그들과 이야기를 하려 말을 걸었지만 가볍게 웃으며 거절한 그들은 기운을 놓칠세라 거의 뛰다시피 걸음을 옮겼다.

그리고 황궁의 서궁 한편의 조용한 전각에선 술자리가 벌어지고 있었다.

연회장과 어느 정도 거리가 떨어진 그곳은 사람들의 왕래도 거의 없었고 눈에 띌 정도로 화려한 전각도 없었기에 종종 찾는 곳이었다. 물론 그때마다 황태자가 함께하였기에 가능한 일이었지만 조운의 뻔뻔하다시피 한 신공으로 술자리를 가질 수 있게 된 것이다.

"자, 자. 우리 수고하는 무영. 한잔하라고."

조운이 무영에게 다시금 잔을 권하자 무영이 피식 웃으며 잔을 받았다. 이렇듯 셋이서 술을 마시는 것은 드문 일이 아니었다. 황태자가 있고 없고의 차이일 뿐, 셋은 자주 술자리를 가졌다.

"두 분이야말로 언제나 고생이 많으십니다. 한 잔씩 받으십시오."

어느 정도 풀어져도 된다는 생각이 있어서일까. 무뚝뚝한 무영도 기분 좋게 웃어 보였다. 남궁민 또한 이 분위기가 마음에 드는

지 평소의 예의 바른 모습은 내려놓은 채 풀어진 모습으로 술을 마시고 있었다.

"뭐 우리가 바쁘고 힘들긴 하지만 말이지. 이렇듯 한 잔씩 마시면서 푸는 거 아니겠어? 안 그런가?"

"그러게 말이네. 이렇게 또 한잔하면서 기분도 푸는 거지."

남궁민도 무언가 고민이 많은 듯 한 번에 술을 들이켰다. 조운이 짐작한다는 듯 잔을 채워 주며 말을 이었다.

"그 동생 때문에 그러나?"

"음."

짧은 긍정에 조운이 어깨를 으쓱했다. 남궁세가의 사정을 잘 알고 있는 조운으로서는 무어라 조언을 해야 할지 알 수 없었다. 그저 잘 해결되기만을 바랄 뿐.

"잘 설득해 줘. 전하께도 그러하지만 자네 동생에게도 결코 좋은 일이 아니니까."

몇 번 만나 본 적 있는 남궁민의 동생.

사실 남궁연아가 조금이라도 황후로서의 자질이 보였다면 그가 이렇게 단호히 거절하지는 않았을 터였다. 하지만 그가 본 남궁연아는 혼란스러운 황궁에 분란만 일으킬 사람이었다.

"한잔하십시오, 상장군."

"고맙네."

심란한 마음을 달래듯 무영이 잔을 권하자 남궁민이 피식 웃으며 잔을 비웠다. 어느 정도 분위기가 무르익어 갈 무렵 조운이 생각났다는 듯이 입을 열었다.

"그나저나……. 우리 전하께서는 왜 심기가 불편하실까?"

허를 찌르듯 갑작스러운 말에 무영의 몸이 살짝 흔들렸다. 정말 누구도 눈치 차릴 수 없을 정도로 찰나의 순간이었지만, 그 흔들림을 모를 이들이 아니었다.

"희한하단 말이야. 난 전하께서 저리 심란하신 것을 본 적이 없는데……. 자넨 본 적 있는가?"

"나보다 더 오랜 시간을 지낸 자네가 모르는데 내가 어찌 알겠나? 안 그런가?"

"흠, 나보다……. 더 오래 같이 지내는 이가 있네만……."

"그건 그렇지……."

말을 늘인 조운이 무영을 바라보았다. 남궁민 또한 지그시 무영을 바라보았고 그 집요한 시선에 무영이 말없이 술잔만 만지작댔다.

"저, 전 이만 전하의 호위를……."

"호위는 무슨. 전하께서도 이만 쉬라고 하지 않았나."

"그래. 어차피 지금은 오 부장이 대신 호위를 책임지고 있을 걸세."

일어서려는 무영을 다시금 내려 앉히며 두 사람이 시선을 교환했다. 이윽고 마음을 굳힌 듯 조운이 직선적으로 입을 열었다.

"솔직히 말하게. 전하께 무슨 일이 있었는지."

"……저는 아무것도 모릅니다."

"전하의 비밀 호위인 자네가 모른다는 게 말이 되나? 그러지 말고 말해 보게."

"모릅니다."

그 말밖에 모른다는 듯 무영이 묵묵히 버텼지만 그렇다고 넘어가 줄 두 사람이 아니었다. 그들의 끈질긴 설득 끝에 무영이 무거운 입을 열었다. 사실 그들이 함부로 누군가에게 발설할 사람도 아니었고 이대로 놔두기에는 황태자의 고심이 깊어 보였다.

그리고 무영의 긴 설명이 끝났을 때는 두 사람 모두 아무 말이 없었다. 무언가 얼이 빠진 듯 보이는 모습에 무영이 나지막하게 한숨을 내쉬며 그들을 불렀다.

"상서령, 상장군."

"아, 어? 미, 미안하네. 정말 생각지도 못한 부분이라서……."

무슨 일이 있어도 놀라지 않을 것 같은 조운의 반응이 이러했다. 남궁민 또한 별반 다르지 않았다.

"두 분께서 놀라시는 것도 이해는 됩니다."

비밀 호위인 그조차 얼마 전에야 알지 않았던가. 절대 혼자 나가셔선 안 된다고 몇 번을 간청드린 뒤에야 따라나설 수 있었고 린이라는 여인의 존재를 알게 되었다.

"흐음……. 전하께서 이런 비밀을 감추고 계시다니……. 어쩐지 잠행을 나갈 때마다 그리 같이 가자고 해도 데려가질 않으시더라니."

조운이 충격을 겨우 수습하며 고개를 끄덕였다. 그저 혼자만의 시간을 갖고 싶어서라고 생각했는데 설마 여인을 숨겨 두고 있을 줄이야.

"흠, 그래. 자네가 보기에 그 린이라는 여자분은 어떠한가?"

조운의 물음에 무영은 자신이 본 린이라는 여성을 떠올려 보았다. 따로 말을 나누어 본 것은 아니지만 그래도…….

"제가 보기에는 참 좋은 여인이었습니다. 활발하고 개구진 아이 같으면서도 어른스럽고 영민한 처자였습니다."

"아이 같으면서도 어른스럽다고?"

함께 있을 수 없는 단어에 조운이 되묻자 무영이 고개를 끄덕였다. 말주변이 별로 없는 그로서는 표현할 만한 적절한 단어를 찾기가 어려웠다.

"음……. 정확히 말씀드리기는 어렵지만……. 제가 보기에는 좋은 처자였습니다."

무영의 평가를 모두 믿을 수는 없었지만 조운은 그래도 다행이라고 생각했다. 무엇이 되었든 간에 황태자에게 마음이 가는 여인이 생긴 것은 다행스러운 일이었다.

"하여튼 다행일세. 난 솔직히 전하께서 몸에 문제가 있는 것이 아닌가 걱정했다네."

"상서령!"

듣고만 있던 남궁민이 기겁하며 소리쳤지만 조운은 어깨를 으쓱할 뿐이었다.

"내가 뭐 틀린 말을 했나? 굳이 안겯을 들이지 않더라도 전하

정도의 지위와 능력이라면 여인이 줄줄 따를 텐데 너무 없단 말이지. 우리만 해도 그렇지 않은가?"

우리라는 말에 남궁민과 무영이 꿀 먹은 벙어리처럼 입을 다물었다.

사실 조운처럼 드러내지 않아 그렇지 그들 또한 여인을 가까이 했다. 그것이 문제라고 생각한 적도 없었고 오히려 가까이 지내는 여인이 없는 태자가 이상할 정도였다.

"뭐. 워낙 바쁘시니까……."

"참, 우린 바쁘지 않은가? 그건 말이 안 되는 것이지. 그래도 다행이군. 전하의 옥체에 문제가 있는 것은 아니라는 것이 증명되었으니 말이야."

심각한 듯하면서도 왠지 웃음이 나와 무영이 슬며시 미소를 띠었다. 하지만 곧 현실적인 측면을 말하는 조운의 목소리에 정신이 번쩍 들었다.

"그런데, 전하께서 저리 심각하다는 것은……. 결국 차이신 건가?"

"예?"

"뭐? 그게 무슨……."

"아, 그렇잖아. 차이셨으니까 저리 심각한 것 아닌가."

"아닙니다. 결코 그런 것은 아닙니다."

당시 상황을 모두 지켜보고 있던 유일한 목격자인 무영이 나지막하게 말했다.

"정말로?"

"……아마도 그럴 것입니다."

딱히 그런 방면으로 익숙하지 않은 무영이었기에 결국 말끝을 흐렸다.

"꼭 그런 것만도 아닐 걸세. 그저 알 수 없으니 전하께서도 저리 고민하는 것이겠지."

남궁민의 첨언에 무영이 고개를 끄덕였다. 충직한 무영은 그의 주군이 한 여인에게 차였다는 사실을 인정하고 싶지 않았다.

"뭐, 그럴 수도 있겠지만……. 아닐 수도 있는 거겠지."

"그게 무슨 말입니까?"

궤변과도 같은 말에 무영이 큰 소리로 묻자 조운이 악마와도 같은 미소를 지어 보였다.

"이런 일은 직접 부딪쳐 봐야 아는 것이겠지."

사악하게 웃으며 무영의 어깨에 팔을 걸친 조운이 의미심장하게 웃어 보였다.

4장

만화점의 아침은 다른 곳보다 이르다.

만화점이라는 이름답게 고객이 찾는 물건을 공급하기 위해 이른 아침부터 각 지방에서 물건들이 들어왔으며 달에 한두 번씩은 타국에서도 물건이 들어왔다. 그리고 오늘은 각국에서 귀한 물품들이 들어오는 날이기도 했다.

이제 막 해가 뜨기 시작한 이른 시간이었지만 만화점 본점의 앞은 시끌벅적했다.

"아이고, 이수 님. 이른 아침부터 고생이 많으십니다."

"아니에요. 고생이 많으신데 이것 한잔씩 드시고 하세요."

이른 아침부터 일하는 인부들에게 따뜻한 차 한잔을 돌린 이수가 들어오는 물품들을 챙겼다. 각 나라에서 들어오는 물품들이 모두 모여서 그런지 훨씬 더 복잡했지만 이수는 티 내지 않은 채 웃으며 물건을 받았다.

"그런데 오늘은 린 님께서 안 계신가 봅니다?"

요란국에서 온 상인의 말에 이수가 싱긋 웃어 보였다.

"급한 일로 자리를 비워서 제가 대신 왔습니다."

"하이고, 연약한 여인분께서 이런 이른 아침부터……."

"괜찮으니 걱정 마세요. 그보다 지난번에 말씀드린 물건은 어느 쪽에 있지요?"

여인의 모습을 하는 것에 불만은 없지만 이럴 때는 매우 불편했다. 특히나 요란국에서 넘어오는 상단의 상단주는 남성적인 성향이 강해 그녀나 월이 나올 때면 무시하곤 했다. 특히 거친 사람들을 상대하는 것에 능숙하지 못한 월은 그를 상대하기 힘들었다.

"아, 이쪽에 있습니다."

물건이 있는 곳으로 간 이수는 상태가 고르지 못한 물건을 보고 미간을 찌푸렸다.

"어찌 이렇게 상태가 좋지 않습니까?"

"워낙 먼 거리인지라 배송하는 부분에서……."

"그래서 충분한 시간과 금액을 지불하지 않았습니까? 이것은 상품으로서의 가치가 없으니 다시 가져가십시오."

다시 가져가라는 말에 요란국의 마 단주가 화들짝 놀라다 버럭

화를 냈다.

“아니, 그렇다고 다시 가져가라면 어쩌라는 겁니까? 이걸 이대로 가져가면 다 상합니다.”

“그러니 제대로 된 물품을 가져오셨어야지요. 저희가 요구한 것은 최상급이었고 총단주님께선 충분히 가능하다 하셔서 대금을 치렀습니다.”

똑 부러지는 이수의 말에 마 단주가 잠시 말을 잇지 못하다가 인상을 구겼다. 그리고 목소리를 높이며 겁을 주기 시작했다.

“아, 나는 제대로 된 기간에 물건을 전했으니 다 된 것입니다. 이 정도면 상급 정도는 되니 충분히 물건을 팔 수 있단 말입니다.”

“그게 무슨 말도 안 되는…….”

“나는 이대로 그냥은 못 돌아갑니다. 물건도 전달했으니 남은 대금을 주십시오.”

배짱으로 나오는 마 단주의 말에 이수가 황당하다는 듯이 그들을 바라보다 주먹을 움켜쥐었다. 어느새 흉흉한 기운으로 다가선 요란국 상단 무사들이 그녀를 둘러싸고 있었다. 만화점 식구들도 있었지만 먼 길을 와야 하는 상단을 호위한 무사들이니만큼 그 기세가 상당했다.

갑자기 주변이 조용해지고 기세가 살벌해질 때쯤이었다.

“이게 지금 무슨 일입니까.”

나지막하지만 당찬 목소리가 주변에 울려 퍼졌다. 흉흉한 기세를 내뿜던 사람들의 시선이 한곳으로 집중되었다. 그곳에는 작은 체구지만 사람들의 시선을 잡아끄는 소년이 서 있었다. 표정이 험악하거나 거친 것도 아닌 데다 오히려 곱상하기까지 한 소년이지만, 사람들은 저도 모르게 고개를 숙이며 인사했다.

"아, 린 님."

"마 단주님, 오랜만입니다."

알은체를 하는 요란국 마 단주에게 인사한 린이 주변을 살펴보았다. 기세에 눌렸는지 새파랗게 질린 채로도 애써 당당히 서 있는 이수가 보였다. 그리고 주변에 놓여 있는 상자를 보았다.

"이건……. 지난번에 부탁드린 물품이군요."

진천국 고위급 귀족들이 근래 즐겨 찾는 음식이라 특별히 주문한 물품이었다. 하지만 잘 상하는 데다가 귀한 음식이니만큼 위생이나 질이 중요하여 특별히 웃돈을 주고 요청했던 물건.

단번에 어떤 상황인지 알게 된 린이 주변을 둘러보았다. 헛기침을 하면서도 마 단주는 물러서지 않고 그녀를 바라보고 있었다.

"흠흠, 히, 힘들게 구한 것입니다."

"그렇지요. 이 물건이 얼마나 귀한 것인데……. 당연히 힘들게 구하셨겠지요."

린의 말에 힘을 얻은 듯 마 단주가 고개를 꼿꼿이 세웠다.

"그렇습니다. 제가 힘들게 배송을 해 온……."

"힘들게 배송해 오셨는데 물건의 상태는 그에 미치지 못하는군요."

"하, 하지만……."

무어라 변명을 늘어놓으려는 마 단주의 말을 끊으며 린이 생긋 웃었다.

"하지만 이리 힘들게 먼 길을 오셨는데 잔금을 드려야지요. 잠시만 기다리십시오."

"아, 역시 린 님. 말씀이 통하십니다."

거보라는 듯 마 단주가 이수를 바라보았다. 무슨 생각이 있어 그렇게 행동했으리라 생각하면서도 이수의 미간이 찌푸려졌다. 잠시 후, 이수가 잔금을 가지고 다시 밖으로 나오며 마 단주에게 주머니를 넘겼다.

"자, 여기 잔금입니다."

"아이고, 감사합니다. 린 님."

활짝 웃는 모습으로 인사하며 주머니를 확인한 마 단주의 눈이 크게 떠졌다. 원래 치르기로 했던 잔금보다 더 들어 있던 것이다.

"아니, 린 님. 이것은……."

"넉넉히 넣었습니다. 앞으로 마 단주님을 뵐 일이 없을 듯하여 가시는 길 편하시라고 말입니다."

뵐 일이 없다는 말에 마 단주가 화들짝 놀랐다.

"그, 그게 무슨……."

"총단주님께는 제가 따로 서신을 보낼 것입니다."

어느새 린의 입가에는 미소의 흔적도 남아 있지 않았다. 작은 체구의 소년에게서 뿜어 나오는 위압감에 마 단주는 순간 아무 말도 하지 못했다.

"아쉽습니다. 좋은 인연으로 맺어 왔는데 이렇게 마무리하게 되어서……."

"그게 무슨 말씀이십니까?"

진심으로 아쉽다는 듯 말하는 린에게 마 단주가 버럭 소리를 질렀다. 그러자 린이 싸늘한 눈빛으로 마 단주를 바라보며 입을 열었다.

"제가 이 물품에 대한 조건을 정확히 말씀드린 것으로 기억하고 있습니다. 한데 이렇듯 약속을 지키지 못하시다니 당연히 앞으로 거래할 수는 없지요."

"하, 한 번의 실수쯤은……."

"장사꾼에게 있어서 약속은 천금과도 같은 것입니다. 이 일로 인해 저는 진천국의 손님들에게 제대로 된 물품을 납품하기 위해 또다시 물품을 구입해야 하고 그러려면 많은 금액과 시간이 들겠지요. 신의란 돈으로 구입할 수 없는 것이니 저는 무슨 일이 있어도 고객과의 약속을 지킬 것입니다."

신의란 돈으로 구할 수 없다는 말에 마 단주가 손을 부르르 떨었다.

"총단주님은 신의가 있는 분이라 여겼는데 이런 실수를 하시다니……. 무척 아쉽습니다. 이 아쉬운 마음을 서신으로 잘 전달드리겠습니다."

서신으로 전한다는 말에 마 단주는 무어라 말하지 못한 채 입을 빼끔댔다.

사실 물량과 높은 질을 위해 적절한 시기에 맞추어 길을 떠나왔다. 하지만 요란에서 진천국으로 넘어오는 도중 기분도 낼 겸 몇몇 마을에 들렀다 온 것이 문제였다. 향락에 취해 며칠 지나다 보니 물건의 질이 떨어지고 만 것이다.

하지만 이번 한 번쯤 어찌하겠냐는 심정으로 배짱을 튕긴 것인데……. 이 상태라면 만화점과의 거래가 끊기는 것은 물론이고 자신의 안위조차 장담할 수 없었다.

"리, 린 님……. 제, 제가 잘못……."

"마 단주님께서는 잘못한 것이 없으시겠지요. 아마 총단주께서 일정을 착각하셨나 봅니다. 그러니 아까 그리도 당당하셨겠지요."

"그, 그것이……."

"저는 바빠서 이만 들어가 보겠습니다. 단주님께서도 조심히 가십시오."

찬바람이 나는 것이 아닐까 싶을 정도로 쌩 돌아선 린이 건물로 들어가려 하자 마 단주가 린을 붙잡으려 손을 뻗었다. 하지만 어느새 다가온 장 집사가 그를 막아섰다.

"못 들어가십니다."

"이, 이보게, 장 집사. 내가 린 님께 드릴 말씀이……."

"린 님의 말씀 못 들으셨습니까? 이만 조심히 돌아가시면 됩니다."

장 집사의 단호한 말과 어느새 다가온 만화점 호위 무사들이 요란국 상단 일행을 막아섰다.

대륙을 활보하는 만화점이기에 그만큼 경쟁자도 많아 만화점은 호위 무사 수가 많기로 유명했다. 더군다나 얼마 전 남궁세가 사건으로 경비가 더욱 강화되었다. 마 단주가 넋이 빠진 모습으로 털썩 주저앉았지만 누구도 그를 불쌍하다 동정하지 않았다.

한편 안으로 들어선 린은 순간적으로 드는 어지러움에 몸을 비틀댔다.

“린아. 괜찮아?”

얼른 다가온 이수가 린을 부축했다. 각국에서 물건들이 들어오는 중요한 날이었지만 린의 몸 상태가 좋지 않아 이수가 나섰던 것인데 결국 린이 나서고야 사태가 해결되고 말았다.

“괜찮아요, 언니.”

“미안. 내가 잘 해결하려고 했는데…….”

“뭐가 미안해요? 괜히 내가 아파서 언니가 고생했네요.”

린의 말에 이수가 고개를 절레절레 저었다. 린의 곁에서 일을 배워 온 지 벌써 7년이 흘렀다. 어느 정도 안정도 되었다 생각했는데 아직 린처럼 되려면 먼 것 같았다.

“몸도 안 좋은데……. 어서 눕자.”

린을 부축해 처소로 옮긴 이수가 린의 몸에 이불을 덮어 준 뒤 이마에 손을 얹었다. 아직도 내리지 않은 열에 깜짝 놀랐다.

“의원을 부르는 것이 나을 것 같아. 열이 내리질 않잖아.”

“괜찮아요. 요즘 무리해서 그런 거니까 조금만 더 쉬면 괜찮을 거예요."

서화국에서 왔던 린의 오라버니 이문이 어제 고향으로 떠났다. 집안에 일이 있었던 터라 오래 머물지 못하고 걱정과 안도를 함께하며 진천국을 떠나갔고 그녀들에게 린을 부탁했다.

만화점 또한 새로운 지점으로 확장을 하면서 많은 일들이 몰린 린이 아픈 것은 어찌 보면 당연한 것일 수도 있었다. 건강한 듯싶으면서도 은근히 잔병치레를 하곤 하지 않았던가. 하지만 이번에는 아프기 전의 반응이 평소와 달랐다.

"린아, 괜찮은 거야?"

"괜찮아요. 마 단주도 한번 혼나야 하니까. 그리고 정말 요란국과 거래를 끊지는 않을 거니까요."

진천국의 만화점과의 거래는 매우 큰 건이다. 요란국으로서는 절대 이 거래를 끊으면 안 되는 입장으로, 어떤 일이 있어도 수습하려 할 것이다.

얼마나 밀어내야 할지가 중요할 테지만.

"너무 걱정하지 말아요. 몸이 좀 나으면 잘 수습할 테니까……."

사실 마 단주나 요란국에 대한 문제 때문에 괜찮으냐고 물어본 것이 아니었지만 이수는 그냥 묻지 않기로 했다. 분명 일과는 다른 무언가 일이 있는 것 같은데 알아낼 방도가 없었다.

"휴우, 그래. 몸조리 잘하고 필요한 거 있으면 꼭 불러."

"네, 걱정하지 말아요."

이수가 나간 방 안에 정적이 감돌았다.

린은 왠지 열이 오르는 느낌에 손을 들어 이마를 짚어 보았다. 따끈따끈한 이마와 복잡한 머릿속 때문에 쉬려 했지만 마음대로 되지 않았다.

'도대체 왜…….'

지난 며칠간 그때의 일을 떠올리지 않으려 노력했다. 다른 일에 집중하려고 노력했으며 오랜만에 만난 오라버니를 챙겼지만 순간순간 떠오르고 말았다. 아니 머릿속에 박혀 있어 잊히지가 않았다.

휘라는 사람은 알 수 없는 사람이었고 자신에 대해선 알려 주지 않는 사람이었지만 누구보다 소중했다. 아는 이 하나 없는 낯선 땅에서도 잘 지낼 수 있었던 것은 휘가 있었기 때문이었다.

큰오라버니보다 더 믿음직스러웠고 뵐 수 없는 아버지 같은 듬직함이 있었다. 그리고 그에게 자신 또한 좋은 남동생 같은 존재라고 생각했는데…….

'정말 그가 모를 거라고 생각했었니?'

순간 또다시 드는 생각.

과연 그에게 자신이 여자라는 것을 얼마나 들키지 않았던 것일까. 자신조차 놀랄 정도로 뛰어난 통찰력을 가진 사람인데 그가 자신이 여자라는 것을 몰랐을까?

어쩌면 무의식적으로 그렇게 생각하지 않았던 것일지도 몰랐다. 이 기묘하고도 편안한 관계를 끊고 싶지 않아서. 생각을 지속하면 할수록 머리가 아파 오는 느낌에 린은 이마에 손을 얹으며 눈을 감았다.

일단 휴식이 필요하다고 속으로 중얼거리며 머리를 잠식해 오는 수마에 몸을 맡겼다.

* * *

"공자님, 공자님. 이것 좀 보세요."

한쪽 소매를 잡아당기는 손길에 휘는 미간을 찌푸렸다. 반사적으로 자신을 잡아당기는 손길을 쳐 내려다 누군지 인식하고는 꾹 눌러 참았다. 그는 기본적으로 누군가가 자신을 건드리는 것을 싫어했지만 눈앞의 여인은 친우의 가장 소중한 동생이기에 참았다.

"연아야, 공자님 피곤하시게 자꾸 그러지 말거라."

휘의 감정을 예민하게 눈치챈 남궁민이 동생을 말렸다. 그나마 그를 생각해서 꽤 관대히 대해 주고는 있지만 자신의 주군이 어떤 성격인지 잘 알고 있는 남궁민으로서는 동생이 화라도 당할까 걱정되기만 할 뿐이었다.

하지만 휘의 예민한 반응을 알아차리지 못한 남궁연아는 입술을 뾰로통하게 내밀었다.

"오라버니도 참. 전 그저 공자님께 이것을 보여 드리려고 한 것뿐인걸요."

"그래도……."

"난 괜찮으니 그만하게, 민. 무엇을 보라는 거지?"

남매간의 입씨름이 심해지려 하자 휘가 가볍게 중재에 나섰다. 어디까지나 남궁민의 동생이기에 하는 행동이었지만 그것을 알지 못한 남궁연아는 의기양양해졌다.

"이것 말이에요, 공자님. 참으로 어여쁘지 않아요?"

남궁연아가 가리킨 것은 좌판에 놓여 있는 화려한 장신구였다. 밝은 햇살이 비출 때마다 색이 변하는 것이 눈 높은 남궁연아의 눈을 사로잡을 법한 것이었다.

"아이고, 아가씨께서 보는 눈이 높으십니다요. 이것은 저기 저 서역에서 들어온 것으로……."

장사치가 비싸 보이는 옷을 입고 있는 일행이 관심을 보이자 침을 튀겨 가며 입을 놀렸다. 남궁연아가 장사치의 말은 살짝 무시한 채 장신구를 머리에 대 보이며 명휘에게 말을 걸었다. 하지만 명휘는 무언가를 생각하는 듯 반응이 없었다. 한창 명휘에게 관심을 받기 위해 말을 걸던 연아의 표정이 굳어졌다.

"공자님, 공자님?"

흔드는 손길에 명휘는 무의식적으로 연아의 손을 쳐 내었다. 그야말로 단호한 손놀림에 연아가 흠칫 놀라며 밀쳐졌다.

"꺄악."

"괜찮으냐, 연아야."

놀란 남궁민이 동생을 부축하고 나서야 어느 정도 초점을 되찾은 명휘가 일행을 보다 좌판으로 시선을 돌렸다. 싸해진 분위기에 주인장은 무어라 말도 못 한 채 눈알만 데굴데굴 굴렸다.

"이건 얼마지?"

명휘가 가리킨 것은 붉은색 꽃을 말려 호박 속에 넣은 머리꽂이였다. 호박 속에 들어 있다고는 하지만 땅에 있을 적처럼 생기 있게 함초롬히 피어 있는 붉은 꽃이 어여뻤다.

"아, 그 그것은, 닷 냥입니다요."

"아까 말한 것과 함께 주게."

연아가 관심을 보였던 장신구도 잊지는 않았던 듯 함께 구입한 명휘는 머리꽂이만을 받아들이곤 품에 갈무리하였다. 마치 자신의 할 도리는 다 했다는 듯 연아의 머리꽂이는 갈무리하지도 않은 채 고개를 돌렸다.

"아, 아가씨 이것을……."

"내가 지금 이깟 거나 받게 생겼어요?"

남궁연아가 팩하니 돌아서서 가 버리자 남궁민이 값을 치른 장신구를 받아들인 뒤 한숨을 쉬며 뒤를 따랐다.

오랜만에 황실 행사에 참석하기 위해 세가의 일원으로서 함께 참석한 남궁민과 연아였다. 그저 참석만 하면 좋았으련만 남궁연아의 목적은 따로 있다는 듯 황태자를 알현하자고 졸랐다.

워낙 요즈음 황태자의 심기가 좋지 않음을 알고 있던 터라 말리고 말렸지만 결국 동생의 성화를 이기지 못해 황태자를 알현하게 된 것이었다. 그리고 잠행에 나서려는 듯한 황태자의 모습에 동생이 막무가내로 따라나서며 지금의 상황이 되어 버린 것이다.

"힘내게, 민."

어깨를 툭 치며 조운이 남궁민을 위로해 주었다. 그가 보기에도 남궁민이라는 친구의 상황이 참 좋지 않았다.

평소의 황태자는 그들에게만큼은 무척 너그러운 사람이었다. 남궁민의 동생이라는 이유로 남궁연아의 투정을 받아 줄 정도로. 하지만 그것은 평소에나 해당되는 이야기였다. 지금의 황태자는 조금의 여유도 보이질 않았다.

"동생이 걱정이네. 저러다 태자 전하의 분노를 사지나 않을까 말일세."

"흐음, 내가 봐도 그냥 이만 돌아가는 것이 낫지 않을까? 전하를 건드려서 좋을 것은 없을 거 같은데."

조운의 말에 남궁민은 동생을 어떻게든 돌려보내야겠다는 생각을 하며 동생과의 거리를 좁혔다. 아무 반응도 없는 황태자와 한마디라도 해 보려 남궁연아가 빠른 걸음으로 걸어가며 종알대고 있었다.

"……해서 제가 어찌하였는지 아세요?"

"……."

묵묵부답인 황태자에게 끊임없이 말을 거는 동생이 애처롭다 못해 이제는 대단해 보이기까지 했다. 고개를 절레절레 젓던 남궁민이 동생의 어깨를 잡았다.

"오라버니?"

"피곤하지 않느냐? 오늘은 이만 들어가 보는 것이 낫겠다."

"……."

오라버니의 말에 남궁연아는 입술을 깨물었다. 오라버니가 왜 이러는지 알고 있기에 더더욱 기분이 좋지 않았다.

오랜만에 만난 황태자와 이야기도 나누고 진전을 보이고 싶어 황실 행사도 모두 참여하지 않고 일찍 나온 것인데. 이런 태도를 보이다니. 미간을 찌푸린 남궁연아의 입가가 고집으로 단단하게 굳어졌다.

"오라버니 저는……."

무어라 말하려던 남궁연아는 갑자기 고개를 홱 돌리는 오라버니의 모습에 저도 모르게 시선을 함께 돌렸다. 황태자의 시선이 어딘가로 향해 있었다.

"전하?"

섬뜩할 정도로 순식간에 표정이 사라진 명휘가 어딘가로 고개를 돌리더니 빠른 속도로 몸을 날렸다. 휘둥그레진 눈으로 명휘를 보고 있던 조운과 남궁민 또한 무의식적으로 몸을 날렸다.

"다, 다들 어디 가는 거예요?"

째지는 목소리로 남궁연아도 주위를 살피며 걸음을 뛰다시피 옮겼다.

* * *

잠행을 나온 명휘는 말 그대로 무의식적으로 걸음을 옮기고 있었다. 말이 잠행이지 답답한 마음에 무영조차 떼어 놓고 황궁을 나섰던 것인데 하필 남궁 남매와 조우을 맞닥뜨리고 말았다. 어떻게든 그들도 떼어 놓으려 했지만 어느 순간 그조차 하기 귀찮아져 함께 도성을 거닐게 된 것이다.

'떼어 놓고 왔어야 하나.'

들뜬 채 소매를 잡아끄는 남궁연아가 무척 귀찮았다. 아니, 귀찮은 정도를 넘어서서 남궁민의 동생이 아니었다면 절대 가만히 두지 않았을 행동이었다. 그렇지만 친우라 여기는 몇 안 되는 지인의 혈육이었다.

남궁민의 성격상 그다지 티 내지는 않아도 동생을 얼마나 아끼는지는 잘 알고 있는 명휘였다. 그는 살짝 한숨을 쉬며 칭얼대는 남궁연아의 시선을 따라 좌판으로 시선을 옮겼다. 그리고 그곳에서 발견한 것은 노란색 호박 속에 담겨 있는 붉은 꽃이었다.

최상급의 보석처럼 아주 화려하지는 않지만 호박이 따스한 빛을 띠면서도 안의 붉은 꽃이 스스로를 은은하게 뽐내고 있었다.

누군가의 머리꽂이로 잘 어울릴 것 같다는 생각이 들자마자 자신도 모르게 값을 치르고 품에 간직하게 되었다. 그리고 잊고 있었던, 아니 잊으려 애썼던 누군가에 대한 기억이 떠올랐다.

'린.'

동생처럼 생각한 아이였다.

아니 동생처럼 생각한다고 여긴 아이였다. 하지만 어느 순간부터였을까. 그 아이가 여인으로 보이기 시작한 것은. 스스로도 자각하지 못했던 어느 시절부터 린은 여인으로 보이기 시작했다.

하지만 자신을 오라버니처럼 의지하는 린을 생각해서 마음을 감추었다. 나름대로 잘 숨겨 왔다고 생각했는데 얼마 전 그 편안하고도 아슬아슬한 관계를 깨뜨리고 말았다.

'많이…… 놀랐겠지.'

당시의 그 표정이 잊히질 않았다. 하지만 놀라던 그 표정조차도 너무나 사랑스러워 하마터면 이성을 잃을 뻔했었다. 그의 자제력이 조금이라도 약했다면 당장이라도 린을 황궁으로 납치하다시피 데려왔을지도 모를 일이었다.

'그 아이의 자유로움을 좋아하면서…….'

냉정하게 무언가를 파악하는 것에 있어서 어려움을 느낀 적은 없었는데 린은 언제나 예외였다. 그것은 자각하지 못하는 아주 오래전부터 그러했던 것 같다.

처음 느낌은 그저 당돌한 아이였던 것 같다. 영리해 보이는 아이가 세상을 어찌 부딪쳐 나가는지 궁금하기도 했고 그에게는 큰 돈도 아니었기에 버리는 셈 치고 아이를 도와주었다.

그러고는 잊고 있었다 생각했는데 도성에 없는 와중에도 종종 아이가 생각났었다.

어찌 지내나, 또 무모하게 행동하다 곤욕을 치르지는 않나 걱정도 되었다. 그리고 도성으로 돌아오자마자 아이를 찾았다. 그즈음이었나 보다.

아이가 사실은 여자아이였고 그저 동생 같다고 생각했는데 특별하게 느껴졌던 것은. 그렇게 수년 동안 스며들듯 린은 그의 삶에 깊숙이 파고들었다. 자신의 신분으로 인해 어떤 구속을 받게 될지 잘 알고 있으면서도 어느새 구속하고 싶어질 만큼.

'이제 어떻게 해야 하나…….'

린과 그렇게 헤어진 지 며칠이 지났다. 아무 일도 없었던 것처럼 나타나 볼까, 아예 모습을 드러내지 않아야 하는 것일까 이런 저런 생각을 해 보았지만 그 어느 것도 마음에 들지 않았다. 특히 아예 모습을 드러내지 않는다는 것은 생각하고 싶지 않았다.

삭막하고 외로운 삶에 나타난 빛을 잃고 싶지 않았다.

'후우.'

며칠 사이 몸의 일부가 되어 버린 한숨을 내쉰 명휘가 문득 시선을 옮겼을 때였다. 어두운 골목 쪽으로 빠르게 걸음을 옮기는 누군가가 보였다.

순간이었지만 골목으로 사라져 가는 사내들이 누군가를 부축하고 있었다. 그다지 신경 쓸 만한 상황은 아니었지만 그들이 부축하고 있는 이가 눈에 걸렸다.

'설마.'

아니라고, 아닐 것이라 생각하면서도 몸은 머리보다 빠르게 반응했다. 기척을 숨기고 골목으로 사라져 가는 사내들을 쫓아간 휘는 자신의 눈을 의심할 수밖에 없었다. 설마 했지만 사내들이 부축하다시피 골목으로 데려간 이는 그도 잘 알고 있는 이였다.

"누, 누구냐."

더 이상 기척을 숨기지도 않은 채 다가오는 휘를 발견한 사내들이 깜짝 놀라며 자세를 취했다.

"지금 뭐 하는 짓이지?"

섬뜩하리만치 아무런 감정도 느껴지지 않는 목소리였다. 다섯 명이나 되는 사내들이 움찔할 정도의 목소리에 급히 휘를 쫓아온 조운과 남궁민이 함께 놀랄 정도였다.

"가, 가던 길이나 가라. 상관 말고."

그중 우두머리로 보이는 이가 겨우 입을 떼었다. 그에 휘가 피식 웃으며 빠르게 앞으로 쏘아져 나갔다. 그야말로 눈에 보이지도 않은 속도에 사내 네 명은 움직이지도 못했고 그것을 자각한 순간 휘의 품에는 누군가가 안겨 있었다.

"그, 그런."

"이게 무슨 짓이냐!"

무슨 짓이냐고 윽박지르는 사내들의 말이 들리지 않는 듯 휘는 품 안의 이만을 살폈다. 멀리서 혹시나 했던 대로 역시 린이었다. 다른 점이라면 평소의 생기 있는 모습이 아니라 눈을 감고 있었다. 그리고 조금 떨어져 있을 때는 몰랐는데 자세히 살펴보니 곳곳에 상처가 눈에 띄었다. 품에 안긴 작은 몸 전체도 뜨거웠다.

"이, 이 자식이……."

자신의 말에도 아무 반응이 없자 화가 난 사내가 움직이려 하자 상황을 지켜보고 있던 조운과 남궁민이 재빨리 앞으로 나섰다.

"어딜 감히."

"쯧쯧, 머리도 나쁜데 눈치까지 없다니."

감히 주군에게 주먹을 내지른 것에 대한 분노를 표하는 남궁민과 장난스러운 듯한 조운의 말이었다. 나름대로 실력 있는 이들이었지만 단 한 수만에 제압당하자 뒤에 있던 사람들이 주춤 물러섰다.

"뉘, 뉘신데 이럽니까?"

갑자기 나타난 이들의 정체가 심상치 않음을 눈치챈 사내가 나섰다. 눈에 띄지 않으려 어두운 색상의 단조로운 차림을 한 이들과는 달리 비단 도포를 입고 있었다.

"그러는 그쪽이야말로 무슨 짓이지? 이런 대낮에 사람을 납치하려 하다니."

조운의 딱 부러지는 말에 사내는 입술을 깨물었다가 금세 표정을 갈무리했다.

"나, 납치라니. 거기 있는 이가 몸이 좋지 않아 의원에게 데려가던 참이었소. 엄연히 일행이오."

"일행이라고?"

"그, 그렇소. 하니 어서 돌려주고 귀댁들은 가던 길을 마저 가시오."

말하다 보니 스스로 생각하기에도 자신이 움츠러들 필요가 없다고 생각한 듯 사내는 점점 당당해졌다. 그에 조용히 린을 살피고만 있던 휘가 자리에서 일어났다.

"일행……이라고?"

"그렇소. 어서 내어놓으시오."

내어놓으라는 말에 휘는 고요히 눈앞의 사내를 바라보았다. 마치 사냥감을 눈앞에 두고 있는 맹수의 눈빛과도 같아 사내는 저도 모르게 몸을 부르르 떨었다.

"요란국의 사람인 듯하군."

요란국이라는 말에 사내, 마 단주가 움찔 몸을 떨었다.

"어찌 그것을……."

"이 사람은 만화점의 주인이다. 고향 또한 요란국과는 관계가 없으니 그대와는 상단 일로 아는 사이일 터."

"그, 그렇습니다. 몸이 안 좋으셔서 의원에게……."

"이 뒷골목에 의원이 있는 줄은 몰랐군. 또한 만화점의 주인이 아픈데 집사나 시비들은 어찌하고 상단 일로 아는 그대가 의원에게 데려가는 것인가?"

"그것이……."

휘의 말에 사내들은 더 이상 말을 찾아내지 못하고 버벅거렸다. 휘가 그들을 조용히 바라보다 기운을 일으켰다.

"또한. 이 상처들은 누군가에 의해 맞은 상처인 터. 감히 어찌할 생각이었던 거지?"

풀썩.

"커, 컥……."

"크……."

무형의 살기가 그들의 몸을 휘감았다. 일시에 바닥으로 쓰러진 그들은 숨조차 쉴 수 없는 기운에 목을 감싸 쥔 채 바닥을 기었다. 차마 살려 달라는 말조차 뱉지 못한 채 부들부들 떨었다.

털썩.

뒤쪽에 서 있던 남궁연아 또한 자리에 풀썩 쓰러지고 말았다. 그녀를 향해 집중적으로 쏟아지는 것도 아니었지만 그녀에게는 견딜 수 없는 기운이었다.

"오, 오라……."

"잠시만 견디거라."

그제야 동생을 힐끔 쳐다본 남궁민이 말하자 남궁연아는 입술을 깨물었다.

"공자님, 일단 이곳은 저희에게 맡겨 주십시오."

"……."

남궁민의 말에도 휘는 아무런 반응이 없었다. 그 모습에 한숨을 내쉰 조운이 앞으로 나섰다.

"안고 계신 분의 상태가 좋아 보이지는 않습니다. 어서 의원에게 보여야 하지 않겠습니까?"

안고 계신 분이라는 말에 휘는 시선을 아래로 내렸다. 아까보다 안색도 더 창백해 보였고 숨도 가빠 보였다. 추운지 바르르 떠는 몸이 안쓰럽게 얇았다.

"……정확히 처리해라."

"예, 걱정하지 마십시오."

무형의 살기가 사라졌다.

바닥에서 바들바들 떨고 있던 사내들은 살기가 사라졌음에도 움직이지 못한 채 몸을 늘어뜨리고 있었다. 그런 그들을 살기 어린 눈으로 한 번 더 응시한 휘는 린을 고쳐 안고는 골목을 빠져나갔다.

"에휴, 이게 무슨 일이냐."

휘가 사라져 가는 모습을 보던 조운이 한숨처럼 한마디 내뱉었다. 남궁민 또한 고개를 끄덕이며 주저앉아 있는 동생을 부축했다.

"괜찮느냐?"

"……오, 오라버니. 방금……."

"많이 놀랐을 터이니 누군가를 불러야겠구나."

다그치려는 동생의 말을 지그시 눌러 버린 남궁민이 한숨처럼 말하며 골목을 쓰윽 둘러보았다. 살기에 짓눌려 꿈틀대던 사내들 중 두어 명이 엉거주춤 몸을 추스르고 있었다. 두 명은 견디지 못하였는지 정신을 놓은 상태였다.

"이제 이들을 어찌한다……."

"어, 어찌하다니……. 우리가 무슨 잘못을 했다고……."

살기를 내뿜던 이가 사라지자 조금은 정신을 찾은 요란국 사내가 엉거주춤 말을 이었다. 하지만 당당히 따지던 아까에 비해 기운은 전혀 없었다.

"아직도 그 소리를 하네. 너희들 운 좋은 줄이나 알아. 우리 아니었으면 그 목숨 부지할 수 있었을 거 같아?"

조운의 말에 사내가 발끈했다.

"그, 그게 무슨 말입니까? 내가 누군지 알고……."

"몰라도 한참을 모르는구먼. 누군지 모르는 게 누군데 그러나……."

장난처럼 내뱉은 조운이 싸늘하게 기세를 올렸다. 방금 전까지의 장난스러운 말투가 거짓이었다는 듯 그의 기세는 일어선 요란국 사내를 다시금 주저앉게 만들었다.

"제, 제발……."

"살려……."

"거기 무슨 일입니까?"

마침 주변을 순찰하고 있었던 듯 병사 세 명이 골목 쪽으로 다가오자 조운이 기세를 거두고는 병사들을 향해 손을 흔들었다.

"아, 마침 잘됐네. 안 그런가, 민?"

"후우."

한숨처럼 고개를 끄덕이며 남궁민은 이들을 어찌 처리해야 하나 고민했다. 물론 확실한 것은 절대 가벼운 처벌로는 끝나지 않을 거라는 것이지만 말이다.

* * *

황도 외곽 부근에 자리한 별채.

황실 소유의 별채와 달리 소박해 보이기도 한 곳이었다. 그도 그럴 것이 이곳은 선황후 개인 소유의 별채로 선황후가 승하한 뒤 선황후의 집안에서 개인적으로 관리했기 때문이다.

황태자가 다시 돌아온 뒤 황실에서 관리하기는 했으나 선황후가 관리했던 소박한 멋을 그대로 살리고 싶었던 황태자는 보수만 하며 관리하도록 했다. 하여 정원은 더할 나위 없이 아름다우나 건물은 소박한 별채가 된 것이다.

그곳을 총 관리하는 오 내관은 급히 별채로 들어오는 익숙한 모습에 깜짝 놀란 자신을 추스르기 위해 노력했다. 그도 그럴 것이 한 번도 흐트러진 모습을 보인 적 없는 황태자가 누가 보아도 당황했다는 표정으로 들어온 것이다.

“황태자 전하를 뵙습니다.”

“오 내관, 어서 의원을 불러오라.”

“예, 전하.”

오 내관을 보낸 휘는 이곳을 방문할 때면 머무는 전각으로 들어가 침상에 린을 올려놓았다. 추운지 몸을 바르르 떠는 모습에 이불을 덮어 주었다.

“전하, 오 내관이옵니다.”

“들라.”

오 내관과 궁녀 두 명이 들어섰다. 오 내관이 일렀는지, 궁녀들의 손에는 찬물과 수건 등 급히 간호를 할 수 있을 만한 물건들이 있었다.

“놓고 나가 보라.”

"전하, 이들이 모실 것입니다."

"……되었으니 나가서 상주하라."

단호한 휘의 말에 오 내관이 조용히 고개를 숙이며 나갔다. 오 내관이 나가고 열에 들떠 있으면서도 추운 듯 몸을 떠는 린의 모습에 휘는 밖을 향해 외쳤다.

"금침을 더 가져오라."

"예, 전하."

대답이 들려오고 주먹을 쥐었다 펴기를 반복하던 휘는 마른 수건을 대야에 담가 한 번 짜낸 뒤 린의 이마에 올려놓았다. 차가운 기운을 느꼈는지 발갛게 달아오른 얼굴의 미간이 찌푸려졌다.

"조금만 참아……."

자세히 물어보진 못했지만 도대체 또 무슨 일에 엮인 것인지. 우연히 그가 보았으니 다행이지 만약 보지 못했다면……. 상상하는 것만으로도 끔찍했다. 끔찍한 상상을 떨쳐 내듯 고개를 저은 휘가 또 다른 수건으로 흘러내리는 땀을 닦아 주었다.

"전하, 오 내관이옵니다."

"들라."

금침을 내오던 오 내관은 방 안의 상황에 깜짝 놀라고 말았다. 체구가 작긴 했으나 남복을 하고 있어 사내인가 했더니 여인이었다. 언뜻 보이는 열에 들뜬 얼굴이나 고운 생김은 영락없는 여인이었다. 그리고 남복한 여인이라는 사실보다 더 놀라운 것은 황태자가 직접 여인의 수발을 들고 있는 것이었다. 이마에 올려져 있는 물수건은 물론이고 흐르는 땀을 닦아 주는 모습도 보였다. 당혹스러웠지만 오 내관은 곧 침착함으로 스스로를 다독인 뒤 침상으로 다가갔다.

"이리 달라."

"소인이 하겠습니다, 전하."

채 말리기도 전에 오 내관이 조심스럽지만 빠른 손길로 금침을 정리했다.

"소인은 의원이 오는 것을 확인하겠습니다."

"……."

대답도 하지 않은 채 여인만을 바라보는 황태자의 모습에 오 내관은 조용히 고개를 숙인 뒤 처소를 나갔다. 오 내관이 나가고 나서도 휘의 시선은 린에게서 떨어지지 않았다. 항상 생기 있던 안색은 파리했으며 반짝이던 눈도 눈꺼풀이 굳게 닫혀 있었다.

"린……."

금침 안에 감추어져 있는 손을 꺼내 잡은 휘가 기도하듯 린을 부르며 눈을 감을 즈음이었다. 의원이 당도하였다는 오 내관의 기별에 휘는 눈을 떴다.

"들라 하라."

오 내관에게서 신신당부를 받은 의원은 침상에 누워 있는 환자에게 모든 것을 집중했다. 이곳의 주인이 누구인 줄 알고 있기에 언제나 조심 또 조심한 데다 이번에는 한 번 더 당부까지 받지 않았던가.

"어떠한가."

"너무 심려 마시옵소서. 약간의 타박상이 있사옵고, 그 충격으로 열이 난 것이옵니다. 몸이 쇠하여 있으니 보할 수 있는 약재를 올리겠사옵니다."

"……많이 힘들어하는데 시술할 수 있는 것은 없나?"

황태자의 말에 의원이 조용히 고개를 숙였다.

"하오면 침술을 먼저 시행하겠사옵니다. 하나 근본적으로 열을 내려야 하기 때문에 큰 차도를 보이려면 약을 드셔야 하옵니다."

의원에 말에 휘는 고개를 끄덕였다. 휘의 허락에 의원이 금침의 윗부분을 걷었다. 침술을 행하기 위해 옷가지에 손을 대자 몸이 떨릴 정도로 거친 기세가 옆에서 느껴졌으나 그는 눈을 질끈 감았다.

"화, 환자를 치료하려면 꼭 필요한 부분입니다."

"행하라."

휘의 허락이 떨어지고 나서야 의원이 소매와 상의를 조금 젖히고 침술을 행하기 시작했다. 다행히 아까와 같은 살기가 느껴지지는 않았지만 긴장감에 의원은 목이 바짝바짝 마르는 것을 느끼며 겨우 침술을 마치었다.

"소, 소인은 이만 약을 지으러…… 물러가겠습니다."

"최선을 다해야 할 것이다."

"예, 심려치 마십시오."

이윽고 겨우겨우 놀란 표정을 수습하며 의원이 나가자 휘는 린의 이마를 짚어 보았다. 의원의 말대로 여전히 뜨거웠다. 하지만 침술을 행하여 그런지 조금 나은 듯 보이기도 했다.

"전하, 이분은 궁녀들이 정성으로 뫼실 것이옵니다. 상서령과 상장군께서 기다리고 계시오니 별실에 잠시 납시는 것이……."

황태자의 그런 모습을 바라보던 오 내관이 말하자 마음에 들지 않는 다는 듯 휘의 미간이 찌푸려졌다.

"약을 드는 것까지 보고 갈 것이다. 그리고 특별히 입 무거운 이들로 하여 시중들게 하여라. 절대 무례하게 굴지 말도록 하고."

"예, 명심하겠나이다, 전하."

오 내관의 말대로 전문적으로 시중을 드는 궁녀들이 자신보다 훨씬 간호를 잘할 것이라는 건 알지만 휘는 곁을 떠나고 싶지 않았다. 약해져 있는 린의 모습이 생각했던 것보다 큰 충격으로 다가와 어느 때도 흔들리지 않았던 마음이 흔들렸다.

'어서 건강히 일어나 줘.'

화를 내도 좋고 외면해도 좋으니 반짝이는 눈동자를 보고 싶었다.

* * *

명휘가 별실로 들어선 것은 탕약이 들어오고 린의 열이 어느 정도 떨어진 후였다. 모든 처리를 마치고 명휘를 기다리고 있던 조운과 남궁민이 찻잔을 세 잔이나 비운 후였다.

"오셨습니까, 전하."

그들이 와 있다는 것을 알면서도 꽤 오랜 시간 기다리게 했다는 것에 무어라 말하려던 조운은 심각해 보이는 휘의 표정에 조용히 입을 다물었으며, 남궁민이 고개를 숙였다.

"오래들 기다렸나?"

"괜찮습니다."

괜찮다는 남궁민의 말과는 달리 조운은 입을 삐죽였으나 더 말하지는 않았다.

"아가씨는 괜찮으십니까?"

다만 한마디 물었을 뿐이었다. 조운의 물음에 휘가 말없이 채워져 있는 찻잔을 들었다. 시간이 지나도 휘에게서 대답이 없자 조운이 입을 열었다.

"만화점에 소식을 알렸습니다. 그러니 너무 걱정 마십시오."

만화점에 알렸다는 말에 휘가 닫혀 있던 입을 열었다.

"많이 놀랐을 텐데."

"많이 놀라더군요. 직접 오겠다는 것을 겨우 말렸습니다."

일전에 무영에게 들은 것이 있어 만화점으로 찾아갔을 때, 만화점은 발칵 뒤집어져 있었다. 몸도 성치 않은 린이 말도 없이 사라져 모든 인원들이 린을 찾았던 것이다.

"그래, 고생했다."

휘의 말에 그를 물끄러미 바라보던 조운이 입을 열었다. 그의 성격상 무작정 궁금한 것을 참고 싶지 않았다.

"그 아가씨, 마음에 두셨습니까?"

아무런 가감도 없는 직설적인 질문에 휘의 눈동자가 크게 떠졌다. 그런 조운의 질문에 더욱 당황한 사람은 오히려 남궁민이었다.

"이, 이보게."

"뭐, 난 이렇게 된 거 그냥 말하겠네. 전하, 말씀해 보십시오. 방금 그 아가씨, 은애하십니까?"

조운의 질문에 휘는 그를 빤히 바라보다 차를 한 모금 머금었다. 향긋한 차향도 느끼지 못할 정도로 당황했지만 고요할 정도로 스스로에 대한 마음만큼은 확실히 정리가 되어 있었다.

"그래. 나 스스로도 깨닫지 못하는 사이…… 그런 사람이 되어 버렸다."

명휘의 말에 조운은 고개를 끄덕였다.

"다행입니다. 전하."

"뭐가?"

"아니, 저는 전하께서 하도 여인을 가까이하지 않으시기에 어디 문제라도 있으신 줄 알았……."

"이보게, 조운."

"아, 내 말이 틀렸나? 보통의 사내라면 당연한 것이네."

남궁민이 당황하며 조운을 말렸지만 조운은 거침없이 말했다. 다행히 명휘 또한 미간을 찌푸렸을 뿐 나무라지는 않았다.

"뭐, 다행히 내 몸엔 이상이 없다고 단언하지."

한마디로 마무리 짓자 조운이 어깨를 으쓱였다.

“장난은 이쯤 하겠습니다, 전하.”

장난기를 지운 조운이 명휘를 바라보며 진지한 눈빛으로 다시 입을 열었다.

“전 전하께서 마음 두신 여인이라면 누구라도 상관없다 전부터 말씀드렸습니다. 그건 상서령도 마찬가지고요.”

남궁민 또한 고개를 끄덕였다.

“고맙군.”

“출신이 조금 걸리긴 하지만 그거야 방법은 얼마든지 있는 것이고, 다른 면에서도 문제는 없다고 생각합니다. 제 짐작이 맞다면 만화점의 주인이 맞지요?”

“그래.”

휘의 대답에 조운이 휘파람을 불었다.

“소문으로만 듣던 만화점의 주인이 저런 어린 여인이라니. 정말 대단합니다. 정말 전하의 안목은 대단하시군요.”

“……만화점의 주인이 아니라도 충분히 능력 있는 여인이다.”

제 여인이 평가받는다는 사실만으로도 기분이 나쁜지 휘가 나지막하게 반박하자 조운이 키득거리며 고개를 끄덕였다.

“예, 예. 그러시겠지요. 알아들었습니다.”

조운의 장난스런 말투에 명휘가 그를 빤히 바라보자 조운이 진지하게 표정을 굳혔다.

“진심입니다. 아시지 않습니까. 저와 이 친구는 전부터 전하께서 마음 붙일 수 있는 사람이라면 누구라도 상관없다고 생각했다는 것을요."

친우라 할 수 있는 몇 안 되는 이들이었다. 그들의 마음이 진심이라는 것은 누구보다 잘 알고 있었다. 그리고 휘는 조용히 린을 떠올려 보았다. 막연히 은애한다고 생각했고 근래 들어 자각했지만 막상 누군가의 입으로 듣고 나니 그 의미가 더 크게 다가왔다.

"황궁으로…… 들어올까?"

황궁은 둘째 치고 아직 그의 정체도 알지 못한다. 수년 동안 자신을 속였다는 것을 알면 화내지는 않을까 걱정이었다. 자신도 모르게 초조한 마음이 드러났다.

"설마 전하를 거부할 여인이 어디 있겠습니까?"

남궁민의 말에 휘는 천천히 고개를 저었다.

"글쎄……. 내가 황태자라는 것을 알면…… 천리만리 도망칠지도."

폐쇄적이라 할 수 있는 서화국에서 자랐음에도 저리 자유분방하였다. 공녀로서 타국으로 왔음에도 스스로를 낮추지도 않고, 인생을 개척해 나갔다.

"설마, 그런 여인이 있을 리가……."

"민, 너무 자네의 잣대로만 보지 말게나. 일반적인 여인이라면 만화점의 주인이지도 않았을 터이니."

조운의 말에 남궁민은 천천히 고개를 끄덕였다.

"그도 그렇군."

하지만 남궁민은 별걱정 할 필요 없다는 듯 가볍게 말했다.

"하나 너무 심려치 마십시오. 전하께서 원하는 여인입니다. 얻지 못할 리 없지 않습니까."

남궁민의 말에 방 안의 분위기가 가라앉았다. 원래 좋지 않은 분위기였던 휘는 물론이고 가볍던 조운조차 남궁민을 빤히 바라보고만 있었다. 남궁민이 영문을 몰라 어찌할 줄 모르고 있을 즈음 조운이 한숨처럼 입을 열었다.

"쯧쯧, 그런 문제였으면 당연히 벌써 궁에 들이고도 남았겠지. 그게 문제가 아니야."

"그럼 뭐가 문제인가?"

아직도 눈치채지 못한 모습에 조운은 고개를 절레절레 흔들었다. 나름 정식 부인은 없어도 여인도 많이 만나고 다닌다는 이가 저렇듯 아무것도 모른다는 얼굴이라니.

"그 여인을 궁으로 들이는 건 쉬워. 말 그대로 괜찮은 집안의 양녀로 보내어 그럴듯하게 입궁시키면 되는 것이니까. 그런데 그렇게 그 여인의 의사는 아무것도 없이 진행하면 그 여인은 행복할까?"

"뭐?"

"그 여인이 행복하지 못하다면 과연 전하께서는?"

굳어 있는 휘의 표정이 바로 대답이었다. 린이 행복하지 못하다면 휘도 행복하지 못할 터였다. 지위로 린을 데려오는 것은 어렵지 않으나 불행해하는 린을 보고 있을 자신도 없었다.

“그러니 전하. 앞으로 전하께서 잘하시면 됩니다.”

“뭐?”

“사람 마음이야 다 같은 거 아니겠습니까? 제가 그 방면으로는 잘 아는데 일단 친절히 진심을 다해 대하면 넘어오지 않을 여인이 없을 겁니다.”

조운의 말에 휘가 묵묵히 고개를 끄덕였다.

* * *

어지러움을 느끼며 떠지지 않는 눈꺼풀을 들어 올린 린은 온 정신을 집중시켰다. 생각보다 눈을 뜨는 것이 힘들어 약간의 시간을 두고 목적을 달성했을 때 보인 것은 고급스러운 휘장이었다.

‘이거 되게 비싼 건데…….’

자신도 모르게 값을 헤아리던 린은 자신의 침상에 이런 물건이 없었다는 것을 기억해 내고는 눈을 번쩍 떴다. 무의식적으로 몸을 일으키려다 핑 도는 듯한 어지러움에 다시 뒤로 쓰러졌다.

풀썩.

아무 방비 없이 쓰러졌음에도 촉감이 느껴지지 않을 정도로 푹신한 느낌이었다. 잠시 눈을 깜빡이며 지금의 상황을 파악하려 할 때 누군가가 다가왔다.

“어머, 정신이 드셨어요?”

처음 보는 여인이었다. 린은 경계를 늦추지 않으며 여인을 살폈다. 대관절 자신이 왜 여기 있는지 알 수가 없었다.

"……."

"깨어나지 않으셔서 걱정하고 있었어요. 일어나시면 드시게 하라고 약과 음식을 준비해 놓았거든요."

린이 아무 말도 하지 않았음에도 여인은 조잘조잘 말을 늘어놓았다. 귀염성 있는 얼굴이 아직 십 대 초반이나 되었을 법할까. 여인이라기보다는 소녀의 모습이라 약간은 긴장이 풀어졌다.

"일단 음식을 먼저 드시는 것이 좋을 거 같은데……."

"이곳이 어디지요?"

끊어지지 않을 것 같은 말을 중간에 자르며 린이 묻자, 소녀는 눈을 동그랗게 뜨며 입을 열었다.

"여긴 별채랍니다. 아가씨께서 많이 아프셔서 방금 의원이 다녀갔어요."

의원이라는 말에 린은 자신이 정신을 잃기 전의 일을 떠올릴 수 있었다. 몸이 다 낫지는 않았지만 안에만 있기도 답답하여 잠시 바람을 쐬러 나왔었다. 그리고 얼굴을 가린 이들이 나타나 채 대처하기도 전에 정신을 잃고 말았다.

그 사실을 깨닫자마자 린은 침상에 벌떡 일어나 몸을 움츠렸다. 탁자 위의 놓여 있는 화병과 장식품을 각각 한 손에 들자 소녀가 깜짝 놀라는 것이 보였다.

"아, 이런. 지, 진정……."

"날 왜 이곳에 데려왔지요? 그쪽에게 유감은 없지만 똑바로 대답하지 않으면 저도 어찌할지 모릅니다."

린이 침상에 누워 있을 때만 하더라도 도자기 인형처럼 어여쁘기만 했던지라 소녀 옥이는 깜짝 놀라 당황했다. 남복을 하긴 했으나 자세히 보면 어여쁜 소녀라는 걸 알 수 있을 정도로 고운 사람이었다. 바쁜 어머니를 대신해 성급히 들어가고야 만 스스로를 탓하며 어찌해야 할지 안절부절못하고 있을 때 누군가가 들어왔다.

"진정해, 린. 위험한 곳 아니야."

낯선 곳에서 들려오는 익숙한 목소리에 린의 눈동자가 커졌다.

"저, 전하를 뵙사옵니다."

옥이 고개를 숙이며 바들바들 떨었다. 이곳의 주인이 누구인 줄 알고는 있었지만 실질적으로 이렇게 가까이서 본 것은 처음이었다.

"이만 물러가도록."

"예, 전하."

달달 떨며 시비가 물러가자 휘가 침상 쪽으로 다가왔다. 무척 놀랐는지 린은 자신의 생명 줄이라도 되는 양 물건을 꽉 쥐고 있었다.

"걱정하지 마. 린. 이제 안전하니까."

부드럽게 말하며 린의 양손을 보듬어 잡자 거짓말처럼 린에게서 힘이 빠져나갔다. 안도한 듯 바들거리던 몸에서 힘이 쭉 빠져나가며 휘에게로 무너졌다.

"리, 린. 괜찮은 거야?"

"네, 괜찮아요. 좀 긴장했더니……."

그렇게 말하고도 힘이 들어가지 않는지 린은 조용히 자신을 감싸 주는 휘의 품에 안겨 있었다. 괜찮다 말하며 쓰다듬어 주는 손길의 주인이 너무 따스해서 더 이상 생각하고 싶지 않았다. 그리고 얼마나 시간이 지났을까. 침상 위에서, 그것도 사내의 품에 안겨 있었다는 사실을 자각한 린이 화들짝 놀라며 휘의 품에서 빠져나왔다.

"미, 미안해요. 좀 놀라서……."

"……아니야. 그보다 몸은 좀 어때?"

품에서 작은 온기가 사라져 가자 휘는 많이 아쉬웠지만 린을 붙잡지는 않았다.

"머리가 좀 아프긴 한데……."

"뭐, 그래? 그럼 약을 먹어야지. 오 내관."

살짝 이마를 짚으며 린이 하는 말에 휘가 말릴 새도 없이 오 내관을 불렀다. 이에 기다리고 있었던 듯 오 내관이 탕약을 들고 들어왔다.

"이리 주고 물러가라."

"예, 전하."

따로 시중든다 하고 싶었지만 토씨 하나 들어갈 것 같지 않은 단호한 모습에 오 내관은 더 이상 가타부타 말하지 않고 들어왔던 그대로 별실을 나섰다. 그런 일련의 모습을 바라보고 있던 린의 표정이 굳어졌다. 정신이 없어 느끼지 못했던 위화감을 알아차린 것이다.

"린, 많이 아파? 일단 약부터 먹자."

"……."

조용히 휘가 내미는 약대접을 받아 들며 린은 주위를 살펴보았다. 단순히 고급스러운 집 정도가 아니라 방 안을 구성하고 있는 물품들 전체가 호화스러웠다. 어지간한 물건들을 다 다루고 있는 린이 보기에도 이곳은 범상치 않았다.

"왜 안 먹어?"

"……휘, 이곳 어디예요?"

린의 질문에 휘는 아차 싶은 표정으로 린을 바라보았다. 린이 깨어났다는 소식에 기뻐 다른 것을 신경 쓰지 못했다. 하지만 차라리 잘되었다 싶기도 했다. 이제 오랜 시간 말하지 못했던 진실을 말해야 할 때가 온 것이다.

"일단 약부터 마셔. 마시면 설명해 줄게."

휘의 말에 린은 고개를 끄덕이며 약대접을 기울였다. 너무나도 쓴 느낌을 겨우 참으며 넘기자 쟁반에 놓여 있던 당과 하나를 건네는 손이 보였다. 자연스럽게 받아먹으며 린은 아무 말도 하지 않은 채 휘를 바라보았다.

그가 말을 해 줄 때까지.

"후우. 일단 하나하나 얘기할게. 정신을 잃기 전까지의 내용은 기억나?"

"대략이요. 답답해서 나왔는데 누군가가 저를 둘러쌌고 정신을 잃었죠."

"우연히 너를 데려가고 있는 자들을 발견하고 내가 데려왔어."

휘의 말에 린은 눈을 찌푸렸다. 장사를 하고 있는 입장에서 적이 없다고 말할 수는 없겠지만 어지간하면 만들지 않고 살았다. 하지만 이번에는 짐작 가는 바가 있었다.

"짐작이 가?"

"대략이요. 겁만 주려고 한 거였는데 약발이 너무 들었나 보네요."

그렇게 말하며 생긋 웃는 린의 얼굴에서 살기가 느껴졌다. 평소 사람들에게 아낌없이 베푸는 린이었지만 구분이 확실했다. 자신이나 자신의 사람들에게 해를 끼치는 이들에겐 한 치의 망설임도 없었다.

"뭐, 그건 제가 잘 마무리할게요. 그나저나 휘에게 또 신세를 졌네요. 이번엔 정말 위험할 뻔했는데……."

어지간한 사내들보다 체술을 더 잘 익히고 있었기에 큰 걱정을 하지 않았는데 이번엔 방심하고 말았다. 스스로를 반성하며 휘에게 감사의 인사를 한 린이 다시금 입을 열려다 닫았다. 그리고 그를 빤히 바라보기 시작했다.

"궁금한 게 있으면 말해, 린."

"그보단 당신이 나에게 할 말 있는 거 아니에요?"

"……."

"직접 말하기 힘든가 본데…… 내가 먼저 말하죠. 휘 당신 정체가 뭐예요? 아까 그 사람들 호칭……."

린의 질문에 휘의 눈빛이 가라앉았다. 일부러 린에게 말하기 위해 그들의 입단속을 하지 않았다고 하지만 사실을 알았을 때 린이 보일 반응이 짐작 가질 않았다. 아니, 인정하기 어려웠지만 두려웠다. 단 한 번도 무언가에 두려움을 느껴 보지 못했던 그였지만 그는 지금 두려움을 느끼고 있었다.

"네가 짐작하는 대로야. 난 이 나라의 황족이야."

황족이라는 말에 린이 저도 모르게 이불을 움켜쥐었다. 하지만 한편으로 마음은 고요해졌다. 어찌 보면 처음부터 짐작하고 있었을지도 모른다.

"……황태자 진명……, 휘?"

린의 말에 휘가 무겁게 고개를 끄덕였다. 린은 순간 아무 말도 하지 못했다. 그의 평소 행동이나 말투를 보았을 때 평범하지 않다는 것을 알고 있었다. 그리고 어쩌면 마음속으론 짐작하고 있었는지도 모른다. 그럼에도 인정하지 않고 있었던 것은…….

'그를 잃고 싶지 않았어. 그와의 시간이 너무도 소중해서…….'

새하얗게 변해 가는 린의 표정을 보며 휘는 잠시 기다렸다. 린이 지금 얼마나 혼란스러울지 알고 있었다. 그리고 혼란스러울 린을 생각해 기다려 주어야 한다는 것을 알고도 있었지만 변해 가는 린의 표정을 볼수록 그 마음이 약해져 갔다. 주먹을 쥐었다 펴기를 반복하던 휘가 린의 침묵을 참지 못하고 손을 뻗었다.

그리고 반사적으로 린의 몸이 뒤로 빠졌다. 허공에 붕 뜬 휘의 손에 당황한 듯한 둘의 눈빛이 얽혔다.

“아, 저기…….”

자신도 모르게 휘의 손길을 피하고 만 린이 당황하며 휘를 바라보았다. 그런 린의 반응에 흠칫 놀라던 휘가 표정을 감추고는 린을 향해 미소 지었다.

“많이 피곤하지? 쉴 수 있도록 조치해 둘 테니 좀 쉬도록 해.”

“아, 난 괜찮아요. 그러니 이만…….”

“좀 불편하겠지만 조금만 더 여기 머물러 줘. 린이 무사히 회복하는 모습을 봐야 나도 마음을 놓으니까. 그 정도는 들어줄 수 있지?”

평소처럼 담담해 보이지만 어딘지 상처받은 듯한 휘의 모습에 린은 고개를 끄덕였다. 자신도 모르게 그의 손길을 거부해서 스스로도 얼마나 놀랐던가.

“착하다. 푹 쉬도록 해.”

무의식중에 린의 머리를 쓰다듬으려던 휘가 흠칫 자신의 손을 거두었다. 그저 린을 바라보며 미소 짓던 휘가 린을 잠시 바라보다 자리에서 일어났다. 그런 휘의 뒷모습을 말없이 바라보던 린은 갑자기 휘가 자신을 향해 돌아보자 화들짝 놀라 고개를 돌려 버렸다.

‘내가 왜 이래…….’

스스로도 당황했지만 갑작스레 붉어진 얼굴을 감추려면 이 방법밖에 없었다. 속으로 스스로를 탓하던 린의 모습을 보며 나지막하게 한숨을 내쉰 휘가 입을 열었다.

"어렵겠지만…… 난 린이 알고 있던 휘 그대로야. 린이 대하기 어렵긴 하겠지만 난 변한 거 없어. 그러니까……. 그렇게 불편한 표정…… 짓지 말아 줘."

'나도 상처받으니까.'

차마 하지 못한 휘의 뒷말을 린도 알 수 있었다.

"아……."

이대로 그를 보낼 수 없다는 생각에 린이 고개를 번쩍 들었지만 이미 그의 모습은 사라져 있었다. 그의 마지막 표정을 떠올리던 린은 무언가를 외면하기라도 하듯 눈을 감아 버렸다.

* * *

수도, 그것도 중심가에 어찌 자리 잡고 있을까 궁금할 정도로 호가세가는 그 크기를 짐작할 수 없을 만큼 커다랬다. 그 위세를 드러내듯 세가의 문패는 수 대 전 명필로 이름나 있던 이의 서체로 새겨져 있었으며, 기둥 하나조차도 화려하기 그지없었다.

주인의 취향을 고스란히 반영한 듯 화려하게 꾸며져 있는 정원을 지나 깊숙한 곳에는 가주만이 머무는 비원이 있었다. 화려하기 그지없는 호가세가에 이런 곳이 있을까 싶을 정도로 소박한 그곳은 현 가주인 호가진원이 비공식적인 업무를 처리하는 곳이었다.

그리고 그곳에 가주의 그림자라 할 수 있는 무언가가 조심스럽게 들어왔다.

"가주, 흑랑입니다."

"들어와라."

문이 언제 열렸나 채 인식하기도 전에 들어온 그림자가 조용히 부복했다.

"알아보았느냐."

주인의 말에 부복한 복면인의 입이 무겁게 열렸다.

"예, 그자는 만화점의 주인으로 현재 그분의 사택에 머물고 있습니다."

"내부 사정은?"

"파악하지 못했습니다. 사정거리 내로 들어가면 꼬리를 잡힐 우려가 있어……. 파악할까요?"

흑랑의 말에 진원은 고개를 저었다. 이 정도의 정보를 캐어 낸 것만으로도 큰 수확이었다.

"운이 좋아 이 정도인 것이다. 괜히 힘을 뺄 필요는 없지. 그보다는 만화점 쪽을 파도록 해라."

"존명."

주인의 말에 조용히 대답한 흑랑이 연기처럼 사라졌다. 수하가 처소를 나간 뒤 호가진원은 조용히 탁자 위의 찻잔을 들어 올렸다. 어느새 식어 버려 그 향을 잃은 차를 다시 들일 법도 하건만 그의 입가에는 미소가 만연했다.

"아버님, 접니다."

그의 대답이 들리기도 전에 들어온 이는 그의 아들이자 장차 호가세가를 이끌어 나갈 진충이었다.

"쯧쯧, 예의 없기는……."

"……저 아버지 아들입니다. 그깟 예의가 무슨 소용이란 말입니까."

목소리를 높이는 아들의 모습에 진원은 잠시 마음을 가다듬었다. 썩 마음에 차지 않는 아들이었다. 수많은 첩을 들여 자식을 보았지만 유일한 정실 자식인 데다 그중 아들은 셋밖에 없었다. 그나마도 둘은 아직 열 살도 되지 않아 집안을 이끌어 갈 후계자는 진충밖에 없었다.

"그래, 무슨 일이더냐."

좀처럼 그에게 곁을 주지 않는 아비의 모습에 진충은 미간을 찌푸렸다. 아버지에게 있어서 그는 언제나 모자란 아들일 뿐이었다.

"아까 말씀드린 건은 어찌 되었나 궁금해서 말입니다."

말씀드린 건이라는 말에 진원은 아들을 물끄러미 바라보았다. 이번 일에 큰 공을 세운 이는 자신의 아들이었다. 우연히 저잣거리를 나갔다 황태자를 발견했고 일전의 실랑이를 목격했던 것이다.

비록 후계라고는 하지만 영 못미더운 아들이었다. 나름대로 머리를 쓴다고 하지만 영악함이 부족했으며 끈기까지 없어 그의 성에는 차지 않았다. 하지만 이번의 공도 그러하며 앞으로 세가를 이끌 녀석에게도 힘을 실어 주어야겠다고 생각하며 진원은 무거운 입을 열었다.

"이번 일은 네가 큰 공을 세웠다. 이 일로 황태자의 약점 하나를 쥐었으니 말이다."

아버지의 흔치 않은 칭찬에 진문의 눈이 휘둥그레졌다. 들떠 있다는 것을 감추지도 못하는 아들의 모습을 흘끗 바라본 진원이 입을 열었다.

"혹 남궁세가의 남궁연아를 아느냐?"

뜬금없는 말에 진충이 눈을 크게 뜨다 얼굴을 붉혔다. 비록 가문의 뜻이 맞지 않아 자주 왕래하지는 못했지만 종종 연회에서 마주친 적이 있었고, 마음을 빼앗겼던 것이다. 그런 아들의 적나라한 모습에 진원이 한숨을 감추며 입을 열었다.

"그녀는 왜……."

"이번 일에 남궁연아가 연루되어 있음을 알지 않느냐. 네가 남궁연아를 잘 구슬려 보거라. 하면 네가 원하는 것을 얻게 해 줄 것이다."

아버지의 말에 진충의 안색이 환해졌다. 자신의 집안과는 상충되는 남궁세가의 여인인지라 반쯤 마음을 포기하고 있었는데…….

"하나 명심하거라. 네가 남궁연아를 우리 집안으로 끌어들여야 하는 것이다. 알겠느냐. 절대 휘둘려서는 아니 된다."

"거, 걱정 마십시오. 그야 당연한 일이 아닙니까."

허둥지둥 입을 여는 아들의 모습에 호가진원은 한심함을 감출 수가 없었다. 대를 이을 아들 녀석이 딸아이의 반만 닮았어도 좋았을 것을……. 어려운 황궁 생활을 하면서도 자신의 기반을 다져 나가는 딸아이는 그의 커다란 자랑이자 희망이었다. 그런 딸의 아들인 현 또한 마찬가지이고.

그들과 가문을 위해서라면 못 할 일이 없었다.

'하니 너무 원망하지는 마십시오. 이는 어쩔 수 없었던 수순입니다.'

황태자와 끈을 잇기 위해 많은 노력을 했지만 모두 허사였다. 희란의 나이가 다소 많았으나 황실에서 그 정도는 문제도 아니었다. 그럼에도 거절한 것은 황태자 본인이었다. 어린 나이에 든든한 뒷배가 없음에도 안전한 길을 거절하며 스스로 자립하기를 원했던 황태자.

그런 황태자를 바라보며 저도 모르게 신하로서 따르고 싶었던 적이 없었다 하면 거짓말이리라. 만약 현이 없었다면 황태자와의 화평을 택했을지도 모른다. 하지만 그 모두 돌이킬 수 없는 과거의 일.

곰처럼 우직하게 웃는 아들을 보며 진원은 한숨을 지었다. 평화로운 시대의 평범한 집안이었다면 아들의 모습이 나쁘지 않을 터였으나, 지금은 난세. 게다가 그는 호가세가의 후계자였다.

"대감마님, 손님께서 찾아오셨습니다."

손님이라는 말에 진충은 미간을 찌푸렸다. 집안을 오랫동안 보필해 온 집사는 자신이 아버지와 있을 때 누군가 들어오게 하는 것을 싫어하기 때문에 될 수 있으면 뒤로 미루곤 했다. 그런 집사가 기별을 한 것이다.

마찬가지의 생각을 했는지 진원이 입을 열었다.

"누구더냐."

"서쪽의 꽃이라 하셨습니다."

서쪽의 꽃이라는 말에 진원의 눈이 커다래졌다. 서쪽의 꽃은 현재 호가세가에 큰 영향을 주는 인물 중 하나였다.

"너는 이만 물러가 있거라."

"네? 아버님 그게 무슨……. 손님이라면 저도……."

"내 나중에 이야기할 것이니 어서 물러가래도!"

엄한 아버지의 눈빛에 진충은 미간을 찌푸리면서도 자리에서 일어날 수밖에 없었다. 불만스러운 표정으로 일어나는 아들을 일별한 진원이 입을 열었다.

"어서 들라 해라."

"예, 대감마님."

문소리와 함께 서쪽의 꽃이라는 이가 안으로 들어섰다. 배꽃처럼 하얗고 단정한 얼굴이 인상 깊은 사내였다.

"오랜만에 뵙습니다, 대감."

"어서 오시게."

안으로 들어서는 사내의 목소리는 칼날보다 더 날카롭고 서늘했다. 스쳐 지나가며 사내를 노려보던 진충은 사내에게서 풍겨 나오는 어두운 기운에 저도 모르게 몸을 떨었다.

"늦어지긴 했으나 드디어 왔구먼. 자 어서 자리에 앉게."

친우라도 되는 듯 반기며 맞이하는 아버지의 모습이 닫히는 문과 함께 사라졌다. 화가 난 듯 커다란 발소리를 내며 진충이 사라지자 방 안에 있던 호가진원이 고개를 저었다.

"쯧쯧, 저리 다 드러나서야. 저 아이가 자네의 반만 닮아도 좋겠네."

그 말에도 사내는 아무 말도 하지 않았다. 그저 자신의 용건만을 해결하려는 듯 침묵했다.

"그래, 그래. 본론으로 들어가지. 이제 자네, 결심이 선 겐가."

"……대감의 뜻을 따르도록 하겠습니다."

"그래? 하하하 내가 아주 천군만마를 다 얻었음이야."

호가진원이 호탕하게 내뱉는 웃음소리에도 사내는 아무 반응을 보이지 않았다. 어찌 보면 무례해 보일지 모르는 모습에도 호가진원은 자신이 얻게 될 이득에 파안대소했다.

눈앞의 사내, 일명 서쪽의 꽃이라 불리는 사내는 그에게 있어 그럴 만한 사내였다. 어찌 보면 여인처럼 보드라운 이름으로 불리고 있지만 그는 결코 그렇지 않았다. 누구보다 잔인하고 냉혹한 모습으로 서쪽 야만족들을 하나로 묶은 사내였다. 그야말로 진천국 현 황제에게 악감정이 있는 민족들만 들쑤시고 다니며 통합한 무서운 사내.

"그들의 병력은 어찌 되나?"

"아직 모으고 있는 중이지만 이만은 족히 넘어갈 것입니다."

그의 말에 호가진원은 수염을 쓰다듬었다. 진천국에 유감 있는 병력들을 모은 것은 꺼림직하지만 그에게는 꼭 필요했다.

"자네가 앞으로 해 줄 일이 참 많아. 잘 부탁하네."

"……걱정 마십시오. 그보다 황궁 쪽은……."

"걱정 말게. 내 황궁에도 자리를 마련해 둘 것이니 그쯤이야 어렵지 않아."

황궁에서도 공작을 펼치겠다며 자리를 만들어 달라는 게 사내의 조건이었다. 조금 의아하긴 했지만 이만의 병력을 수하로 거느릴 수 있다면 그쯤이야 어렵지 않았다. 더구나 공작을 잘 펼쳐 자신의 세력이 늘어난다면 그 또한 이득 아니던가.

"……앞으로 잘 부탁드립니다."

음울하게 말한 사내가 호탕하게 웃는 호가진원 앞에서 고개를 숙였다. 그의 눈빛이 위험하게 빛나며 칼자국이 선명히 보였다. 고개를 숙이자 뒷목에 새겨진 끔찍한 흉터가 모습을 드러냈다.

서화국에서 사라졌던 이 공자, 그가 진천국에 나타났다.

5장

남궁세가의 가주만이 사용할 수 있는 전각은 현 주인의 조용한 성품을 나타내듯 언제나 정갈했다. 큰소리 한 번 나지 않아 평화롭기 그지없는 그곳이 소란스러웠다. 섬돌 위에는 누군가가 들어와 있다는 듯 어여쁘기 그지없는 비단신 두 켤레가 가지런히 놓여 있었다.

평화롭기 그지없는 신들과는 달리 그 주인들의 심정은 심란하기만 했다.

"오라버니, 어찌 아니 된다는 말씀이십니까?"

언제나 곱기만 하던 누이의 목소리가 오늘따라 듣기 싫다고 남궁민은 생각했다.

"오라버니, 이건 황태자 전하를 위해서도 나쁜 것이 아니지 않습니까. 하니 오라버니께서 좀 나서 주셔요."

자신의 부탁을 들어 달라는 듯 남궁연아의 목소리가 점점 높아졌지만 남궁민의 닫힌 눈꺼풀은 올라가지 않았다. 이윽고 소리를 높이던 남궁연아가 제풀에 꺾여 조용해질 즈음 남궁가의 대부인이자 가주의 어머니인 홍씨가 나섰다.

"연아의 말이 틀리지는 않습니다. 가주께선 피하지 말고 어서 말을 해 주세요."

차마 낳아 준 어머니의 말을 무시할 수 없었던 남궁민이 조용히 감았던 눈을 떴다. 씨근덕대며 숨을 몰아쉬고 있는 동생과 아직까지 체면은 차리고 있으나 얼굴이 발갛게 달아올라 있는 어머니가 보였다. 절로 한숨이 나왔다.

"어머님, 그리고 연아야. 이는 그리 쉬운 일이 아닙니다."

"무엇이 쉽지 않다는 말인가요? 아직 황태자 전하께는 안결이 없습니다. 기반을 다져 줄 든든한 안결이 필요한 터에, 남궁세가는 그야말로 안성맞춤이지 않습니까."

"연아의 말이 맞지 않습니까? 이 어미가 보기에도 이는 우리 가문이나 전하께 나쁜 일이 아닙니다."

대부인의 말에 남궁민은 고개를 살짝 저으며 서탁에 놓여 있는 차를 한 모금 마셨다. 시간이 꽤 지난 터라 차 맛이 씁쓸하게 느껴졌다.

“지금 전하께 필요한 것은 강력한 외척이 아닙니다. 그분 자체만으로도 이미 반석 위에 서 있는데 무엇이 필요하단 말입니까?”

“아무리 그러하여도 없는 것보다야 있는 것이 낫지 않겠습니까? 이 어미가 보아도 우리 연아는 가문이나 성품, 외모 그 무엇도 빠지지 않으니 안결으로 충분하지 않겠습니까.”

대부인의 말에도 남궁민은 고개를 저을 뿐이었다. 그리고 이 모든 일의 뒤에 남궁연아가 있음을 깨닫고 연아를 바라보았다.

“네가 어머니를 충동질하였구나.”

“무, 무슨 말이십니까?”

“얼마 전 그 모습을 보았음에도 이러고 싶더냐.”

얼마 전이라는 말에 남궁연아는 저도 모르게 입술을 깨물었다. 사실 남궁연아도 이렇게까지 할 생각은 없었다. 황태자의 총신이기도 한 오라버니도 있는 데다가 미모도 빠지지 않는 자신이 언젠가 황태자비가 될 수 있을 거라 확신하고 있었다.

하지만 그 자신감은 얼마 전 어느 사람을 본 뒤 사라져 버리고 말았다. 꽤 오래전부터 황태자를 보아 왔던 남궁연아였기에 그날 황태자가 보여 준 행동이 어떤 의미인지는 누구보다 잘 알고 있었다.

그리고 그날 소년으로만 보았던 이가 여인이라는 사실은 남궁연아를 더욱 조급하게 만들었다.

“연아를 자꾸 탓하지 말아요, 가주. 내 연아에게 들었습니다.”

대부인이 딸을 감싸며 입을 열었다.

“어차피 황태자이시니 여인이 많은 것은 어쩔 수 없겠지만 그래도 너무 티를 내시니 우리 연아가 초조해할 수밖에 없지요. 이럴 때야말로 우리 가문에서 나서서……."

"어머니."

길게 이어지려는 대부인의 말을 남궁민이 잘랐다.

"죄송하지만 저는 그럴 수 없습니다."

"가주!"

"일단 연아에게 묻겠습니다."

언제나 부드럽기 그지없던 남궁민의 눈동자가 싸늘하게 식은 채 동생을 향했다. 그런 오라비의 눈빛에 남궁연아가 찔끔 몸을 사렸다.

"너는 진정 황태자 전하를 사모하느냐?"

"예? 그, 그것은……."

"내가 보기에 너는 진정 사모하는 것이 아니다. 그분의 능력과 외모, 지위에서 나오는 모든 것을 사모할 뿐이지."

단정적인 말에 연아는 눈을 부릅떴다. 평소의 상냥하고 아름답던 표정이 표독해졌다.

"그것이 잘못된 것입니까? 그분의 능력과 외모, 지위 모두가 그분의 것인데 그것을 사모한다 해서 무슨 잘못인 겁니까?"

당돌한 동생의 말에 남궁민은 순간 할 말을 잃었다. 그런 오라비의 모습에 더욱 기세등등해진 남궁연아가 몰아붙였다.

"그리고 이는 당연한 것이 아닙니까? 마음과 마음이 맞아 혼인하는 경우가 얼마나 된다고 하십니까? 더군다나 황태자 전하신데 그것이 가능하다고 보십니까?"

순간 방 안에 정적이 감돌았다. 동생의 말은 가문을 이끄는 이들로서 어찌 보면 당연한 말일지도 몰랐다. 그도 어린 시절부터 들어 왔던 이야기였다. 하지만 가능하다면 마음으로서 이어진 반려를 맞이하고 싶다 생각했었다. 자신은 힘들다 하더라도 동생만큼은 그런 길을 밟지 않기를 바랐었다.

"연아야."

"네, 오라버니."

"난 남궁세가의 가주이기도 하지만 그 전에 네 오라비다. 알고 있느냐?"

"당연하지요."

"오라비로서 난 네가 행복하길 바란다. 그러하기에 이 혼사는 아니 된다는 말이다."

"하오나 오라버니……."

남궁연아가 무어라 항변하려 하는 것을 손 들어 막은 남궁민이 대부인 홍씨를 바라보았다.

"어머니, 죄송하지만 한 가지 여쭙겠습니다."

"무, 무엇을 말입니까?"

남편을 닮은 눈동자로 아들이 자신을 직시하자 홍씨는 절로 몸이 굳어지는 것을 느꼈다. 제 배로 낳은 아들이지만 남편을 빼닮은 모습을 볼 때마다 낯설게 느껴졌다.

"아버님과 함께하시며 어머님께선 행복하셨습니까?"

짧은 질문에 홍씨는 벼락이라도 맞은 듯 아무 말도 하지 못했다. 아들이 하려는 말을 알았기 때문이다.

"어머님의 상처를 건드려서 죄송합니다. 하지만 저는 연아도 어머니처럼 살게 놔두고 싶지 않습니다."

남궁민의 아버지이자 전대 가주는 사랑하는 여인이 있었다. 비록 그 신분이 미천하여 본처는 홍씨에게 돌아갔지만 전대 가주의 마음은 그 여인에게 있었다. 홍가의 세력을 등에 업은 홍씨가 자식을 낳은 뒤 여인을 쫓아냈지만 남편의 마음은 한 번도 홍씨에게 닿지 않았다.

눈을 감는 그 순간까지도.

"어찌 그런……."

어머니의 아픈 상처를 건드렸기에 마음이 아팠지만 남궁민은 단호하게 말했다.

"정녕 죄송합니다. 하지만 어머니께서도 연아를 위한다면 더는 진행하지 마십시오."

홍씨에게 못을 박은 남궁민이 연아를 바라보았다.

"연아 너 또한 스스로를 아끼거라. 고귀한 자리에 앉는다 하여 무조건 행복한 것은 아니다. 난 내 동생이 행복해지는 길을 위해 노력할 것이니 가문을 위해 네가 희생할 필요는 없다."

더 이상 말해 봐야 소용없다는 것을 깨달은 남궁연아는 아무 말 없이 남궁민을 쏘아보았다. 남궁민 또한 잔잔하지만 단호한 눈빛으로 동생의 눈빛을 받았다. 그렇게 얼마나 시간이 지났을까.

"이만 일어나 보겠습니다."

홱 하는 소리가 날 만큼 자리에서 일어난 남궁연아가 방을 빠져나갔다. 자식들의 대치를 어쩔 줄 몰라 하며 바라보던 홍씨가 딸아이를 부르며 뒤따라갔다. 그런 누이와 어머니의 모습을 바라보던 남궁민이 한숨을 쉬었다.

황태자의 좋은 일면만을 보아 온 두 사람은 모르겠지만 황태자는 언제나 좋기만 한 호인은 아니었다.

'그 누구보다 지배자다운 분.'

누군가를 지배하기 위해 태어난 분이라는 생각을 문득문득 하게 되었다. 포용력 있고 누구보다 아랫사람에게 관대하지만 그것은 자신이 정해 둔 범위 내에서였다. 권위에 도전한다면 누구라도 용서받지 못할 것이다. 존경하는 주군이지만 사랑하는 가족이 그 분에게 화를 입는 모습은 보고 싶지 않았다.

안 그래도 황태자가 그 여인에게 보이는 특별한 모습에 조금이나마 남아 있던 미련을 버렸다. 혹 반려가 나타나지 않는다면 동생이 그토록 원하니 한 번쯤 청해 볼 수 있지 않을까 생각했었다. 하지만 그 모습을 보니 확실히 마음 정리가 되었다.

'마음을 접어 다오…….'

하지만 동생을 걱정하는 남궁민의 마음을 모르는 남궁연아의 마음속은 어둡기만 했다. 딸아이를 다독이는 어머니를 외면하며 오라비가 있는 전각을 노려보는 남궁연아의 눈빛은 독기를 품고 있었다.

* * *

남궁세가의 금지옥엽인 남궁연아가 머물고 있는 별당은 언제나 향기로움이 가득했다. 딸아이를 아꼈던 남궁세가의 전 가주에 의해 만들어진 별당은 현 가주이자 남궁연아의 오라비 남궁민에 의해 더욱 화려하게 꾸며져 있었다. 별당으로 들어올 수 있는 가교는 화려한 장인의 세공으로 꾸며져 있었으며 감싸듯 장미화로 가득 차 있었다.

하지만 보는 이들로 하여금 감탄을 자아내는 별당 깊숙한 곳에선 누군가의 비명 소리와 혈향이 피어오르고 있었다.

촤악.

촤악.

가녀린 여인의 손에서 나오는 것이라고는 믿기지 않을 정도로 거센 손길이었다. 그녀의 손이 오갈 때마다 물푸레나무로 만든 나뭇가지가 낭창하게 휘어졌고 그때마다 시비의 여린 종아리는 피로 물들어 갔다.

"아, 아가씨…… 제, 제발……."

더 이상 큰 비명조차 지르지 못하고 사정하던 시비가 결국 정신을 놓았다. 그 모양새에도 분이 풀리지 않은 듯 회초리를 휘두르던 남궁연아가 근처의 다른 시비를 찾듯 고개를 돌렸다. 이에 행여나 자신에게 화가 미칠까 두려워하며 시비들이 몸을 움츠렸다.

"아가씨, 더 이상 하시면 고운 손이 망가집니다. 이만 들어가시지요."

그나마 남궁연아를 어릴 적부터 키워 온 유모가 나서자 남궁연아는 표독스러운 눈길을 돌렸다. 하지만 화가 많이 난 듯 평소였다면 고개를 끄덕였을 그녀는 미간만을 찌푸렸다.

"손님도 오셨으니, 이만 가 보시지요."

"손님?"

손님이라는 말에 남궁연아는 미간을 찌푸리며 자신의 차림을 바라보았다. 썩 마음에 드는 모양새가 아니라 그다지 만나고 싶지 않았다.

"손님 누구시지?"

"호가세가의 대공자십니다."

호가세가의 대공자라는 말에 연아는 눈썹을 들어 올렸다. 수많은 그녀의 추종자들 중 손가락 안에 드는 집안 배경을 지닌 자였다. 그녀의 미래를 맡길 만큼 마음에 들지는 않지만 그가 내미는 선물과 자신을 바라보는 선망의 눈빛은 그녀를 매우 흡족하게 만들었다.

"흠, 잠시 기다리시라고 전하고 유모는 목간 준비를 부탁해요."

단장을 준비하라는 말에 유모가 고개를 숙이며 남궁연아를 따라나섰다. 그제야 피바람이 사그라들었다 안심하며 시비들이 쓰러져 있는 시비를 들쳐 업었다.

* * *

드르륵.

문이 열리자 요요한 꽃향기가 방 안에 가득 찼다. 향기롭다 느끼면서도 어딘가 넋을 놓게 만드는, 마치 취할 것만 같은 향기에 호가진충은 열기가 치솟는 것을 겨우 참았다. 하지만 다잡은 마음도 곧 드러난 작은 얼굴에 무너져 갔다.

"나, 남궁 소저."

"많이 기다리셨습니까, 대공자. 제가 경황이 없어 좀 늦었습니다."

남궁연아의 나지막한 목소리에 진충은 소리가 날 정도로 고개를 격하게 저었다.

"아, 아닙니다. 약속도 잡지 않고 찾아온 제 잘못이니 너무 신경 쓰지 마십시오."

순진할 정도로 속이 보이는 모습에 남궁연아는 속으로 비웃음을 삼켰다. 자신을 사모하다 못해 정신조차 차리지 못하는 모습이 사그라들었던 그녀의 자존심을 한껏 살려 주었다.

"그런데 어쩐 일로……."

"아, 일단 이것을 받아 주십시오. 소저가 생각나 구매하였습니다."

진충이 내민 것은 눈이 휘둥그레질 정도로 호화로운 머리꽂이였다. 어지간한 것은 성에 차지 않는 남궁연아조차 놀랄 만한 정도의 귀중품. 남궁연아의 표정이 확 밝아졌다.

"어머, 이리 귀한 것을……."

"소저에게 어울릴 듯싶어 어렵게 구한 것입니다. 부디 받아 주십시오."

"하지만……."

"다른 마음은 없습니다. 그저 받아서 어여쁘게 꽂아 주시면 됩니다."

진충의 말에 남궁연아가 눈을 어여쁘게 휘며 웃어 보였다. 그 미소에 넋이 나간 듯 진충이 곰처럼 우직하게 웃었다.

"하면 기쁜 마음으로 받겠습니다. 대공자의 호의를 거절할 수는 없지요."

저 아름다운 미소를 보기 위해 얼마나 큰돈을 들였던가. 하지만 진충은 자신이 뽑아낸 기둥뿌리가 아깝지 않다고 생각했다. 어지간하면 차조차 대접하지 않는 남궁연아가 식사를 내오라 했기 때문이다.

"찬모의 음식 솜씨가 제법 괜찮답니다. 이리 오셨으니 식사라도 하고 가시지요."

"하하, 감사합니다. 이리 환대를 해 주시니……."

진충이 순박하게 웃는 사이 남궁연아의 눈빛을 받은 유모가 빠르게 상을 차린 뒤 사라져 갔다. 시비 몇몇이 재빠르게 움직이자 어느새 작은 방은 향기로운 음식들로 가득 찼다.

"혹 술을 할 줄 아십니까?"

"하하, 사내로서 술 한잔 못 하겠습니까? 소저가 주신다면 독주인들 마다하겠습니까?"

진충의 말에 연아는 고혹하게 미소 지으며 술병을 잡았다. 가녀린 남궁연아의 손목이 드러나는 모습을 바라보며 진충은 마시지도 않은 취기가 올라오는 것 같아 침을 꿀꺽 삼켰다.

쪼르륵.

그 갈증을 어찌하지 못한 진충이 잔이 채워지자마자 성급하게 입으로 털어 넣었다.

"어찌 그리 급히 드십니까. 안주도 함께 드십시오."

언제나 도도하고 차갑기만 하던 남궁연아였다. 그런 남궁연아가 보이는 호의에 진충은 얼굴을 붉히며 얼간이처럼 입을 열었다.

"고, 고맙습니다, 소저. 소저도 어서 드십시오."

큼지막한 전 하나를 남궁연아의 접시에 올려놓자 남궁연아가 눈을 새치름하게 뜨더니 젓가락으로 작게 잘랐다. 그야말로 아이들에게나 맞을까 싶은 크기였지만 진충의 눈에는 어여쁘게만 보였다.

"이것도 좀 드셔 보십시오."

손수 산적 한 점을 집어 든 진충이 젓가락으로 자른 뒤 남궁연아의 접시에 또다시 올려놓았다. 그러자 남궁연아가 눈을 반달 모양으로 접었다.

"어머, 자상하기도 하셔라. 감사합니다, 공자. 한 잔 더 드세요."

남궁연아가 또다시 잔을 채우자 진충이 헤벌쭉 웃으며 잔을 들이켰다. 그렇게 얼마나 지났을까. 한 잔도 채 마시지 않은 남궁연아에 비해 진충은 어느새 세 병이 넘어가고 있었다. 더군다나 남궁연아가 준비한 술은 어지간한 성인 남성이 한 병도 다 마시기 힘든 독주였다. 아무리 평소 애주가라고 하나 진충은 제정신을 차리기 힘든 상태였다.

"어머, 공자. 너무 많이 드신 것 아니세요?"

제대로 몸조차 가누지 못하는 진충의 곁으로 살짝 다가온 남궁연아가 진충의 팔을 잡았다.

"아, 소저. 죄송합니다……. 제가 너무 기쁜 마음에……."

"무엇이 기쁘단 말입니까?"

마치 자백제라도 맞은 것처럼 진충의 정신은 이미 나가 있었다.

"이리 소저와…… 함께 시간을 보낼 수…… 있으니……."

얼굴을 붉히며 말하던 진충의 목소리가 점점 늘어졌다. 깜빡거리던 눈은 점차 감겨 눈동자조차 거의 보이지 않게 되었다. 이윽고 진충의 육중한 몸이 옆으로 기울어졌다.

"어머, 공자님. 정신 차리세요."

화들짝 놀란 듯한 목소리가 진충의 곁으로 다가섰다. 약간 세게 흔들었음에도 진충이 반응조차 없자 남궁연아는 얼음처럼 차가운 미소를 지었다. 쓰러져 있는 진충을 바라보는 남궁연아의 눈동자가 어느 때보다 냉정했다.

* * *

훌쩍, 훌쩍.

어디선가 흐느끼는 소리가 들려왔다. 머리가 아파 그 소리를 무시하려 했던 진충은 몸을 이리저리 뒤척여도 사라지기는커녕 더욱 커져 가는 소리에 미간을 찌푸리며 떠지지 않는 눈꺼풀을 들어 올렸다. 순간 누군가 망치로 내려친 듯 머리가 깨어질 듯 아팠지만 귓속을 파고드는 소음이 줄어들지 않아 그는 손으로 짚으며 자리에서 일어섰다.

"여긴……."

맑지 않은 정신을 부여잡으며 사물을 인식하자 보인 것은 분홍색 휘장이었다. 자신의 침상에는 없는 물건이기에 의아하게 생각하며 진충은 주변을 휘 둘러보았다. 그리고 귀에 거슬리는 훌쩍임이 침대 끝에서 흘러나온다는 것을 인식하기까지는 오래 걸리지 않았다.

"누구……."

"흑흑……."

구슬프게 울고 있는 이는 진충이 너무나도 잘 아는 여인이었다. 순간 어젯밤 남궁연아와 술자리를 함께했던 장면이 머릿속을 스쳐 지나갔다.

"소, 소저."

"흑흑……."

자신을 부르는 목소리에도 남궁연아는 울음소리만을 높일 뿐 아무 반응도 보이지 않았다. 그리고 그녀의 몸을 감싸고 있는 것이 옷가지가 아닌 침상의 이불이라는 것을 알아차린 순간 진충이 벌떡 일어섰다.

"이게 무슨……."

벌떡 일어난 자신의 몸 또한 알몸이었다. 진충의 눈이 화들짝 커지고 무슨 일이 있었는지 확신할 수 있었다. 저도 모르게 남궁연아 쪽으로 손이 갔다.

"소저, 그게……."

"다가오지 마셔요."

다가오는 손을 뿌리치며 남궁연아가 나아갈 수도 없는 침상 끝쪽으로 더욱 물러났다. 그런 남궁연아의 모습에 진충은 무슨 말을 해야 할지 찾지 못한 채 뻗었던 손을 거두지 못하고 석상처럼 굳어졌다.

"어찌 된……."

"흑흑. 공자를 믿었는데……. 다른 것은 몰라도 저에 대한 진심을 믿었기에 걱정하지 않았는데……."

흐느끼며 소리치는 남궁연아의 모습에 진충은 더더욱 할 말을 찾지 못했다. 아무리 술에 취했다고 하지만 그런 실수를 하다니…….

"소저, 제가 죽을죄를……."

챙.

죄를 고하며 무릎을 꿇으려던 진충의 귓가에 날카로운 소음이 들려왔다. 무의식적으로 고개를 든 진충의 눈에 들어온 것은 날이 선 은장도를 들고 있는 남궁연아의 모습이었다. 저도 모르게 손을 뻗은 진충이 남궁연아의 가녀린 손목을 움켜쥐었다.

"소저, 진정하십시오."

"이것 놓으세요. 이대로 살아갈 수는 없습니다."

"진정을……."

약간의 실랑이 끝에 진충의 강한 힘을 이기지 못한 남궁연아의 손아귀에서 은장도가 떨어졌다. 금속음이 나자 거짓말처럼 소란스러웠던 방 안이 조용해지더니 다시금 남궁연아의 울음이 터져 나왔다.

"흐흑…… 저를 어찌 말리십니까. 이대로 죽겠습니다."

"소저 이러지 마십시오. 제가 미쳤나 봅니다. 제가 죽일 놈이니 저를 탓하십시오."

그리 말하며 진충이 스스로의 뺨을 후려쳤다. 자신의 몸을 때리는 것이기에 힘이 약해질 법도 하건만 진충은 진심을 다해 후려쳤고 그의 두 뺨이 점점 부풀어 올랐다. 그 모습을 바라보던 남궁연아가 달려들어 그의 팔을 붙잡았다.

"이러지 마세요, 공자님. 흐흑."

"아닙니다, 제가 죽일 놈입니다."

그리 말하며 진충이 거센 힘으로 스스로를 후려쳤고 남궁연아가 매달리다시피 말리자 그제야 손이 잦아들었다. 진충은 자신의 팔에 매달린 채 고개를 숙이고 흐느끼는 남궁연아를 바라보았다.

"정말 무슨 말을 해야 할지 모르겠습니다, 소저. 제가 어찌해야 할지……."

"흑흑, 공자께 무슨 죄가 있겠습니까. 몸가짐을 바로 하지 못한 제 잘못입니다."

남궁연아의 처연한 울음소리에 진충은 주먹을 꽉 쥐었다. 어찌나 꽉 쥐었던지 그의 손바닥에서 피가 흘러나오기 시작했다.

"소저의 잘못이 아닙니다. 제가 소저의 평생을 책임지겠습니다. 하니……."

"이미 누군가를 마음에 담은 몸입니다. 더러워진 몸으로 그분께 다가갈 수도 없으니 산문으로 들어가겠습니다."

책임지겠다는 진충의 말을 끊으며 남궁연아가 산문으로 들어가겠다 선언했다. 진충은 남궁연아가 누군가를 마음에 두었다는 소리에 놀라고 산문으로 들어가겠다는 소리에 다시 한번 놀랐다.

"그런 말도 안 되는 말씀 마십시오. 어찌……."

"이미 사모하는 분께 다가갈 수 없는 몸입니다. 살아 무엇 하겠으나 죽는 것도 쉽지 않으니 세상과의 연을 끊는 수밖에요. 흑흑."

처연하게 우는 남궁연아를 보며 진충은 한동안 아무 말도 없었다. 남궁연아와의 하룻밤은 생각지도 못한 일이었지만 이왕 이렇게 된 것 남궁연아와 연을 맺을 수 있는 기회라 생각되었다.

그런데 남궁연아에게 사모하는 사람이라니.

"사모하는 사람이라면……."

"흑흑……."

"……말씀해 주십시오."

진충의 재촉에 어쩔 수 없다는 듯 남궁연아가 더듬더듬 말을 이었다.

"황태……자 전하……십니다……."

태자라는 말에 진충의 눈에서 불꽃이 튀었다. 그의 집안에서 황제 자리로 올리기 위해 노력하고 있는 황자와 대립을 세우고 있는 황태자. 그것만으로도 참기 힘든데 사모하는 이마저 마음을 사로잡혔다니.

"……흑흑, 전 이제 살고 싶지 않습니다……. 산문으로 들어가 황태자 전하를 마음속에 묻은 채 살아갈 것이옵니다."

통곡하듯 흐느끼는 남궁연아의 모습을 진충은 복잡한 눈빛으로 바라보았다. 그리고 얼마나 지났을까. 남궁연아의 흐느낌이 멈춰 갈 즈음 진충이 입을 열었다.

"소저, 이 호가진충이 소저를 연모합니다. 마음을 접고 저와 혼인하신다면……."

"전 그럴 수 없습니다. 몸마저 빼앗겼는데 이제 마음까지 빼앗기란 말씀입니까."

앙칼진 남궁연아의 말에 호가진충이 움찔했다. 좀 전의 가련한 모습은 온데간데없어진 남궁연아에게선 흡사 살기마저 뿜어 나오는 듯했다.

"하, 하지만……."

"됐습니다. 이대로 저는 자결할 것입니다."

어느새 품에서 단검을 꺼낸 남궁연아가 자신을 찌를 듯 검을 겨누었다. 깜짝 놀란 진충이 남궁연아의 손을 붙잡고 실랑이를 하는 사이 진충의 손이 베였다.

"아앗."

"공자님!"

깜짝 놀란 듯 남궁연아가 검을 떨어뜨렸다. 꽤 깊게 베인 듯 피가 떨어지는 진충의 손을 바라보던 남궁연아가 자신의 치맛자락을 잘라 그의 손을 감싸 주었다.

"어찌 자신의 몸을 험히 여깁니까. 저야 이제 더러워진 몸이니 저 따위는 잊고 돌아가십시오."

"제가 어찌 소저를 잊을 수 있단 말입니까. 절대 안 됩니다, 소저."

눈을 떼면 남궁연아가 다시 험한 마음을 먹을까 진충이 부리부리한 눈을 치뜨며 남궁연아의 가녀린 손목을 움켜쥐었다.

"하면 어찌한단 말입니까. 전 이미……."

흐느끼는 남궁연아의 모습에 호가진충은 복잡한 심경으로 한숨을 쉬었다. 자신이 책임지겠다는 말을 하면 또다시 자결하고자 할 남궁연아였다.

"제가 소저를 돕겠습니다."

"네?"

"저만 말하지 않는다면 이 밤의 일을 그 누가 알겠습니까. 하니……."

"아닙니다. 어차피 그분의 마음속엔 제가 없었습니다. 그저 못난 제 욕심이었을 뿐이니 마음에 담지 마십시오, 공자."

마음에 없다는 말에 진충이 미간을 찌푸렸다.

"그게 무슨 말씀입니까."

"집안에서 저를 황태자비로 올리려 하였으나 그분에게는 다른 여인이 있다고 들었습니다. 하니 이리된 것 산문에 몸을 의탁하는 것이 하늘의 뜻인 것 같습니다."

진충은 그 말에 손을 움켜쥐었다. 자신은 차마 가질 수도 없는 여인이었다. 그런 귀하디귀한 여인을 두고 다른 여인을 곁에 두다니.

"그런 소리 마십시오. 소저가 아닌 그 누가 황태자비에 어울린단 말입니까. 이 진충이 소저에게 어울리는 자리를 찾아 드리겠습니다."

"흑흑, 공자……."

촉촉하게 젖은 눈빛으로 남궁연아가 진충을 바라보았다. 그 모습에 진충의 눈빛이 가라앉았다. 그 모습은 평소의 순박하기만 한 진충의 눈빛이 아닌, 자신의 여인을 빼앗기지 않겠다는 독기 서린 눈빛이었다. 그런 사내의 마음을 알아차리지 못한 채 남궁연아는 진충의 품에 안겨 의미심장한 미소를 지어 보였다.

* * *

“……가씨, 아가씨.”

멍하니 창밖을 바라보고 있던 이린은 자신을 부르는 목소리에 정신이 든 듯 고개를 돌렸다. 언제 들어왔는지 삼월이 걱정스러운 눈빛으로 그녀를 바라보고 있었다.

“아, 무슨 일이야?”

“이것 좀 드시고 하세요, 아가씨. 혹시 몸이 안 좋으신 건 아니시죠?”

삼월의 걱정 어린 목소리에 린은 고개를 저었다. 그 사건이 있었던 이후 삼월과 만화점 식구들은 거의 병적일 정도로 그녀를 보살폈다. 누가 시키지도 않았는데 삼십 분 간격으로 그녀의 방으로 들어오며 그녀의 상태를 살폈다. 그리고 외출이라도 할라치면 한 명이라도 따라붙었다.

“응, 걱정하지 마. 그건 뭐야?”

“간단하게 월병을 만들었어요. 요즘 입맛이 없으신 거 같아서…….”

간단히라고는 했지만 바쁜 와중에 월병까지 손수 만들다니. 그다지 입맛은 없었지만 린은 사양하지 않고 삼월에게서 접시를 받아 들었다.

“안 그래도 출출하던 참인데, 고마워.”

린의 말에 기쁜 듯 웃던 삼월이 방을 나서자 린은 아직 따끈한 월병 하나를 집어 먹었다. 맛있었지만 마음이 무거워서인지 하나 더 선뜻 집어 먹을 엄두가 나지 않았다.

그렇게 한입 베어 문 월병을 겨우 삼킨 린은 창밖을 바라보았다. 분주하게 움직이는 사람들 사이로 활기가 느껴졌지만 눈에 제대로 들어오지 않았다. 그저 한 사람이 떠오를 뿐.

황태자 진명휘.

하지만 린에게는 한순간도 황태자였던 적이 없던 사람이었다. 그녀도 그걸 알고 있었고 이제 와 알았다 해도 바뀌는 건 없다고 생각했지만 정작 변한 것은 그에 대한 그녀의 마음이었다. 언제부터인지 모를 그 감정은 휘가 자신을 향해 감정을 내비치는 순간 형체화되고 말았다.

―나는 린을 여인으로서 은애하고 있어.

아무 말도 잇지 못하는 린의 머리를 쓰다듬어 주며 휘는 웃어 보였다. 이미 그런 그녀의 반응을 짐작했다는 듯이.

―내 마음을 강요할 생각은 없어. 하지만 조금은 다르게 생각해 주지 않겠어? 나에 대한…… 린의 마음을 말이야.

그렇게 말한 휘는 여전히 웃어 보였지만 린의 눈에는 그가 웃고 있는 것 같지 않았다. 보고 싶지 않은 씁쓸한 미소. 자신의 감정을 숨긴 채 그녀를 안심시키기 위해 내보이는 미소. 그 미소에 린은 무어라 말하고 싶었지만 채 입을 열기도 전에 휘가 자리에서 일어났다. 마치 그녀의 대답을 듣기 두렵다는 듯이.

―조금 바쁜 일이 있어서 당분간 만화점에는 못 갈 거야. 나

없어도 외로워하지 말고. 혼자 돌아다니지 말고. 얌전히 있어. 알았지?

평소 같았으면 어린아이 대하듯 말하는 휘의 말에 무어라 대꾸라도 했을 텐데. 누가 보아도 당황스러움을 감추지 못하는 린에게 휘는 무언가를 내밀었다.

–나에겐 소중한 것이야. 린에게 주고 싶어서 주는 것이니 잘 간직해 줘.

은은한 빛을 내뿜는 장신구였다. 언뜻 보면 은이 아닐까 싶을 정도인 금속은 자세히 보면 볼수록 은은한 존재감을 드러내고 있었다. 그리고 그 광석이 무엇인지 그녀는 알 수 있었다.

–이건…….

–소중히 간직해 줘. 어마마마의 것이니까.

거절할 틈도 없이 방을 나가 버린 후 다른 이가 그녀를 만화점으로 데려다줄 때까지도 휘는 돌아오지 않았다. 그녀를 데려다준 이에게 물어보니 급한 일로 환궁하셨다 했다. 그리하여 그 장신구는 아직까지도 그녀에게 있는 것이다.

"후우."

한숨을 내쉰 린이 자리로 돌아와 서랍장을 열었다. 깊숙한 곳에서 자물쇠가 있는 문갑을 두 번 열자 나온 것은 휘가 그녀에게 건네준 장신구였다.

월광석.

이제는 어디에서도 구할 수 없는 광물이었다. 수백 년 전 월광석을 채집하던 부족이 멸망한 후 이미 발견된 것 외에는 더 이상 채집이 불가능하다는 광물.

그녀가 알기로 이곳 제국에서도 월광석을 장신구로 사용하는 곳은 황실밖에 없었다. 그리고 세트로 보일 법한 이 장신구는 선황후가 대례를 올릴 때 사용했을 것이라 짐작할 수 있었다.

그런 귀한 것을 그녀에게 주었다는 것은 어떤 마음인지 확실한 것이었다. 그리고 며칠째 곰곰이 생각해 본 결과……. 자신도 그의 다르지 않은 마음이었다.

'이제 어떻게 해야 하지.'

그는 어떻게 할 생각인 걸까.

그녀가 아는 휘가 아닌, 이 나라의 황태자 진명휘. 어린 시절 모후를 잃은 탓에 황태자이면서도 언제나 위험 속에 살아온 이. 몇 년 전, 그가 변방으로 갈 때만 해도 그 누구도 살아 돌아올 수 있으리라 생각지 못했다. 지금의 세력을 구축하며 병석에 누워 있는 황제를 대신할 수 있으리라고도 생각지 못했을 것이다.

린 개인적으로도 대단한 인물이라고 생각했다. 그리고 그가 정권을 잡고 나서 얼마나 살기 좋아졌는지 다른 누구보다 백성들이 잘 알고 있었다.

그런 대단한 이와 친분을 갖고 있는 것으로도 모자라 마음에 두었다는 이야기를 들었으니 가문의 영광이라 해야 했지만 사실 그녀는 한숨부터 나왔다. 차라리 어느 정도 괜찮은 가문의 사람이라면 이렇듯 막막하지는 않을 터인데.

이린은 서화국의 가문을 떠올렸다. 비록 제국에 비할 바는 아니겠지만 그녀의 집안도 꽤 이름 있는 학자 집안이었다. 전쟁에서 지지 않고 서문 가문의 둘째 딸로서 자라났다면 어쩌면…….

'후우, 내가 지금 무슨 생각이람.'

그렇게 살았다면 지금의 만화점도, 그녀도 없을 터였다. 과거의 일을 가지고 후회하는 것은 그녀답지 않았다. 고개를 절레절레 젓던 린이 기지개를 켜듯 팔을 뒤로 쭉 젖혔다. 몸을 늘어뜨리기라도 하듯 등받이 의자가 아슬아슬하게 기울어졌다.

삼월이나 죽은 언니가 보고 있었다면 숙녀답지 못하다며 질색할 것이라 생각하며 조금 더 아슬아슬하게 고개를 뒤로 젖혔을 때였다.

이 시간에 절대 없을, 며칠 동안 보지 못했던 이가 눈에 비치자 순간적으로 린의 중심이 흐트러졌다.

"어, 어어."

갸우뚱.

위태롭게 비틀대던 의자가 기어이 균형을 잡지 못하고 뒤로 젖혀졌다. 린을 놀라게 한 이 또한 갑작스런 상황에 놀란 듯 눈을 커다랗게 뜨고 다가왔다. 곧 다가올 충격에 린이 눈을 질끈 감았다.

얼마나 시간이 지났을까.

아무리 시간이 지나도 충격이 가해지지 않자 린의 눈꺼풀이 슬며시 들어 올려졌다. 여전히 눈에 보이는 것은 천장이므로 당연히 충격이 가해졌어야 하는데 의외로 하나도 아프지 않았다.

"왜 안 아프지?"

"후우. 지금 뭐 하는 거야?"

혼잣말처럼 중얼거린 말에 들려오는 대답 소리에 린은 화들짝 놀라 몸을 번쩍 일으켰다. 하지만 마음과는 달리 몸은 움직여지지 않았다.

"심장이 떨어지는 줄 알았다고. 도대체 뭐 하는 거야? 애들도 아니고."

정말 놀랐다는 듯 린을 품에 가둔 채 한숨처럼 내뱉는 휘의 목소리에 린은 침만을 꼴깍 삼켰다. 그리고 어색해지는 분위기를 어찌하지 못하고 변명처럼 입을 열었다.

"한 번도 넘어진 적 없는걸요, 뭘. 휘가 갑자기 들어와서 놀란 거예요."

"기별을 몇 번이나 했는데 무슨 생각을 하고 있었던 거야?"

그의 말에 린은 더 이상 할 말이 없어졌다. 확실히 정신을 어디에 놓고 있었던 모양이다. 아무 말 없이 빤히 바라보고만 있는 린을 보던 휘가 한숨을 쉬며 린의 맞은편 의자로 건너가 앉았다. 습관처럼 하나 더 놓여 있는 찻잔을 꺼내 든 휘의 모습에 린 또한 자연스럽게 찻주전자를 기울였다.

쪼르르.

은은한 향이 방을 채우며 어색하기만 한 공기가 조금은 사라졌다. 서로 말하지 않아도 편한 그 공기에 둘은 잠시간 아무 말

없이 찻잔을 어루만지고 있었다.

"어찌…… 지냈어요?"

"뭐, 이것저것 많이 바빴어. 신경 쓸 일들도 많았고. 눈에 거슬리는 이들도 있어서 신경 좀 쓰느라고."

어깨를 으쓱해 보이는 휘의 모습이 꽤 피곤해 보여 린은 월병 하나를 내밀었다.

"이거 먹어 봐요. 월 언니의 자신작이에요."

그녀의 권유에 먹기 시작하는 휘를 보던 린은 아차 싶었다. 그녀의 취향에 딱 맞게 만들어진 월병은 달 것이 틀림없었다.

"아, 좀 달죠? 내 입맛에 맞게 만들었을 거라……."

"괜찮아. 좀 피곤했는데 차라리 낫네."

아닌 게 아니라 피곤해 보였다. 무언가 일이 많이 복잡한 것일까. 휘에 대한 복잡한 감정과는 별개로 그를 도와주고 싶었다.

"……내가 혹시 도와줄 수 있는 거 없어요?"

"응?"

"물론 내가 휘가 하는 일을 다 할 수는 없겠지만 간단한 것 정도는 도와줄 수 있어요. 이래 봬도 만화점도 운영하고 있고……."

진심 가득한 말에 휘는 마음 한구석이 따뜻해져 왔다. 그 누구도 그를 이렇게 걱정하지 않았다. 친우이지만 수하이기도 한 조운과 남궁민에게도 이런 모습은 보일 수가 없었다. 그들의 친우이기 이전에 그는 언제든지 무너지지 않을 든든한 벽이었으니까.

"고맙다, 린."

부드럽게 미소 짓는 휘의 모습에 린은 심장이 간질간질했다. 그가 이런 모습을 보일 때면 항상 보이는 반응이었지만 익숙해지지 않았다. 민망함을 감추기 위해 손부채질을 하며 입을 열었다.

"모, 못 믿나 본데 나 정말 할 줄 아는 거 많으니까 뭐든지 시켜요."

"……뭐든지 가능해?"

정적으로 변한 휘의 모습에 린은 순간 멈칫했지만 고개를 끄덕였다. 뭐 얼마나 힘든 것을 시킬까 싶기도 했다.

"당연하죠. 얼마든지 말해요."

"그럼 나 잠시만 누워도 돼?"

"네?"

"나 며칠 동안 잠을 못 자서. 무척 피곤한데 잠시만 눈 좀 붙여도 될까?"

물론 방 한편에 침상이 있기는 했다. 하지만 엄연히 남녀가 유별한데…….

"아무 짓도 안 할 테니 걱정 마. 정말 피곤해서 눈만 붙이고 싶은 거니까."

그러고 보니 안색도 좋지 않았다. 잠시 고민하던 린은 고개를 끄덕이곤 휘를 침상으로 안내했다. 꽤 넓다고 생각한 침상에 휘가 눕자 가득 찼다.

"고마워, 무리한 부탁일 텐데……."

"아, 아니에요. 그보다……. 일이 많은 거예요?"

"뭐, 이래저래 일이 있었어. 고민할 거리도 많았고."

고민할 거리라는 말에 잠시 생각하던 린이 순간 휘와 눈이 마주쳤다. 아무 말 하지 않아도 진지하기만 한 그의 눈빛을 보니 아까보다 더 부끄러워 린은 자리에서 벌떡 일어났다.

"나, 난 그럼 잠시……."

"잠시만 여기 있어 줄래?"

순간적으로 잡혀 버린 손목이 무척 뜨거웠다. 깜짝 놀란 것도 잠시 린은 저도 모르게 휘의 이마로 손을 뻗었다.

"어, 이게 뭐예요? 열나잖아요?"

"어? 열이 나?"

멀뚱하니 대답하는 휘의 반응에 린은 옅은 한숨을 내쉬었다. 도대체 그를 돌보는 사람이 몇인데 아픈 것도 모른단 말인가.

"그것도 모르고 도대체 뭐 한 거예요? 정말."

화가 났다.

아픈 것도 모르고 아무렇지도 않게 일에 치여 있는 그의 모습도 화가 났고 그 많은 사람들이 있음에도 아무도 알아차리지 못하는 상황도 화가 났고 여태 알아차리지 못했던 자신에게도 화가 났다.

화난 감정이 발걸음에 가득 묻어난 채로 린이 수건과 대야를 가지고 왔다. 의자를 놓고 앉아 수건을 적신 린이 휘의 이마에 수건을 올려놓았다. 아무 말 없이 그 모습을 바라보던 휘가 입을 열었다.

"린, 혹시…… 화난 거야?"

"……아니에요."

"화난 거 같은데? 왜 그래?"

궁금해하는 휘에게 답하지 않은 채 린은 수건을 뒤집은 뒤 이마를 짚어 보았다. 뜨끈뜨끈했다.

"내가 뭐 잘못한 거야?"

"도대체 사람이 몇 명인데 아픈 걸 아무도 몰라요?"

"어?"

"명색이 황태자잖아요. 돌보는 사람이 몇인데……."

정말 화가 난 듯 표정을 풀지 않은 채 린은 또 다른 수건을 찬물로 적신 뒤 휘의 이마에 올려 주었다. 그런 린의 모습을 멀뚱히 보던 휘가 피식 웃었다.

"아픈데 뭐가 좋다고 웃어요?"

"아니, 그냥 좋아서."

"아픈 게 뭐가 좋아요."

"그냥……. 가끔은 아픈 것도 좋네. 이렇게 나 걱정해 주는 사람도 있고."

휘의 말에 린은 저도 모르게 입술을 깨물었다. 그가 외로운 사람이라고 생각은 항상 하고 있었지만 저렇듯 외로움 가득한 목소리를 들으니 그의 고독이 와닿았다. 눈물이 나올 것 같아 퉁명스럽게 입을 열었다.

"말도 안 되는 소리 말고 어서 자요. 아플 때는 푹 자는 게 최고예요."

어서 감으라는 듯 그의 눈가에 손을 가져다 대자 말 잘 듣는 아이처럼 휘가 눈을 감았다. 눈을 감은 채 입가에 미소 띤 휘가 입을 열었다.

"이러고 있으니까 아이가 된 것 같아."

"휘 나이가 몇인데 무슨……."

"이 나이에 말하긴 그렇지만 아프다고 해서 누군가에게 티 내고 할 수는 없었거든. 그래서인지…… 무척 따뜻하고 좋아."

그 말에 린은 아무 말 없이 휘의 머리카락을 만져 주었다. 그 손길이 좋은 듯 휘가 살짝 고개를 린 쪽으로 돌렸다. 언뜻 보기에도 너무 부드러운 표정인지라 살짝 당황했지만 린은 손길을 멈추지 않았다.

"잠시만…… 이대로 잠시만……. 잘게……."

거짓말처럼 금세 잠들어 버리는 휘의 모습에 린은 아무 말 없이 휘의 머리카락을 쓰다듬다 이마의 수건을 바꿔 주었다. 꽤 심한 듯해서 약을 먹어야 하나 싶기도 했지만 모처럼 편히 잠들어 있는 그를 깨우고 싶지 않았다.

'가장 좋은 약은 푹 쉬는 거라고 하니까……. 좀 이따…….'

잠들어 있는 그를 바라본 지 얼마나 지났을까. 평화롭기만 한 방 안 분위기에 동화되어 가던 린 또한 무거운 눈꺼풀을 내려 앉혔다.

* * *

번쩍.

방으로 들어서는 기척에 벌떡 일어난 휘는 본능적으로 머리맡에 두었던 검을 집었다. 그러다 들어선 이를 확인하고는 검을 내려놓았다.

〈접니다, 전하.〉

〈잠깐 기다려. 바로 나갈 테니.〉

전음으로 용건을 전달한 휘는 자신의 곁에서 잠들어 있는 린을 살짝 바라본 뒤 깨지 않도록 조심스럽게 안아 올렸다. 꽤 늦은 시각까지 그를 간호한 듯 몇 개의 물수건이 대야에 올려져 있었고, 그가 안아 들 때까지 깨어나지도 않았다. 휘는 저도 모르게 품에 안겨 있는 작은 몸을 살짝 끌어안았다. 불편해진 린이 뒤척이지 않았다면, 조운이 기다리고 있다는 자각을 하지 못했다면 언제까지고 끌어안고 있었을지도 모른다.

휘는 린을 침상에 올려놓은 뒤 꼼꼼히 이불을 덮어 주었다. 온기를 찾듯 뒤척이는 린의 이마에 살짝 입을 맞춘 뒤 문가로 향했다.

"무슨 일이지?"

"아, 네. 잠시 보고드릴 일이……."

"……길어질 듯하니 자리를 옮기지."

아쉽다는 듯 방 안쪽을 향해 시선을 던지는 주군을 보며 조운은 침을 꼴깍 삼켰다. 대략 상황을 알고 있었지만 그래도 이런 모습을 직접 마주하니 정신을 차리기가 쉽지 않았다.

"무슨 일이지?"

"아, 일단 이것부터 드십시오."

재촉하는 휘의 목소리에 정신을 가다듬은 조운이 꺼낸 것은 약이었다. 말없이 이유를 묻는 휘의 눈빛에 조운이 허겁지겁 부연 설명을 더했다.

"안에 계신 분께서 요청하셨습니다. 어서 드십시오."

조운의 말에 휘는 약사발을 한 번에 들이켰다. 쓴맛을 없애는 대추를 휘에게 준 조운이 투덜대듯 입을 열었다.

"아프시면 아프다고 말씀을 하시지, 왜 못난 신하를 만들고 그러십니까?"

"뭐?"

"그분한테 혼났습니다. 사람이 몇인데 편찮으신 것도 모르냐면서."

크게 무어라 한 것은 아니었지만 눈빛에 담긴 것은 명백한 질책이었다. 그가 혼났다는 말에도 피식 웃는 휘를 보며 조운은 투덜댔다.

"이건 제가 잘못했다기보단 전하께서 너무 알려 주지 않으시는 겁니다. 아십니까?"

너스레에 그제야 웃는 진명휘를 본 조운은 안도의 숨을 내쉬었다. 몸이 안 좋아 보이긴 해도 아까보단 나은 듯싶었고 좀 더 여유가 있어 보였다. 확실히 마음이 편해지니 몸도 좋아진 듯싶었다.

이윽고 쪽지를 훑어본 휘가 입을 열었다.

"호가진원의 세력이라……."

"이민족들의 움직임이 포착되었습니다. 아주 미세하여 깊이 신경 쓸 정도는 아니지만…… 시국이 시국인지라 거슬립니다."

"그래. 조심해서 나쁠 건 없어. 그리고…… 모두 진천국에 악감정을 가진 나라들이군."

황제의 무리한 전쟁으로 수많은 나라들이 피해를 입었고 이민족의 피해도 심각했다. 특히 무리한 전쟁 보상을 요구해 백성들의 삶이 피폐해져 갔고 현재는 거의 없어졌다 하지만 그 피해는 복구되지 않고 있었다.

"전하의 말씀대로 주시하고 있어서 잡을 수 있었습니다."

"이끄는 이는?"

"워낙 점조직처럼 되어 있는 이들입니다. 꼬리는 살짝 잡았으나 머리는 아직……."

"더욱 주시하도록 해."

"예, 하옵고 호가진충의 움직임도 잡혔습니다."

"호가진충?"

"예, 일단 주시하고 있었는데 특이 사항이 잡혔습니다. 다른 이들보단 호가진충의 움직임이 많아졌습니다."

그 아비나 누이에 비해 머리 회전도 느리고 정치적 능력이 모자란 자였다. 미간을 찌푸린 채 서류를 보던 휘의 눈동자가 커졌다.

"남궁연아? 이 이름이 왜 나오지?"

"세가의 자제들끼리 만나는 것이야 흔한 일이지만 그 횟수가 너무 잦습니다. 현재 주시하는 중입니다."

남궁연아는 그 오라비와 다른 성품의 여인이었다. 어떤 마음을 가지고 자신에게 접근하는지 알고는 있었지만 응하고 싶은 마음은 전혀 없었다. 그는 지금의 황후처럼 자신의 잇속을 위해 무엇이든 할 수 있는 또 다른 여인을 맞이하고 싶지 않았다.

"더 주시하도록. 호가진충은 위험하지 않지만 남궁연아가 어찌 작용할지는 모를 일이니까."

"예. 하옵고 이건 간단히 넣어 본 내용입니다."

11황자 진현에 관한 내용.

이런저런 국사로 바빠 사흘에 한 번씩 찾아오라 했으나 거의 만나질 못했다. 하지만 몇 마디 나눠 본 결과 무척 조용하고 소심한 아이인 듯했다.

"선우 태부께서 이렇게 평가하다니……."

"예, 황자 전하께선 매우 영특하신 줄 아옵니다. 비록 그 틀을 깨고 나오기 힘들어 그렇지."

선우 태부가 진언한 내용에는 11황자의 뛰어남과 함께 그 뛰어남을 활용하고자 한다면 좀 더 많은 노력이 필요할 것이라 하였다.

"황후마마의 강한 성격이 오히려 독이 되었겠군."

"예, 제가 보기에도 그렇습니다. 성격이 급한 황후마마의 성격에 아들을 닦달했을 것으로 보입니다. 그러다 보니 주눅이 들었고 스스로를 발전시킬 수 없었겠지요."

쉬쉬하지만 경서방에서 11황자는 오히려 다른 이들보다 떨어지는 축에 속했다. 그러했기에 독선생까지 붙였던 것이고.

"다행이군. 떨어지는 줄 알고 걱정했더니."

휘의 입가에 흐뭇한 미소가 걸리자 조운은 살짝 한숨을 쉬면서도 미소 지었다. 어찌 보면 정적인 11황자의 뛰어남은 황태자에게 있어 큰 걸림돌이었다. 그럼에도 그의 주군인 진명휘는 형으로서 아우의 진전을 기뻐하는 것이리라.

"지금 웃음이 나오십니까? 저는 한숨만 나옵니다."

"그리 걱정할 일이 아니다. 아직 어린아이이고 선한 성품이니 잘 가르치면 따라올 수 있을 것이다."

"예, 전혀 걱정하지 않습니다."

그의 주군의 큰 그릇을 믿었다. 앞으로 무슨 일이 있다 하더라도 충분히 잘 해낼 수 있을 거라 굳게 믿었다.

"한데…… 여러모로 인원이 부족합니다."

조운의 말에 진명휘가 미간을 찌푸렸다. 인력 부족은 그가 겪고 있는 가장 큰 문제였다.

"아무래도 제대로 된 사람을 구하기 힘들지."

"예, 지금처럼 주시할 곳도 많은 상황에선 특히나 그렇습니다. 제가 총괄한다고는 하지만 워낙 광범위하게 주시해야 하니 아무래도 손이 모자랍니다. 해서 말인데……."

말끝을 늘이는 태도에 휘가 말해 보라는 듯 고개를 끄덕였다. 그에 침을 꿀꺽 삼킨 조운이 입을 열었다.

"그…… 안에 계신 분 도움을 받는 것은 어떠십니까?"

"뭐?"

"제가 알아본 바에 의하면 만화점의 정보력이 쓸 만합니다."

"……."

"워낙 대륙 곳곳에 상단을 운영하고 있고 알아본 바에 의하면 공녀들을 구하기 위해 여러 정보들을 수집하고 있다 들었습니다. 하니……."

"누구 마음대로 뒷조사를 했지?"

조용히 물었으나 절로 느껴지는 차가운 기운에 조운은 저도 모르게 몸을 떨었다. 그의 입장에선 주군의 여인이라는 이를 당연히 파악해야 한다는 생각에 행한 것이었지만 허락을 받지 않은 것도 사실이었다.

"송구합니다. 하오나 주군의 안곁이기에……."

"또다시 선을 넘는다면 너라도 용서치 않을 것이다. 알겠나?"

"예, 그리하겠습니다."

조운이 드물게 진지한 표정으로 확답하자 휘는 표정을 풀고 조금 전 이야기했던 부분을 되새겼다. 조운의 말대로 그의 정보 조직은 인력난을 겪고 있었고 만화점 조직이라면 충분히 큰 도움이 될 것이었다.

린은 의도하지 않고 만든 조직이었지만 만화점은 결코 작은 곳이 아니었다. 대륙 곳곳 가지 못하는 곳이 없었고 상단의 특성상 정보력 또한 뛰어났다. 거기에 공녀들을 위한다는 목적으로 린이 정보가 모이게끔 만들었으니 일석이조였다.

"제가 도와드릴게요."

언제 있던 것인지 문이 열리고 린이 들어왔다. 잠기운은 달아난 듯 총명한 눈동자가 빛났다.

"린."

"엿들어서 죄송해요. 약 드셨나 궁금해서 와 봤는데 제 얘기가 들리더라고요."

"아니요, 괜찮습니다. 그보다 방금 말씀하신 부분은……."

너스레를 떨며 가볍게 조운이 린의 말을 받았다. 도와드린다는 말을 기억한 그의 눈동자가 초롱초롱했다. 그 가벼운 모습에 린이 웃음 지었다.

"말씀드린 대로 정보력 쪽으로 도와드린다는 말씀이에요. 상단의 특성상 그리 어려운 일도 아니고요."

"아이고 정말 감사합니다, 아가씨. 어쩜 이리 누구와는 달리 마음씨도 고우시고……."

"자네는 이만 나가 보도록 해."

일장 연설을 늘어놓으려는 조운의 말을 끊으며 휘가 린의 시선을 차단했다. 조운의 말이 재미있다는 듯 웃는 린의 모습이 마음에 들지 않아 휘의 미간이 찌푸려졌다.

* * *

급한 업무들을 정리하고 후원을 거닐던 휘는 궁녀들의 모습에서 의아함을 느꼈다. 후원이기는 하나 황궁이기에 항시 조심스러운 평소와는 달리, 무언가 어수선해 보였다. 그는 자신을 보고 읍한 궁녀 한 명을 불렀다.

"무슨 일이지?"

"그, 그것이 11황자께옵서……."

궁녀의 말에 의하면 경서방에서 공부하던 11황자가 잠시 쉬는 틈을 타 사라졌다 하였다. 독선생을 두긴 했으나 일정 기간에 한 번씩은 경서방을 가야 했는데 그곳에서는 적응하기 힘들었던 모양이다.

"경서방의 공부 분위기가 많이 어려운가?"

"……화, 황자 전하께옵서……. 워낙 착하신지라……."

궁녀의 말에 휘는 주변을 둘러보았다. 기를 집중하자 수풀 어딘가에서 작은 기운이 느껴져 그곳으로 발걸음을 옮겼다.

촤르륵.

수풀을 살짝 젖히자 작은 인형이 몸을 웅그리고 있었다. 화들짝 놀란 듯 작은 아이가 눈을 동그랗게 뜬 채 그를 바라보고만 있었다.

"화, 황자마마."

궁녀의 외침에 정신이 든 듯 아이의 깜빡이지도 못하던 눈가에 눈물이 고이기 시작했다. 차마 소리 내어 울지도 못한 채 눈물만

뚝뚝 흘리는 동생의 모습에 휘는 살짝 한숨을 쉬며 궁녀들을 바라보았다.

"내가 간식이라도 먹인 후, 황자궁으로 데려다 놓을 터이니 걱정 말고 물러가라."

"하, 하오나……."

"황후마마께서 물으시면 내가 데려가며 책임진다 했다고 전하라. 하면 큰 문제 없을 것이다."

그 말에 겨우 안심한 듯 궁녀들이 물러갔다. 궁녀들이 물러가는 모습에 이러지도 저러지도 못한 채 손만 쥐어 잡던 아이가 몸을 떨고 있었다.

"현아."

"예? 예, 황태자 전하."

"형님이라고 부르래도."

"예, 예……. 혀, 형님……."

일견 엄해 보이는 말투에 현이 형님으로 부르자 휘가 잘했다는 듯이 미소 지으며 현의 머리를 쓰다듬어 주었다.

"공부가 어려우냐?"

"……아, 아닙니다……."

우물쭈물 제대로 말도 잇지 못하는 현을 바라본 휘가 웃었다.

"어려워도 상관없고 하기 싫어도 상관없다. 나도 그랬으니까."

"……형님도요?"

"그래, 나라고 공부하고 싶었겠느냐. 지루했고 재미없었고 그저 나가 놀고만 싶었지."

본인과 비슷하다는 이야기에 현의 눈이 동그래지며 그를 응시했다. 그 순진한 반응에 역시 아이는 아이다 생각하며 휘가 손을 내밀었다.

"……?"

"잡거라."

내밀어진 손을 어찌하지도 못한 채 바라보기만 하던 현이 잡으라는 말에 무의식적으로 그의 손을 잡았다.

"요즘 무예는 닦고 있느냐?"

조그마한 동생의 손을 잡고 걸으며 휘가 묻자 잠시 머뭇대던 현이 입을 열었다.

"어마마마께서 다칠 수 있다고……. 배우지 말라 하셔서……."

"다칠 수는 있겠지만 스스로를 지킬 수는 있어야지. 너는 배우고 싶으냐?"

"……네."

살짝 상기된 표정에서 어린아이다운 호기심이 묻어 나와 휘는 피식 웃었다.

"내가 요 근래 바빠 너를 신경 쓰지 못했구나. 앞으로 시간을 맞추어 무예를 가르쳐 주마."

"……형님께서요?"

"그래. 싫으냐?"

"아, 아닙니다. 싫다니요."

"그런데 왜?"

"바쁘신 거 같아서……."

"쿡, 내가 자주 만나 주질 못해 토라졌나 보구나. 바쁘긴 하나 그 정도도 못 내진 않는다."

휘의 말에 아무 말 없이 고개만 살짝 숙인 현은 그가 제 손을 잡고 태자궁으로 향하자 깜짝 놀랐다.

"혀, 형님……. 무슨……."

"태감은 편한 복장으로 황자를 갈아입히게. 잠시 나갔다 올 것이니."

"무슨……."

"걱정 마시고 이쪽으로 오시지요, 황자 전하."

익숙한 듯 태자에게 고개 숙인 태감이 11황자를 데리고 나가자 휘는 내실로 들어가 민복으로 갈아입었다. 한번 나가려고 생각했었는데 이 기회에 저 작은 아이를 데려가는 것도 나쁘지 않을 듯싶었다.

잠시 후, 민복 차림을 한 11황자가 어리둥절한 표정으로 휘의 손에 이끌려 궁을 나섰다.

"저, 전하……."

"밖에 나와서도 전하라니……. 형님이라고 부르라고 했다."

"예…… 형님. 그런데 여긴 왜……."

"궁 밖으로 나가 본 적 있느냐?"

그 말에 현은 조용히 고개를 내저었다. 궁 밖에 대한 궁금증과 호기심이 교차했지만 한 번도 나가 보고 싶다는 생각조차 하지 못했다.

"궁 밖은 위험하다고……."

"내가 함께니 괜찮다. 걱정 말아라."

물끄러미 휘의 얼굴을 바라본 현은 고개를 끄덕였다. 많이 이야기해 본 것은 아니지만 그는 나이 차이 나는 형이 싫지 않았다. 아니, 오히려 얘기해 보고 싶고 닮고 싶은 멋져 보이는 형이었다.

다만 어마마마께서 항상 조심하고 가까이하지 말라 하여 다가가지 못했던 것이다.

"저……."

"걱정하지 말거라. 내 어마마마께는 언질을 줄 터이니."

그 말에 현의 얼굴이 환하게 바뀌었다.

아직은 어머니의 품에 있을 어린 나이라 생각하며 휘가 손을 내밀었다. 붉게 상기된 표정으로 머뭇거리면서도 그의 손을 맞잡는 작은 손이 따뜻했다.

* * *

북적이는 예하란의 축제 거리를 거닐며 린은 꺼내 입은 옷을 만지작거렸다. 얼마 전 이문 오라버니가 전해 준 옷이었다. 언니의 옷으로 직접 지었다 하여 의미가 크기도 한 옷은 신기하게도 맞춘 듯 그녀의 품에 딱 맞았다.

이왕 입어 본 김에 머리 장식이라도 해 볼까 싶어 이화 언니가 건네주었던 어머니의 장신구를 꺼내자, 눈치 빠른 이수가 들어와 호들갑을 떨었다.

"어머, 린아. 이게 누구야. 린 맞아?"

"어, 언니."

"어머, 어머. 너 이렇게 입으니까 못 알아보겠어. 잠깐 있어 봐. 이리 입고 그냥 나갈 수는 없지. 월아."

호들갑 떨며 이린의 모양새를 살피던 이수가 말릴 새도 없이 밖에 있던 월을 부르고 금세 달려온 월이 눈물을 훌쩍이며 그녀의 치장을 도왔다.

그리하여 린은 현재 완벽한 여인의 차림을 하고 있는 것이었다.

"다들 왜 이렇게 난리람."

괜히 투덜거리며 이린은 바닥을 한 번 긁다 가지런히 놓았다. 어색하기 짝이 없는 비단신이 그녀의 발길질에 상처라도 입을 것 같기 때문이었다.

"치렁치렁하고, 불편하고……."

참 불편하기 그지없는 차림이지만, 그냥 한번 입어 보고 싶어졌다. 이문 오라버니가 가져다준 옷이기도 하고……. 얼마 전 휘와…….

휘를 생각한 이린의 얼굴이 저도 모르게 빨개졌다. 얼마 전 몸이 아팠던 휘가 그녀의 손길에 잠들었던 순간이 떠올랐던 것이다.

"에잇, 왜 그런 생각이 갑자기……."

고개를 휙휙 저으며 축제 구경을 하고 있는 이린의 모습은 그야말로 경국지색이라는 말로도 모자랄 지경이었다. 본인은 인식하지 못하고 있었으나, 지나가는 젊은 사내들 대부분 그녀를 바라보느라 물건을 놓치는 등 진풍경이 벌어지고 있었다.

"에휴, 옷도 불편한데 그냥 들어가야……. 어?"

반쯤 기분 전환 삼아 나왔으나 별로 특별할 것 없으니 들어가야겠다 생각하고 있을 때였다. 이린의 눈에 익숙한 모습이 들어왔다.

"설마……."

아닐 거라고 생각하지만 왠지 맞는 것 같아 이린은 달리기 시작했다. 펄럭이는 치맛자락과 불편한 비단신으로 속도가 나지 않자 치맛자락을 잡아 올린 이린이 속도를 내기 시작했다. 하지만 어느새 몰려온 인파에 앞이 가로막히면서 찾던 이를 놓치고 말았다.

"하아, 하아."

숨을 몰아쉬며 자리에 멈춘 이린의 눈이 흔들렸다. 혹시 잘못 본 건가 싶어 차분히 되짚어 봤지만 분명 행방불명되었다는 이 공자였다.

"행방불명되었다더니…… 진천국에 있는 건가."

언니 이화와 얼마나 사이가 좋았는지 누구보다 잘 알고 있는 이린이었다. 그런 그가 자신 때문에 언니가 죽음을 선택했다는 것을 알고 얼마나 절망했을까.

"아무래도…… 제대로 찾아봐야겠어."

"뭘 찾아보겠다는 거지?"

혼잣말에 대답이 들려오자 이린이 화들짝 놀랐다. 목소리가 들려오는 방향으로 고개를 들어 보니 휘가 있었다.

"휘!"

"왜 그렇게 숨이 차? 무슨 일이지?"

"아…… 그냥 아는 사람을 본 것 같아서……. 그보다 휘가 여긴 어쩐 일이에요? 거기 꼬마 손님은……."

"인사해. 동생 현이야. 현아, 이쪽은 린이라고 한다."

휘의 말에 현이 고개를 숙였다. 어마마마가 알면 치도곤이 날아오겠지만 왠지 자신이 먼저 인사해야 될 것 같았다.

"안녕……하세요? 진명현……, 이라고 합니다."

이제 다섯 살 정도 되었을까.

귀엽기 그지없는 목소리와 외모에 린의 입가에 미소가 지어졌다. 하지만 곧 화들짝 놀랐다. 생각해 보니 휘의 동생이라면…….

"앗, 그러고 보니……. 황자 전……. 읍."

"쉿, 그냥 현이야. 내가 휘듯이. 이제 와서 예의를 따진다면 진작 나한테도 해야 하는 거잖아."

재빨리 린의 입을 막은 휘는 린이 고개를 끄덕인 후에야 손에 힘을 풀었다. 그리고 린의 아름답기 그지없는 모습에 미소를 지으며 입을 열었다.

"이게 무슨 일이지? 오늘 너무……."

"너무 아름다우세요. 형님의 친구분이신가요?"

깜찍하기 그지없는 어린 황자의 꾸밈없는 칭찬에 린은 황자라는 것도 잊고 아이의 머리를 쓰다듬어 주었다.

"칭찬 너무 고마워요, 현 님. 현 님도 아주 의젓하네요."

그 칭찬에 현의 귓불이 붉어졌다.

"흠흠, 린 오늘 정말 예뻐. 축제 구경 온 건가?"

아직 어린 동생이라고는 하지만 둘의 사이좋은 모습에 휘가 끼어들었다. 그에 이린의 고개가 휘에게 돌아갔다. 왠지 같은 칭찬을 들어도 휘에게 들으니 설레었다.

"네, 뭐……. 오랜만에 축제라……. 그냥 한번."

왠지 꾸미면서도 오늘 그가 오지 않을까……. 그런 생각을 해보았다. 딱히 날짜를 정해 놓고 만나는 건 아니었지만 혹시 온다면…….

"두 분 다 얼굴이 빨개요……."

현의 중얼거림이 두 사람을 현실로 불러들였다.

왠지 민망해진 휘가 주위를 둘러보며 입을 열었다.

"오랜만에 열린 축제라 그런가……. 꽤 규모가 크군."

"네, 뭐……. 아무래도 가장 큰 축제니까요……. 아, 현 님 단거 좋아하세요? 저쪽에 탕후루가 맛있는데……."

"탕후루요? 그게 뭐예요?"

"잠깐만요."

단거라는 말에 눈을 빛내면서도 탕후루가 무엇인지 모르는 것 같아 린은 씩 웃으며 재빨리 가판으로 향했다. 알록달록한 색색의 과일들에 설탕물을 묻힌 탕후루 두 개를 산 린이 딸기를 현에게 내밀었다.

"선물이에요."

"음……."

길에서 파는 것을 먹어도 될까 조심스레 고민하던 현의 고뇌는 손에서 풍기는 단내에 멈추었다. 본능적으로 한입 깨문 현의 눈이 커다래졌다.

"맛있죠?"

끄덕끄덕.

커다란 탕후루 하나를 입안 가득 넣어 말도 하지 못했지만 이미 표정으로 모든 것이 보였다. 그 귀여운 모습에 린은 고개를 끄덕이며 자신도 하나를 입에 쏙 넣었다.

"내 건 없나 보지?"

우물우물.

"음…… 휘…… 님은 단거 싫어하시잖아요."

평소처럼 휘라고 부르려던 이린은 뒤에 급히 님을 붙였다. 신분을 아는 황자 현이 있는데 왠지 평소처럼 부르기는 민망스러웠다.

호칭을 바꾸며 탕후루 하나를 급하게 삼킨 린이 해맑게 대답했다. 왠지 동생과 린의 공통점이 생긴 것 같아 휘의 눈썹이 꿈틀거렸다.

"린 님, 저 그것도 먹어 봐도 돼요?"

왠지 모를 거리낌은 동생이 린이 먹던 다른 종류의 탕후루를 달라고 하자 더욱 커졌다.

"그럼요, 자 이걸……. 어머 휘 님!"

기꺼이 자신의 남은 탕후루를 주려던 이린이 깜짝 놀라 소리를 질렀다. 순식간에 이린의 탕후루를 입안에 넣어 버린 휘는 입안을 감싸는 단내에 미간을 찌푸렸다.

"형님……."

"휘 님……."

자신을 부르는 목소리에 입에 착착 감기는 단것을 꿀꺽 억지로 삼켜 버린 휘가 눈을 떴다. 원망스러운 눈동자 두 개가 응시하고 있었다.

"흠……. 둘 다 하나씩 더……. 사 줄게."

겨우 네 살밖에 되지 않은 동생을 대상으로 스스로 생각해도 정말 어이없는 행동을 했다는 걸 알지만, 그래도 몸이 먼저 움직였다.

다시 사 준 탕후루를 손에 쥐고 축제를 구경하기 시작한 두 사람을 바라보며 휘는 고개를 저었다. 현을 데리고 나온 것은 충동적이었다. 딱히 축제라는 것을 알지도 못했지만 황궁 밖을 데리고 다니며 넓은 세상을 보여 주고 싶었다.

경서방에 가기 싫다 하여 숨어 있는 어린 동생을 보니, 누구보다 외로웠던 어린 시절이 떠올랐다. 현에게는 어미도 있고 누이도 있을 터였지만, 그래도 외로움은 손에 잡힐 듯 공감할 수 있었다.

린이 외출했다는 이야기에 아쉬웠지만 차라리 잘되었다는 생각도 들었다. 아이의 천진난만함으로 혹 린에 대한 말이 새어 나갈까 두렵기도 했다.

그래도…….

우연이기는 하지만 여인의 모습으로 치장한 린을 보니 기분이 한결 가벼워졌다. 작은 아이의 손을 잡고 구경시키는 모습을 보니 언젠가 미래의 저러한 모습을 보게 된다면 얼마나 따스할까……. 하는 생각도 들었다.

그렇게 축제를 구경하던 중 지쳐 나가떨어진 현을 휘가 직접 업었다. 잠든 와중에도 좋은 꿈을 꾸는지 방긋 웃는 현에게 모포를 덮어 준 린이 피식 웃었다.

"왜 웃지?"

"음……. 생각보다 자상해서요."

"……귀여운 아이야. 아직 아무것도 몰라서 안타깝기도 하고……."

그 말에 린은 고개를 끄덕였다.

이름에서 린도 짐작했지만 현은 현 황후의 소생이었다. 휘를 위협할 수 있는……. 다만 휘의 자질이 워낙 뛰어나고 현이 어리기 때문에 부각되지 않을 뿐이지, 충분히 위협적인 존재였다.

"여긴 어떻게 왔어요? 축제 알고 나온 거예요?"

"요 녀석이 농땡이 치고 있길래 나와 봤어."

"잘했어요, 휘 님에게도 휴식은 필요하니까."

그 말에 휘가 피식 웃었다.

"왜 웃어요?"

"일 중독자 입에서 그런 말을 듣다니……. 린이야말로 휴식이라곤 없잖아."

그 말에 린의 볼이 붉어졌다. 그녀 스스로 생각하기에도 쉼 없이 달려온 세월이었다.

"첫, 그보다 이쪽으로 와 봐요. 아직 안 들어가도 되지요?"

"뭐 상관없어."

그가 사라진 것이야 워낙 자주 있는 일인지라 주변에서 알아서 처리하겠지만 현은 달랐다. 하지만 모처럼 아름답게 치장하고 환하게 웃는 린이 너무 어여뻐 황후의 잔소리는 감당하기로 한 휘가 순순히 린을 따라갔다.

이윽고 린이 휘를 데리고 간 곳은 한적한 공터 뒤 커다란 나무였다.

"여긴……."

"이곳이 명당이에요. 올라갈 수 있지요?"

아이까지 뒤에 업은 데다가 나무 높이가 꽤 높았지만 못 올라갈 높이는 아니었다. 휘는 고개를 끄덕이다가 조심스레 한편에 현을 내려놓았다. 꼼꼼히 모포로 싸는 모습에 린이 고개를 갸웃했다.

"현 님은 왜……."

"잠시 실례."

짧은 말과 함께 린을 안아 올린 휘의 몸이 나무 위로 솟구쳤다.

"꺄악."

짧은 외마디 비명과 함께 올라간 린이 순식간에 바뀐 풍경에 멍했다가 미간을 찌푸렸다.

"갑자기 이게 뭐 하는 거예요."

"이게 더 나을 거 같아서. 앗 저기."

무어라 린이 따지려는 순간 무언가 터지는 소리가 들려왔다. 두 사람의 고개가 맞추기라도 한 듯 동시에 돌아갔다.

마치 이번 축제의 대미라는 것을 알려 주기라도 하듯 커다란 폭발음과 함께 아름다운 폭죽이 하늘을 수놓고 있었다. 크기는 물론이고 모양도 가지각색이라 단연코 사람들의 시선이 집중되었다.

"저건……."

"이번에 만화점에서 특별히 들여온 불꽃이에요."

"이걸 만화점에서?"

"저기 머나먼 서역에서는 이런 불꽃을 축제 때 터뜨리곤 하더라고요. 힘들게 구해 왔어요."

"꽤 비싸겠는데?"

"그럼요. 비싸기도 하지만 물에 약해서 들여오기도 힘들었어요. 보관도 힘들고……."

"그 힘든 것을 왜……."

축제 때 쓰는 것일 테니 분명 무상일 것이다.

"요즘처럼 힘들 때……. 사람들이 축제를 즐기며 힘든 일을 한시라도 잊기를 바랐으니까요."

힘든 시기일수록 사람들의 입가에서 웃음이 사라진다. 폭죽이 그 웃음을 찾아 줄 수는 없겠지만 잠시라도 웃으며 어울리길 바랐다. 언젠가 찾아올 희망을 꿈꾸길 바랐다.

그 말에 휘의 눈동자가 따스해졌다.

"린은……. 나로 하여금 항상 뒤돌아보게 해."

"네?"

"내가 잘하고 있는지, 부족한 건 없는지……. 항상 시험받고 있는 기분이랄까?"

시험이라는 말에 린이 당황했다. 순간 나무 위라는 것도 잊고 버둥거리자 순식간에 몸이 기울었다.

"아앗."

기우는 린의 몸을 안아 올려 무릎에 올린 휘가 피식 웃었다.

"고맙다는 얘기니까 당황하지 마."

"고맙……다고요?"

"그래. 내가 잘하고 있는지 다시 한번 돌아보게 되고. 앞으로 어떤 황제가 되어야 할지……. 린이 나를 깨우쳐 주거든."

그 말을 하는 휘의 눈동자가 더할 나위 없는 기쁨과 따스함으로 가득해 린은 문득 눈물이 날 것만 같았다.

"왜 그래?"

순식간에 린의 눈가가 촉촉해지자 뭔가 잘못한 건가 싶은 휘가 다급히 물었다.

"아니, 그냥……. 그렇게 말해 준 사람…… 처음이라……."

고마웠다.

만화점이라는 커다란 사업체를 이끌고 있는 린이지만, 여인의 몸으로 쉽지 않은 일이었다. 아닌 척해도 린이 어리다는 이유로 얕보는 이들이 수도 없이 많았으며 그녀의 재산을 탐하기만 했다.

린을 그저 린으로서 보아 주는 사람은 손에 꼽을 정도였다. 그건 서화국뿐 아니라 이곳 진천국도 마찬가지여서 휘가 보여 주는 믿음과 따스함은 자신이 걸어온 길이 결코 헛되지 않음을 증명해 주는 것만 같았다.

"린은 내가 본 이들 중 가장 현명한 사람이야. 그런 린이…… 난 쭉 옆에 있어 주었으면 좋겠어."

휘의 급작스런 말에 린은 잠시 아무 말도 하지 않았다. 직접적으로 말하지 않았으나 냉정하기 그지없다는 황태자가 보이는 따스함은 그의 마음을 짐작하고도 남게 만들었다. 다만 인정하기 두려웠을 뿐이다.

"나는…… 두려워요……."

"뭘 두려워하는지 알아. 사실 린을 생각한다면…… 이대로 물러서는 게 맞겠지."

그 말을 한 휘는 물끄러미 린을 바라보았다.

"하지만 나 진명휘는…… 욕심이 너무 많아서…… 린이 너무나도 욕심나."

이 여인의 총명함뿐 아니라 사랑스러움, 연약한 모든 모습이 어여뻤다. 언제부터 이런 마음이었는지는 모르겠으나 분명한 것은 이대로 놓아줄 수 없다는 것이다.

"난…… 그렇게 현명하지 않아요."

"글쎄. 하지만 세상에 이토록 사랑스러운 사람이 또 있을까."

방울 맺힌 린의 눈가를 쓸며 휘가 입을 열었다.

"나는 린이 뛰어나서 은애하는 게 아니야. 그저…… 내 옆에서 나와 함께 걸어갈……. 동반자로서, 은애하는 여인으로 있어 주길 바라."

그 말에 린의 눈물이 흘러내렸다. 방울방울 흘러내리는 눈물이 멈추지 않고 흘러내리자 휘가 품에서 수건을 꺼내 닦아 주었다.

"이렇게 눈물 많은 모습조차…… 내게는 너무나도 사랑스러워. 그러니…… 그저 옆에만 있어 주면…… 안 될까?"

세상에서 가장 높은 이가…….

혹시라도 그녀가 거절하면 어떻게 하나 살피는 모습에 린은 더 이상 아무 행동도 하지 않을 수 없었다. 언제부터인지 모르겠지만…… 휘는 그녀에게도 떼어 낼 수 없는 사람이었다.

"나…… 당신 옆에 서도…… 만화점을 포기할 수 없어요. 그곳은 내 전부예요."

"당연하지. 린이 얼마나 힘들게 이루었는데……. 직접적으로 다 나서진 못하겠지만…… 그곳은 린의 것이야."

그 말에 린이 미소 지었다.

"나 서화국 사람인 거 알죠? 그리고 진천국 귀족이 아니라 반대하는 이들도 많을 거예요."

"서화국 규수인데 무슨 상관일까. 혹 귀족이 아니라도 걱정할 것 없어."

말이 서화국의 귀족이지 진천국 내에서 반대할 이는 무척 많을 것이다. 하지만 휘는 그녀의 의사만이 중요하다는 듯 응시하고만 있었다.

"그럼…… 나와 혼인……해 줄 거야?"

린은 조심스레 고개를 끄덕였다.

"고마워 린. 앞으로 웃는 날들만 가득하도록 해 줄게. 날 믿어 줘."

그 말에 린은 왠지 자꾸 눈물이 흘러내렸다. 눈물샘이 고장이라도 난 듯 눈물이 멈추지 않았지만 입가에선 미소가 떠나가질 않았다.

"고마워요, 휘. 나도 휘를 행복하게…… 해 줄게요. 다른 건 몰라도 그것만큼은 약속할 수 있어요."

눈물방울 맺힌 눈동자가 얼마나 사랑스러운가.

고집스런 입매도 웃으면 휘어지는 눈꼬리도 어느 하나 사랑스럽지 않은 구석이 없었다. 휘의 인영이 조심스레 린에게로 다가섰다. 점차 가까워지는 휘의 눈동자를 바라보던 린 또한 조용히 눈을 감았다.

아직 아무것도 확실하지 않고 해결해야 할 문제들도 많았지만……. 행복이 눈앞으로 다가오는 것만 같았다.

6장

진천국은 한 가지 사실로 떠들썩했다.

삼삼오오 사람들이 모이는 곳이면 한 가지 이야기로 꽃을 피우곤 했다. 바로 국혼 이야기였다. 수년 만에 생긴 황실 행사이기도 했지만 백성들의 신망을 받는 태자의 비를 맞이하기 때문이었다. 그리고 그 태자비의 신분으로 이야기꽃을 피우곤 했다.

"아이고, 태자 전하께서 드디어 비를 맞이하시는구먼."

"그러니까 말여. 부디 태자 전하를 잘 보필하셔야 할 텐디."

"그나저나 자네들 아는가."

한 사내가 속삭이는 말에 다들 아닌 척하면서도 귀를 기울였다.

"아 글씨, 황태자비 전하께서 만화점의 주인이시랴."

"그게 참말이여?"

아닌 척 사람들의 관심이 자신에게로 쏠리자 사내가 자신이 아는 바를 떠벌리기 시작했다.

"아, 내 사촌 형님이 궁에서 일하시잖어. 근디 그분 말이 황태자비께서 만화점의 주인이란 얘기가 있으시다."

"만화점? 거기 주인은 사내 아니었남? 내가 잘못 알고 있는 거여?"

"아니여, 알고 보니 거기 주인이 남복한 여인이었드만."

"아이고 대단하네 그려. 전에 보니 나이도 어리던데 여인의 몸으로 그 커다란 상단도 이끌고……."

한 사람의 말에 다른 이가 옳다구나 고개를 끄덕였다.

"그러니까 말여. 능력도 있는데 마음씨는 또 어찌나 고운지…… 자네들도 알지 않은가. 내가 전에 큰 빚을 져서 죽을 위기에 처했을 때 어떻게 도와주었는지……."

만화점은 백성들에게도 고마운 곳이었다. 모든 불합리함을 없애 줄 수는 없었지만 적어도 만화점의 시선이 닿는 곳은 평화로워졌다.

얼마 전 사채업자에게 빚을 져서 곤란에 처했던 이를 도와준 이도 만화점이었다. 법조차 알지 못해 원금보다 더 큰 이자를 낸다는 것이 잘못되었다는 것도 모른 채 하루하루 죽어 가던 이들을 도와주었다.

"그려. 우리 딸내미가 만화점 지점에서 일하고 있는데 그 덕에 살림살이가 아주 피었다니까. 어찌나 고맙던지……."

"맞어, 맞어. 우리 같은 나이 많은 이들도 일거리를 주고 살펴 주시니 얼마나 고맙던지……."

삼삼오오 만화점에 대한 고마움을 이야기하던 백성들의 얼굴에 언뜻 그늘이 졌다. 그들이 생각하기에도 일개 상인이 장차 나라의 안주인이 될 황태자비가 된다는 점이 걱정되기도 했던 것이다.

하지만 그것과는 별개로 상인의 신분으로 황태자비가 된다는 점에 내심 기대가 되기도 한 것이다.

"뭐 확실한 건 아니지 않을까? 높으신 어른들께서 상인을 안겯으로 삼겠어?"

한 여인의 말에 여러 사람들이 고개를 끄덕였다.

"허긴, 내가 듣기에도 좀 터무니없긴 혀. 그래도 말이지……. 그런 분이 안겯이 되시면……. 우리 황태자 전하께서 더욱 선정을 펼치지 않으실까……."

너도나도 고개를 끄덕이며 터무니없긴 하지만 황태자비가 만화점의 주인이라면 어떨까라는 상상을 하였다.

그러다 그들은 영 신빙성 없는 이야기다 결론지으며 다른 이야기를 떠들고는 했다.

확실한 건 백성들에게 황실의 경사는 큰 주목거리이자 희망의 상징이었다. 그들은 황실의 변화가 좋은 쪽이길 바랐고 조금이라도 삶이 나아지길 원했다.

한편 황태자비 간택 소식은 내심 좋은 소식을 기다리던 남궁연아에게는 청천벽력과 같은 이야기였다. 호가진충을 구워삶아 놓기는 했지만 어디까지나 차선책이었다.

황후를 통해 압박을 할 수 있지 않을까 싶어 황후궁에 온갖 진귀한 패물들을 바치며 겨우 알현 날짜를 잡았는데……. 그 모든 것이 허사로 돌아간 것이다.

"어찌……. 어찌 이런 일이 있을 수 있단 말입니까."

"그러게나 말이다……. 후우."

무조건 자신의 편을 들어 주는 모친에게 하소연하며 남궁연아는 눈물을 찍어 냈다. 하지만 대부인 또한 달리 방도가 없었다. 세가의 힘을 내세워 압박하고 싶지만 현 가주인 아들은 들은 척도 하지 않았고, 압박당할 만큼 황실의 힘 또한 약하지 않았다.

"연아야……. 이 어미가 좋은 혼처를 알아볼 터이니 너무 상심 말거라."

"어찌 더 좋은 혼처가 있단 말입니까. 흑흑, 전 이대로 산문으로 들어갈 것입니다."

기어이 딸이 산문으로 들어간다는 소리에 놀란 대부인이 남궁연아를 더욱 보듬었다.

"어찌 어미한테 그런 모진 말을 해. 그런 소리 말고 무어라도 먹거라."

벌써 며칠째 식음을 전폐한 딸이 안쓰러워 대부인이 미음을 손수 끓였으나 남궁연아는 눈조차 돌리지 않았다.

"그리 받아 주지 마십시오, 어머니."

처소 문이 열리고 들어온 이는 남궁세가의 가주 남궁민이었다. 평소 온화한 성품의 남궁민이었지만 그의 표정은 싸늘하기 그지없었다.

"오라버니……."

"어머니께 이 무슨 불효란 말이냐. 산문으로 들어가고 싶다면 그렇게 하거라. 내 말리지 않으마."

마지막 남은 동아줄인 양 남궁민에게 매달리려던 남궁연아는 냉정한 남궁민의 말에 눈을 크게 떴다. 하지만 그보다 빨리 반응한 것은 그녀의 어머니였다.

"산문이라니. 가주라지만 어찌 그리 말한단 말입니까."

"그게 연아의 뜻이라면 오라비로서 지지해 줘야 하지 않겠습니까."

"어찌 그리 냉정히 말할 수 있단 말입니까. 이 아이가 얼마나 바라 왔던지 알지 않습니까."

기어이 눈물을 흘리는 어머니의 모습에 마음을 다잡았던 남궁민은 잠시 흔들렸다. 그라고 어찌 마음이 아프지 않겠는가. 하나뿐인 동복누이가 행복하길 바란 마음은 그 또한 뒤지지 않았다.

그런 오라비의 흔들리는 모습에 남궁연아가 소리치듯 입을 열었다.

"네, 그래요. 당장 산문에 들어갈 것입니다. 오라버니께서도 제가 거추장스러운 듯하니 이대로 들어갈 것입니다."

"……내 이미 안 된다 하지 않았더냐. 어찌 되지도 않을 일에 마음을 써."

"되지도 않을 일이라뇨. 오라버니가 조금만 힘을 썼어도 가능했을 겁니다. 우리 남궁세가가 어떤 가문인데 그런 한미한 여식이 가당키나 하답니까."

철없는 동생의 말에 남궁민은 한숨을 쉬었다.

정세를 보는 눈이나 깊숙한 내막을 모르는 이들은 그리 생각할지 모르지만 황태자의 힘은 그들의 생각보다 훨씬 컸다. 그리고 남궁세가가 이만큼 자리 잡을 수 있었던 것도 황태자가 없다면 불가능한 일이었다.

"앞으로 황태자비가 되실 분이다. 말을 삼가거라."

"황태자비라니. 저는 인정할 수 없습니다. 그런 출신도 모르는 계집 따위……."

황태자비에 대한 소문은 많았지만 확실한 것은 없었다. 만화점 상단주라는 이야기도 있었고 이웃 나라의 공녀라는 이야기도 있었다. 그런데 확실한 점은 진천국 세도가의 딸은 아니라는 점이었다. 그러했다면 남궁연아가 모를 리 없었을 터.

"네가 아직 정신을 못 차렸구나. 안 되겠다. 당분간 별당에서 자숙하고 있도록 해라."

"오라버니!"

"어머니는 저와 함께 나서시지요."

"가주……."

동생에게 너무 냉정한 처사인 듯싶어 그를 부르는 어머니를 일별한 남궁민이 호위 무사를 불렀다.

"너희는 별당 아씨를 안전히 모시도록 해라. 알겠느냐?"

말이 모시는 것이지 감금이나 다름없었다.

"오라버니!"

"이 모든 것이 너를 위한 길이다. 다음에 밝은 모습으로 보자꾸나."

자신이 원하는 것을 위해선 잔인해지는 동생의 성품을 알기에 남궁민은 다소 강압적인 조치를 취한 뒤 별당을 나섰다. 옆에서 대부인이 무어라 하였지만 들리지 않았다.

'연아야……. 제발 이대로 있거라.'

천방지축에 결코 좋은 성정이라 할 수 없는 동생이지만 그는 동생을 아꼈다. 한숨과 함께 하늘을 바라보는 남궁민의 어깨가 무거워 보였다.

* * *

금장과 붉은 비단으로 감싸인 궁은 은근한 기대감으로 조용하면서도 소란스러웠다. 삼삼오오 모여 있는 궁인들은 말하지 않았으나 입가엔 미소가 끊이지 않았고 그건 무사들도 마찬가지였다.

존경하기 그지없는 황태자 전하의 안결이 들어온 터라 그들은 기쁜 기색을 감추지 않은 채 자신의 할 일들을 하고 있었다.

그리고 궁 안 모처, 가장 깊숙한 곳.

새신랑과 새신부의 밤을 축하해 주기 위한 휘장이 겹겹이 싸여 있는 그곳에 한 여인이 앉아 있었다. 새신부를 위해 아름답고 진귀한 것들만 모아 놓은 곳이었지만 그녀의 눈에는 들어오지 않았다.

끝나지 않을 것 같은 국혼이 끝나고 린은 성장한 차림 그대로 태자궁에 앉아 있었다. 정신없이 하루가 지나가 무슨 일이 있었는지 기억도 잘 나지 않았다. 상궁이 덕담과 함께 방에서 나간 것도 모른 채 린은 잠시간 자리에 앉아 있었다.

그의 마음을 받아들이고 혼례를 치르자 한 순간부터 마치 기다려 온 사람처럼 휘는 모든 것을 빠르게 추진했다. 도저히 한 달 안에 끝나기 힘든 일정이었지만 몰아치는 황태자로 인해 국혼이 마무리된 것이다.

정신없기는 그녀도 마찬가지였지만 휘가 최대한 준비에 관련되어서 그녀에게 손 내밀지 않았기에 조금 쉴 수 있었다.

'아버지…….'

다른 외국 사신들보다 일찍 입국한 아버지와 오라버니를 떠올리며 린은 입술을 깨물었다.

휘의 배려로 별궁에서 함께 지낼 수 있었는데, 수년 만에 이십 년은 늙으신 듯한 아버지를 보니 반갑기도 하면서 마음이 아팠다.

자식을 앞서 보낸 아픔이 얼마나 컸을지 짐작조차 하기 힘들었다.

그저 행복하게 살아 주기만 하면 된다고 마지막으로 손 붙잡던 아버지였다. 다른 사신들과 함께 인사하면서 딸에게조차 말씀 낮추지 못하는 아버지를 보며 린은 왠지 모를 슬픔에 잠겼다.

"많이…… 힘들었어?"

언제 들어온 것일까.

무거운 성장 차림으로 들어온 휘가 눈앞에 있었다. 린은 우울한 마음을 없애며 방긋 웃어 보였다.

"괜찮아요. 저보단 휘가 더 힘들잖아요."

"……거짓말쟁이."

그렇게 말하며 가까이 다가온 휘는 린의 머리에 올려져 있는 관을 내려 주었다. 하나만 내려졌는데도 한결 가벼워지는 게 얼마나 무거웠는지 짐작케 했다.

"가족들 생각하고 있었던 거야?"

"그냥…… 연세 드신 아버님 보니까……. 이런저런 생각이 들어서요."

혼례 준비를 하면서 알게 된 린의 가족사.

시대가 만들어 낸 비극이라고 할 수 있었다. 그리고 마냥 뒷짐 질 수 없는 것이 그 원인에는 그의 진천국도 포함되어 있었다.

"자주 뵐 수 있을 거야. 옆에서 챙겨 드리면 되잖아."

그 말에 린은 아픈 미소를 지었다. 이대로 서화국으로 돌아가 오지 않을 거라던 아버지의 말이 떠올랐던 것이다.

"……다시 뵐 수…… 있을까요?"

"당연하지. 내 조만간 꼭 모셔 올 테니 걱정 마."

사실 그는 혼례를 치르며 서화국에 있는 린의 가족들을 진천국으로 데려오려 했었다. 만화점이 있다고는 하나 정치적인 기반도 의지할 곳도 없는 린에게 마음 곁 한군데를 만들어 주고 싶었으나, 대쪽 같아 보이던 그녀의 가족들은 거부했다.

—황송하오나……. 제가 짐이 될 수는 없습니다.

—황태자비에겐 가족들이 필요합니다. 하니 이곳에 머무시는 게 어떻겠습니까. 이미 모든 준비가 되어 있습니다.

그의 제안에 감사해하면서도 린의 아버지는 결심을 굽히지 않았다.

—안 그래도 서화국의 한미한 가문 여식이 황태자비가 되어 말들이 많은 것으로 알고 있습니다. 누가 되고 싶지 않은 심정이니…… 헤아려 주십시오.

장인의 거절에 휘는 한숨을 쉬었다.

린의 대쪽 같은 성정이 누굴 닮았나 했더니 장인을 닮은 모양이었다.

—장인의 뜻은 알겠으나…… 린만을 생각해 주셨으면 합니다. 그녀가 이곳 진천국에 와 어떤 마음으로 살아왔는지 조금만 생각해 주신다면…… 좋겠습니다.

그 말에 서문가주는 고개를 들어 눈앞의 황태자를 바라보았다.

공녀로서 진천국으로 가게 되었을 때 큰 딸아이를 잃고 작은 딸아이마저 소식을 들을 수 없었다. 진천국으로 가던 도중 비적

떼를 만났다는 이야기를 듣고 나선 하염없이 흐르는 눈물을 주체할 수 없었다.

다행히 무사히 살아 있다는 연락이 닿았으나……. 그에게 이린은 목숨을 내어 주더라도 아깝지 않을 아픈 손가락이었다. 그 작은 아이가 머나먼 타국 땅으로 와 얼마나 고생했을지 짐작조차 하기 힘들었다.

도저히 얼굴을 마주볼 수 없어 큰아들을 보냈지만 당장이라도 달려가 보듬어 주고 싶은 심정을 누가 알았을까.

—자주 연통하도록 하겠습니다. 심려치 마십시오.

—지금은 이렇게 보내드리지만 시일 내로 모시러 가겠습니다, 장인.

장인이라는 말에 서문가주는 번뜩 황태자를 바라보았다. 누구보다 높은 위치에 있는 진천국의 태자와 혼례를 한다고 해 얼마나 걱정하였던가. 혹 후궁으로 들어가 마음고생하는 건 아닌가 얼마나 걱정했던지…….

그런데 황태자비로 당당하게 입궁한다 하였다. 물론 그도 그대로 걱정이긴 했으나, 그만큼 사랑받고 있는 것이리라. 자신만큼이나 이린의 마음을 걱정하는 눈앞의 사내를 보니 안심이 되었다.

—믿고 있겠습니다……. 불쌍한 여식 누구보다 아껴 주시리라…….

—걱정 마시고 보중하십시오. 너무 상하셨습니다.

진심 어린 걱정에 서문가주가 빙긋 웃어 보였다.

그 모습에서 이린이 보여 휘는 작게 한숨을 쉰 뒤 호위를 불러 모시게 했다.

쉬이 설득되지는 않겠지만 휘는 포기할 생각이 없었다.

"나를 믿어 린. 내가 행복하게 해 준다 했잖아."

"네, 휘를 믿어요."

잠시간 슬픈 생각은 잊고 린은 웃어 보였다. 왠지 휘의 말처럼 모든 것이 잘될 것 같았다.

"오늘은 우리에게 있어 새로운 시작을 알리는 중요한 날이잖아. 좋은 일들만 생각하자."

그렇게 말하며 휘는 린의 머리꽂이 두 개를 뺐다. 성장한 차림이 어여쁘기는 했으나 확실히 힘들고 무거웠다.

"오늘 많이 힘들었지?"

"괜찮아요. 휘가 옆에 있었는걸요."

"황후마마나 외명부 여인들은 적당히 무시하도록 해. 어차피 이름뿐인 존재들이니까."

휘의 말에 린은 고개를 끄덕였다. 하지만 마냥 무시할 수는 없는 노릇이었다. 유명무실하다고는 하나 그녀의 위로는 황후가 있었고 갑자기 들어온 황태자비를 견제하는 외명부 여인들도 있었다.

"너무 걱정 말아요. 그보다 시장하지 않아요?"

"음, 말을 들으니 시장하네. 간단히 들어 볼까?"

한 곁 탁상 위에는 황태자 부부를 위한 주안상이 차려져 있었다.

수시로 덥혀 놓았는지 아직 따뜻한 훈김이 올라오고 있었다.

"자, 일단 한 잔씩 들자."

휘가 먼저 따르며 권하자 린 또한 휘의 잔을 채웠다. 향기로운 오디 향이 입안을 감싸며 볼에서 열기가 느껴졌다. 아닌 것 같아도 도수가 꽤 있는 모양이었다.

"자 안주도 먹어야지."

입안으로 쏙 들어오는 전을 받아먹으며 린도 휘에게 안주를 집어 주었다. 아니 집어 주려 했다.

"어, 왜 이러지?"

인지하지 못했는데 손이 달달 떨리고 있었다. 당황해 어찌할 바를 모르고 있자 씩 웃은 휘가 린의 손을 마주 잡고 젓가락을 옮겨 입으로 가져갔다.

"이렇게 하면 되지."

"……고마워요."

"뭘. 우리 앞으로 이렇게 살아가자. 한 명이 힘들고 어려운 일이 있으면 다른 한 사람이 도와주고 서로 의지해 가며 행복하게 살아가자."

"네 그래요, 휘."

살짝 취기가 오르는 건지 부끄러운 건지 알 수 없으나 린의 볼이 붉어지고 있었다. 그 사랑스러운 모습에 더는 참을 수 없어진 휘가 조금 더 가까이 린에게로 다가섰다.

"우리…… 이제 정말 부부야."

조용히 다가오는 얼굴에 린은 자신도 모르게 눈을 감았다. 보듬어 주듯 부드러우면서도 절대 놓지 않겠다는 듯 격렬한 느낌에 몸이 사르르 떨려 왔지만 린은 자신을 잡고 있는 휘의 팔에서 떨어지지 않았다.

"이제…… 갈까?"

얼마나 지났을까.

말만 겨우 할 정도로 고개를 뗀 휘의 목소리에 살며시 눈을 뜨자 뜨거운 열기로 가득 찬 눈동자가 보였다. 그답지 않게 다급한 모습에 린은 대답 대신 그의 목을 끌어안았다. 그에 반응하듯 린을 안아 올린 휘는 한걸음에 침상으로 다가가 휘장을 걷었다.

부부의 첫날을 축복하려는 듯 온갖 화려한 장식과 향이 가득했지만 두 사람에게는 아무것도 보이지도 들리지도 않는 듯했다.

"린……. 사랑해. 앞으로도 지금처럼 행복하자."

"저도 사랑해요, 휘. 우리 함께 행복해져요."

그 말을 끝으로 린은 더 이상 말을 할 수 없었다. 자신을 감싸오는 뜨거운 열기를 느끼며 더 이상 아무 생각도 할 수 없게 되었다.

* * *

온갖 보배롭고 귀한 것들로 치장되어 있는 황후궁.

현 황후의 화려한 성정을 보여 주듯 황후궁은 각국의 귀한 공물들과 비단으로 감싸여 있었다. 황후의 눈길이 닿는 화원은 그 값을 헤아릴 수 없을 만큼 귀한 꽃들로 가득했으며 내실을 감싸고 있는 비단은 사라사 천으로 되어 있었다.

그 외에도 곳곳을 장식하는 도자기나 황금 장식으로 가득 찬 황후궁은 적막감이 감돌았다. 황태자의 국혼이라는 경사를 맞이해 황궁 전체가 떠들썩했지만 황후궁만은 예외였다.

그 출신이 확실치 않다고 하나 황태자가 안결을 맞이한 것은 후사를 튼튼히 한단 의미였고, 그것은 실낱같이 남아 있는 황후의 소망을 무너뜨리기에 충분했다.

"마마…… 한술만 뜨십시오, 벌써 며칠째……."

그나마 황후의 측근 상궁인 염 상궁이 곁을 지키며 무어라도 황후에게 먹이려 했지만 황후는 화려한 가조가 부러질 정도로 탁자를 긁으며 허공을 노려보고 있었다. 그야말로 오금이 저릴 정도로 기괴한 모습이었다.

"내 지금 밥이 넘어가겠는가."

"하나 마마……."

"이만 물러가라고!"

성질을 이기지 못하고 내던진 그릇이 염 상궁을 스쳐 지나가며 얼굴에 상처를 냈다. 하지만 익숙한 듯 염 상궁은 고개만을 숙였다.

"내 나가라 하지 않았나, 어?"

묵묵히 황후의 고함을 듣고 있던 염 상궁은 밖에서 들려오는 목소리에 살았다는 듯 고개를 돌렸다.

"황후마마, 손님이 드셨습니다."

손님이라는 말에 황후 또한 고개를 돌렸다. 황태자의 혼사로 정신없는 이때 그녀에게 올 이는 아비밖에 없으리라.

"아버님이신가? 어서 드시라 해라."

"그게 아니옵고…… 이조 시랑이라 하는데……."

이조 시랑이라는 말에 황후는 미간을 찌푸렸다. 아는 인물은 아니었지만 궁금함이 앞서 그녀는 주변을 둘러보았다. 다행히 던져 깨진 그릇을 제외하고는 말끔했다.

"염 상궁은 이만 나가고 손님을 들라 하라."

"예, 마마."

익숙한 듯 염 상궁이 깨진 그릇을 들고 나가자, 기다리고 있던 이조 시랑이 내실로 들었다.

"황후마마를 뵙사옵니다."

시랑이라는 직책보다 훨씬 젊어 보이는 목소리와 체구에 황후는 힐끔 고개 숙인 사내를 바라보았다.

"고개를 들라."

황후의 명에 따라 고개를 든 사내의 얼굴은 예상보다 훨씬 멀끔했다. 아니 준수하다고 할 정도였다.

"흐음, 내 그대를 모르는데 무슨 일이지?"

"이번에 호가 대인의 천거를 받아 미흡하나마 이조 시랑 직책을 받았습니다. 아름답고 우아하신 황후마마를 이리 뵈오니 가문의 영광이옵니다.”

“나를 알고 있는가?”

“호가세가의 하나뿐인 꽃으로 위명 날리실 때부터 멀리서나마 흠모하였나이다.”

훤칠한 사내의 말에 황후는 속으로 미소 지었다. 황궁에 들어와 황자를 낳긴 했으나 아직 젊디젊은 그녀였다. 지아비인 황제는 반송장이나 다름없는 상태로 누워 있었고 애초에 부부의 정도 없었다. 그러던 차에 그녀를 찬사하는 말을 들으니 기분이 좋아졌다.

“무엄하구나. 내 황후이거늘…….”

“불쾌하셨다면 송구하옵니다. 워낙 이전부터 흠모해 왔던지라…….”

“뭐 그 정도는 아니고.”

들고 있던 부채를 확 펼쳐 보이며 얼굴을 가린 황후가 사내를 자세히 살펴보았다. 자신감 있는 미소와 준수한 얼굴, 마른 듯하면서도 탄탄한 몸매. 왠지 얼굴이 달아오르는 듯해 황후는 어색한 손짓으로 부채질을 했다.

그런 황후의 모습에 서쪽의 꽃, 이 공자는 비릿한 미소를 머금었다.

“황후마마를 떠올리며 준비한 것들입니다. 약소하지만 성의라 생각하고 받아 주십시오.”

“흐음, 뭐 이런 것까지야…….”

약소하다는 말에 큰 기대를 하지 않고 사내가 내민 상자를 연 황후의 눈이 커다래졌다. 호가세가의 귀공녀이자 황후로서 온갖 호화로운 물건을 다 접해 본 그녀였지만 상자의 것들은 결코 범상치 않은 물건이었다.

"황후마마를 위한 선물 중 극히 일부분입니다. 부디 받아 주시기를……."

"내 그대의 성의를 보아 받도록 하겠네."

"하옵고 제가 마마를 위한 물건을 진상할 수 있도록 허락해 주시겠습니까?"

"뭐 어려운 일이라고. 앞으로 그대의 황후궁 출입을 상궁들에게 말해 놓을 테니 언제 어느 때고 입궁하도록 하라."

언제 어느 때고라는 말에 담겨 있는 황후의 음습한 눈빛에 이공자는 속으로 자조했다. 지아비가 있음에도 자신을 향한 욕망을 숨기지 않는 모습에 욕지기가 남에도 자신 또한 별다를 바 없다는 생각이 들었던 것이다.

'이화가 이런 내 모습을 본다면…….'

그의 기억 속에 영원히 살아 있는 이화.

꽃처럼 아름답고 청초하던 그녀가 스스로 스러진 뒤 그는 자신을 용서할 수 없었다. 처음에는 그녀를 지키지 못한 자신을 원망했고 이제 그 대상은 진천국을 향했다. 진천국을 파멸시킬 수 있다면 자신이 파멸한다 해도 상관없었다.

"앞으로 자주 뵙겠습니다, 마마."

미소 속에 칼날을 숨긴 채 그가 미소 지었다.

* * *

국혼을 치른 지 한 달이 흘렀다.

꿈같은 이레 동안 린은 침소에 있기도 하고 휘와 함께 별궁에 다녀오기도 하였으며 조심스레 잠행을 가기도 했다. 그것은 답답해할 린을 배려한 휘의 배려였으며 그 덕분에 린은 만화점에 들러 밀린 일을 처리하기도 했다.

황태자비가 되었기에 만화점의 일을 전처럼 세세히 돌보진 못하였기에 총관과 대표를 뽑아 업무를 대신하도록 하였다. 모두 믿을 수 있는 이들이었지만 자칫 한쪽으로 힘이 기울면 불협화음이 날 수도 있어 공동 대표에게 일을 맡겼다. 그 과정에서 이수에게 공동 대표를 제안한 것은 당연한 일이었다.

그녀는 이수가 잘 해낼 거라 믿고 있었다. 지금은 바꿔 나가는 과정이기에 공동으로 하였지만 후일 이수에게 만화점을 맡길 생각이었다.

'후우.'

린은 서안을 접으며 한숨을 쉬었다. 만화점의 일도 중요했지만 황궁의 일 또한 중요했다. 황후가 내명부 일을 맡았다고는 하나 큼직한 부분만을 신경 쓰고 있었다. 그리고 그 소소한 일들을 린이 가져오는 중이었다.

휘는 무리하지 말라고 했지만 린은 열심히 하고 싶었다. 모든 것을 다 주고 싶어 하고 아껴 주고 사랑해 주는 휘에게 도움이 되고 싶었다. 그를 물어뜯으려 혈안이 되어 있는 이들에게 책잡히지 않기 위해 익숙지 않은 황궁 예법과 현안들을 모두 익혔다. 너무나도 힘든 일이었지만 그를 위하는 마음 하나로 버틸 수 있었다.

그렇지만 가끔 자유로웠던 시절이 그립지 않은 것은 아니었다. 같은 서류를 보아도 만화점의 일과 황궁의 일은 또 달랐다. 왠지 머리가 무거워지는 것 같아 차를 한잔 마시려 그녀는 입을 열었다.

"민 상궁."

민 상궁은 그녀가 황태자비가 되면서 휘가 붙여 준 이로 현명하면서도 인자한 여인이었다.

"……."

부르는 소리에도 아무 대답이 없자 이상하게 여긴 린은 다른 이를 불렀다. 이에 어린 나인 한 명이 들어왔다.

"민 상궁은 어딜 갔나?"

"아, 그게……."

안절부절못하는 어린 나인의 모습에 린은 무언가 일이 생겼음을 느꼈다.

"소상히 고하라. 민 상궁은 어디 있고, 다른 나인들은 어디 있지?"

언뜻 건너편을 보니 대부분 어린 나인들만 있었다. 황태자비의 궁인이 민 상궁 한 명일 리도 없었다.

"그것이 지금 밖에……."

밖이라는 말에 린은 자리에서 일어났다. 민 상궁 한 명도 아니고 여러 명이 자리를 비우고 밖에 나갈 일이면 간단한 일은 아니니라.

"태, 태자비마마. 아니 그게……."

"괜찮으니 길을 열거라."

당황해하는 나인을 물리친 뒤 밖으로 나서니 왁자지껄한 소리가 들려왔다. 무언가 크게 시비가 붙은 듯해 밖이 보이는 대청으로 나가자 상궁 복장을 하고 있는 이들과 시위들도 보였다.

"무슨 일이냐."

준엄한 목소리가 울려 퍼지자 모인 이들의 시선이 한곳으로 향했다. 그리고 고개가 숙여졌다.

"황태자비마마를 뵙사옵니다."

"태자비마마, 어서 들어가십시오."

인사와 함께 민 상궁이 소리치듯 외치는 목소리가 들려왔다. 자세히 살펴보니 민 상궁은 예를 표한 것이 아니라 밀쳐졌는지 바닥에 쓰러져 있었다.

"이 무슨 소란인가?"

"황공하오나 소인 황후마마의 궁인이옵니다. 황후마마께서 태자비마마를 뵙고 싶어 서신을 보냈사온데……. 들어갈 수 없어 잠시 민 상궁을 훈육하고 있었습니다."

황후마마의 궁인이라는 말에 린은 무심한 표정으로 여인을 바라보았다. 눈꼬리가 올라가고 왠지 표독한 느낌의 여인은 의기양양한 표정으로 그녀를 바라보고 있었다. 그에 린은 신을 신고 한 발자국씩 다가섰다.

"누굴 훈육하였다고?"

"감히 제 앞을 가로막은 민 상궁을……."

짜악.

채 말이 끝나기도 전에 상궁의 뺨이 한쪽으로 돌아갔다. 어지나 세게 맞았는지 잠시 아무 말도 못 하던 상궁이 소리 지르듯 입을 열었다.

"지금 무슨……."

짜악.

또다시 반대편 뺨에서 불이 났다. 황후궁 최고 상궁인 염 상궁은 자신에게 무슨 일이 일어났는지 인지하지 못하다 두 대나 뺨을 맞았다는 사실에 분노하며 눈을 치켜떴다.

짜악.

눈을 치켜뜨자마자 또다시 뺨이 불이 났다. 더 이상 버티지 못하고 염 상궁이 자리에 쓰러지자 손을 멈춘 린이 입을 열었다.

"무슨 일인지 궁금한가?"

"그, 그러하옵니다……. 어찌 소인을……."

"감히 웃전도 알아보지 못한 상궁을 훈육했을 뿐이다. 그대가 황후마마의 궁인이라 하나 내 허락도 하지 않았는데 고개를 빳빳

이 들고 이야기를 해?"

태자비의 말에 염 상궁은 번뜩 정신이 들었다. 워낙 손이 귀하고 웃전이 없는 황실인지라 황후의 총애를 받는 최고 상궁인 염 상궁의 비위를 거스르는 이는 없었다. 심지어 선황의 후궁들조차 그녀에게 함부로 대하지 못했다. 당연히 한미한 가문 출신의 태자비 또한 같이 생각했는데…….

"마, 마마……. 제발 용서해 주십시오. 제가 죽을죄를……."

"죽을죄를 지었으면 죽어야겠지."

섬뜩한 말에 저도 모르게 고개를 든 염 상궁은 무기질적인 눈동자로 자신을 응시하는 태자비의 모습에 달달 떨리는 몸을 주체할 수 없었다.

'저건 진심이야.'

"제, ……제발…… 살려만……."

"감히 태자비에게 무례를 범한 염 상궁을 엄벌에 처해야 하나 황후마마의 궁인을 과히 벌줄 수는 없겠지. 내 아량을 베풀어 태형 20대로 감하여 주겠다."

"마마, 마마 제발 용서를……."

린의 명을 받은 군사들이 염 상궁을 데리고 사라졌다. 한바탕 소동이 일어난 주변을 돌아본 린은 몸을 일으킨 민 상궁에게 고개를 돌렸다.

"염 상궁이 이곳엔 웬일이지?"

"송구하오나 별일이 아니……."

"내가 두 번 물어야 하나 민 상궁."

"……황후마마께서 다과회의 참석을 청하셨습니다. 외명부 여인들 모두 모이는 자리이온데……. 황태자 전하께서 굳이 참석지 않으셔도 된다 하셨습니다."

민 상궁의 말에 린은 그간 있던 전갈을 휘가 막았음을 짐작할 수 있었다.

"지금이 처음은 아닐 테지?"

"……."

민 상궁의 침묵에 린은 고개를 끄덕였다. 휘의 품은 따스하고 안온해서 나오고 싶지 않았지만……. 그녀가 현재 살고 있는 곳은 전장보다 더 치열하고 피비린내 나는 곳이었다. 그런 곳에 휘 혼자 두고 싶지 않았다.

"초대 시각은 언제지?"

"……익일 오시이옵니다."

"그래. 어른이 초대하시면 응하는 것이 도리겠지. 민 상궁은 들어오도록 하라."

그 말과 함께 궁으로 들어서는 황태자비를 바라보며 민 상궁은 걸음을 옮겼다. 궁으로 들어오기 전 교육을 맡았던 상궁에게서 더할 나위 없이 뛰어나시다는 이야기를 들어 왔고 그간 모셔 오며 알고는 있었으나 새삼 다르게 보였다.

온화하게 지내 온 지난 모습이 거짓말처럼 매섭게 아랫사람을 단속하는 모습이 더는 연약해 보이지 않았다.

이윽고 처소에 좌정한 린은 구비되어 있는 자신의 찻잔을 채운 뒤 민 상궁을 불렀다.

"그래, 몸은 좀 어떠하지?"

"아무렇지도 않사옵니다, 마마."

"태자 전하께서 나를 배려하시어 그런 결정을 내리신 줄은 알고 있다. 하나 마냥 피할 수만은 없다는 걸 민 상궁 또한 알고 있을 터."

그 말에 민 상궁은 아무 말 하지 않고 고개를 숙였다.

"다음 날 황후마마께 가려면 선물이라도 준비해야겠구나. 민 상궁은 만화점에 기별을 넣어 급히 내가 말한 것들을 준비하라 이르라."

"예, 마마. 명을 받들겠나이다."

"하고…… 그대는 나의 사람이다. 황태자 전하의 명이 계시더라도 나에게 속한 사람임을 잊지 말도록."

그녀의 말에 읍하며 민 상궁이 나가고 잠시 아무 말 없던 린은 창밖을 바라보았다. 염 상궁이란 여인이 방자하긴 했으나 매질을 할 정도는 아니었는데 과하다는 생각이 들었다. 하나 곧 고개를 저었다.

이 모든 것은 기선 제압일 뿐이었다.

'그래……. 이곳에 들어온 이상 어쩔 수 없는 일이지…….'

줄어들지 않는 찻물을 바라보는 린의 표정이 서글퍼 보였다.

* * *

황궁의 소문은 바람보다 더 빨라 황태자비궁으로 찾아가 오만 방자하게 굴던 염 상궁이 태형을 당했다는 소식은 일각도 지나지 않아 곳곳에 퍼져 있었다. 그리고 가장 먼저 소식을 접했다 볼 수 있는 조운은 업무를 처리하고 있는 황태자에게 달려왔다.

"하하, 제가 태자비마마께서 보통이 아니신 줄은 알았지만 정말 대단하십니다."

이미 소식을 들은 휘가 언짢은 눈으로 조운을 바라보았다. 영문을 모르는 남궁민만이 고개를 갸웃할 뿐이었다.

"자네 무슨 일인가?"

"자네는 아직 모르나 보군. 글쎄 그 방자하던 염 상궁이 태자비마마께 혼쭐이 났다는구먼."

"태자비마마께?"

"그래. 내 그분이 마냥 얌전한 분이 아니라 여겼지만 그 정도로 화끈하실 줄은 몰랐다네. 전하, 역시 전하께서 선택하신 분입니다."

웃으며 칭찬하는 조운의 목소리에 더는 침묵할 수 없다 여긴 휘가 머리카락을 쓸며 그를 노려보았다.

"이제 그만하지."

"뭘 그러십니까. 사실 싸고돈다고 될 일도 아니지 않습니까."

누구보다 황태자 곁에 있던 조운인지라 그간 황태자가 자신의 안결을 얼마나 싸고돌았는지 잘 알고 있었다.

"……그러라고 데려온 게 아니야."

"어쩔 수 없습니다. 냉정하지만 그것이 전하 곁에 선 분의 운명 아니겠습니까."

그 말에 휘는 날카롭게 조운을 노려보았으나 더 이상 말하지는 않았다.

"음……. 내가 제대로 이해했다면……. 태자비께오서 황후궁의 상궁을 혼쭐내셨단 말이지?"

"그렇다네. 역시 대단하셔."

"연약해 보이는 분이셨는데……."

"크큭, 그 오만한 염 상궁이 찍소리도 못 내고 제압당했으니 얼마나 대단하신가……. 내 바로 옆에서 보지 못한 것이 아쉬울 뿐이네."

"이제 그만."

영 심기가 좋지 않은 휘가 조운을 말렸다. 안 그래도 린의 소식을 듣고 걱정스런 마음에 심기가 어지러웠던 차였다.

"한데 전하, 태자비궁에 가실 줄 알았는데……. 어찌 여기 계십니까?"

그런 소식이 들리자마자 명휘가 태자비궁으로 향할 줄 알았던 조운이었다. 그저 남궁민과 이야기를 나누고자 온 것이었는데 의외로 황태자가 있던 것이다.

"태자비에게서 서찰이 왔다. 부화뇌동하지 말라고 하더군."

"푸하하하. 정말이십니까! 역시 태자비마마십니다."

"후우."

내명부의 일이니 자신을 믿어 달라는 린의 전갈에 당장이라도 찾아가 보듬어 주려 했던 휘는 잡히지도 않는 일거리를 찾는 수밖에 없었다. 그녀의 말이 맞았다. 아무리 감싸 준다 해도 궁에 들어온 이상, 그의 안결이 된 이상 언젠가 겪어야 할 일이었다.

"너무 심려치 마십시오. 그렇게 약한 분 아닌 거 알지 않으십니까."

"그래. 나도 잘 알지."

'그리고 얼마나 약한지도…….'

강하게 나가면서도 마음속으로는 얼마나 괴로웠을까. 만화점을 비롯하여 윗사람으로 있으면서 누군가를 벌주기보다는 더 감싸던 사람이었다. 일견 냉정해 보이지만 그녀는 상냥했고 사람을 배려하고 존중할 줄 아는 여인이었다.

오만하기 그지없다 하나 가볍게 넘어갈 수 있던 염 상궁 건을 과하게 처리한 건 궁에서 입지를 확실히 다지기 위해 가장 좋은 방법이었기 때문이리라.

"한데 황후궁에선 내일 다과회를 연다고?"

"예, 외명부는 물론 세가의 여식들 모두 온다 합니다."

조운의 대답에 휘는 고개를 끄덕였다. 외명부와 혼인도 하지 않은 여인들을 부르는 데에는 너무 빤히 보이는 황후의 계략이 있을 터였다. 더구나 자신의 수족인 염 상궁이 상했으니 가만히 있지 않을 터.

"너무 걱정하지 마십시오. 모든 세가가 태자비마마와 척을 지지도 않을뿐더러……. 전하의 반려께서는 현명하게 대처하실 겁니다."

조운의 말에 휘는 아무 말 하지 않고 창가 쪽으로 걸음을 옮겼다. 그의 말에 동의하지 않는 것은 아니나 그 과정에서 겪을 린의 상처와 고통은 어찌 책임질 것인가.

'몰랐다고 할 것이냐, 진명휘.'

비겁하게도 이린을 곁에 두고 싶은 마음이 더 컸다. 이러한 사태와 피비린내 나는 황궁임을 뻔히 알면서도 안곁에 두었다. 태자비궁이 있는 쪽을 바라보는 휘의 눈빛에 안타까움이 묻어 나왔다.

* * *

계절을 잊은 듯 전각에는 진귀한 꽃들이 가득해 있었다. 주인이 가장 좋아하는 모란이 전체적으로 피어 있었으며 이름 모를 진귀한 꽃들이 가득했다. 린은 황후가 초대한 궁으로 들어서며 화원을 살폈다. 온실에서만 자란다는 귀한 난초도 있는 걸로 보아, 오늘의 자리를 위해 배치해 놓은 것 같았다.

"마마, 저쪽이옵니다."

민 상궁의 말에 이린은 한곳을 바라보았다. 꽤 거리가 있음에도 황금빛으로 번쩍이는 전각이 보였다.

"아름……답구나."

"황후마마께오서 화려한 걸 좋아하시어 새로 증축하셨다 합니다."

민 상궁의 말에 의하면 전 황후이자 황태자의 친모는 검소하고 조용한 이였다고 한다. 당연히 궁을 꾸미는 것에 큰 관심이 없었고, 이어 들어온 황후가 지금의 모양새로 갖추었다 하였다.

'이 화원의 꽃들만 해도……. 어마어마하겠구나.'

잠깐의 다과회를 위해 얼마나 많은 비용을 들였는지……. 속으로 한숨을 내쉬며 걸음을 옮기자 황금빛 전각이 가까이 다가왔다. 그리고 그 전각은 멀리서 보았을 때보다 훨씬 화려하다는 걸 알 수 있었다.

'기둥마다…… 보석이네. 저건 야명주고.'

저만한 크기면 어지간한 궁 한 채는 지을 수 있을 법한 야명주까지. 현 황후가 얼마나 사치스러운지 알 수 있는 부분에 린은 잠시 야명주를 바라보다 자리로 향했다.

혼례 때 잠시 보았던 황후가 상석에 자리 잡고 있었다.

"황후마마께 문안 인사 올리옵니다. 이렇듯 다과회의 초대해 주셔서 감사드립니다."

더함도 모자람도 없는 인사였다.

가볍게 고개를 숙였다 세우는 린을 보며 황후가 입을 열었다.

"오랜만입니다, 태자비. 내 몇 번 기별하였으나 미령하여 참석지 못한다 들었는데, 이리 자리를 빛내 주니 아주 기쁩니다."

"황송하옵니다. 아직 황궁에 적응을 채 하지 못한지라 예를 갖추지 못했습니다."

"……그럴 수 있지요. 자리에 앉으세요."

다소곳이 자신의 자리에 앉는 모습은 세도가 규수들보다 단정했다. 태어날 때부터 귀공녀였으며 황후로서 십수 년을 자리해 온 자신보다 기품 있어 보이는 모습에 황후는 가조에 힘을 주었다 살며시 풀었다.

이렇듯 흥분할 때가 아니었다.

"다들 황태자비에게 인사하세요. 태자비, 이쪽은 우리 진천국을 대표하는 외명부의 여인들과 세가의 여식들입니다."

황후의 소개에 외명부의 부인들과 세가의 여식들이 차례로 나와 인사를 하였다. 간단한 인사와 함께 착석한 여인들은 삼삼오오 이야기를 나누기 시작했다. 그리고 단연 중심은 황후였다.

몇몇 여인들이 황태자비에게 이야기를 붙이려 했으나, 번번이 황후에게 알게 모르게 저지되었으며 어느 순간 자리는 얼어붙은 듯 조용해졌다.

그러자 그 순간을 기다렸다는 듯 황후가 큰 웃음을 터뜨리며 입을 열었다.

"호호, 다들 아직 어색한가 보군요. 아, 태자비 이쪽은 남궁세가의 여식인 남궁연아라 하오. 알고 있소?"

남궁연아라는 말에 린은 언젠가 보았던 버릇없던 소녀를 떠올렸다.

"예, 안면 있는 사이입니다."

"호오, 안면이 있다?"

건수를 잡았다는 듯 말꼬리를 늘이는 황후의 태도에 남궁연아가 요요한 미소를 지으며 나섰다.

"제가 말씀드리겠습니다. 실은 얼마 전 좋은 비단을 구하러 만화점을 들른 적이 있사온데……. 그곳에서 태자비마마를 뵈었습니다."

"아, 그래요? 어찌 거기서 태자비를……."

"능력 출중하신 태자비께오서 다름 아닌 만화점의 주인이셔서 어찌나 놀랐던지……."

남궁연아의 말에 소문으로 긴가민가했던 여인들이 화들짝 놀랐다.

태자비에 대한 여러 소문이 있었지만 그중 하나는 만화점의 주인이라는 것이었다. 여인들의 활동이 활발한 진천국이었지만 고위 관리의 처나 세가의 여식들은 당연히 내조에 힘쓰고 있었다.

여인들의 분위기가 미묘하게 변하자 황후와 남궁연아의 입가에 미소가 떠올랐다.

"이리 칭찬을 들으니 가만히 있을 수 없군요. 민 상궁."

두 여인의 모습을 바라보던 이린이 민 상궁을 부르자 기다렸다는 듯 민 상궁과 뒤를 이어 궁녀들이 들어섰다. 그녀들의 손에는 무언가 하나씩 들려 있었으며, 물건들은 자리 잡은 여인들의 앞에 놓였다.

"이리 귀한 자리에 초대해 주신 황후마마를 비롯하여 앞으로 보게 될 여인들에게 자그마한 선물을 준비했습니다. 부디 간소하더라도 정성으로 받아 주시길."

선물이라는 말에 황후는 의아한 표정으로 눈앞의 꾸러미를 바라보았다. 생각지 못한 선물에 당황하였으나 이내 안색을 되찾은 황후가 얼마나 대단한 것이겠냐는 듯 피식 미소 지었다.

"내 태자비의 성의를 기꺼이 생각하리다."

상궁 하나가 다가와 황후를 대신하여 꾸러미를 풀었다. 그리고 고급스런 함을 열자 그곳만을 주시하고 있던 이들의 입에서 절로 감탄사가 흘러나왔다.

그건 황후도 마찬가지였다.

"이, 이건……."

"지난 대례 때 황후마마의 보관을 장식하는 청금석이 마마의 아름다움을 빛내기엔 너무 작은 것 같아 마련하였습니다. 미흡하오나 며느리의 정성이라 생각하고 받아 주십시오."

청금석이라는 말에 외명부와 세가의 여인들이 황후의 머리 위로 시선을 돌렸다.

청금석은 북쪽 극지방에서만 나는 광물로 진천국에서도 구하기 힘든 광물이었다. 세가는 물론이고 황궁에서도 작은 크기만 겨우 취급할 뿐. 그러한 청금석을 황후의 보관에 착용한 것은 황후의 권위를 나타내는 것인지라 황후는 어디서든 보관을 착용했다.

그 보관의 청금석도 작다 말할 수 없는 귀한 것인데 지금 나온 것은 그보다 두 배는 컸던 것이다.

"이, 이런 물건을……."

"제 마음이니 받아 주십시오."

차마 거절하지 못하고 청금석을 향해 손을 뻗던 황후가 감탄하는 주변 소리에 손을 멈칫했다.

"어쩜 이리 아름다울 수가."

"이렇게 커다란 건 처음 봅니다."

"만화점에 없는 물건이 없다 하던데……. 아무리 그래도 청금석이라니 정말 대단하세요."

여인들의 감탄 섞인 목소리가 쉼 없이 터져 나오자 다급히 저지하려던 황후보다 이린이 먼저 움직였다.

"부인들에게도 크진 않으나 앞으로 잘 부탁한다는 인사이니 받으십시오."

그 말이 신호라도 된 듯 여인들은 앞에 놓인 꾸러미를 풀기 시작했다. 그러자 그 안에는 작지만 분명 청금석으로 장식한 귀금속이 있었다.

"어머, 어찌 이런 귀한 걸……."

"황송합니다, 태자비마마."

"너무 아름답습니다."

순식간에 여인들의 시선과 분위기를 자신 쪽으로 끌어온 린은 미소 지으며 앞에 놓여 있는 차를 들었다.

"어마마마께서 송로차를 즐기시나 보옵니다. 수일 내로 질 좋은 송로차를 보내드리겠습니다."

"……고맙습니다, 태자비."

소매 안에 넣어 놓은 가조가 부러질 듯 주먹을 움켜진 황후가 억지로 웃는 얼굴을 만들어 냈다.

안 그래도 눈엣 가시인 황태자의 안결이었다.

그나마 타국 출신인 데다 장사치였기에 얕보고 있었다. 의례적인 초대조차 황태자의 이름으로 거절하기에 얼마나 형편없나 생각하고 있다, 심복인 염 상궁이 당한 소리에 잠을 이룰 수 없었다.

제대로 일어설 수조차 없는 염 상궁을 보니 수하를 아끼지는 않지만 자신이 모욕당했다는 생각에 단단히 벼르고 있었던 것이다.

그런데 그런 그녀를 비웃기라도 하듯 태자비는 여인들의 관심을 단숨에 끌어왔다. 그들의 눈동자에는 장사치라 깔보았던 일은 하나도 없었다.

그리고…….

눈앞의 청금석은 황후인 그녀조차 황후라는 이름과 호가세가의 이름을 빌려 겨우 구한 것이었다. 심지어 크기조차 자신의 것보다 컸다.

"앞으로 자주 보고 싶군요. 여인들끼리의 대화가 이리 즐거운 줄 미처 몰랐답니다."

다정한 태자비의 말에 황실에 호의적인 외명부와 세가 여인들이 웃으며 고개를 숙였다.

"언제든 초대만 해 주신다면 열 일 제쳐 놓고 달려오겠습니다."

"저희 또한 마찬가지입니다. 부디 초대해 주십시오."

"그래요, 내 조만간 자리를 마련하도록 하겠습니다."

자리를 마련한다 하며 린은 황후를 응시했다. 다분히 의도적인 태도였으며 황후는 억지 미소를 짓고 있었지만 그녀의 의도를 모를 리 없었다.

"……태자비가 내명부 일에 적극적이군. 아주 좋은 일이야."

"다 자리를 마련해 주신 황후마마의 은애이옵니다."

겸양을 차리면서 미소 짓는 모습에 황후는 분하지만 이번에는 자신의 패배를 인정할 수밖에 없었다. 그런 두 여인의 대치를 바라보는 남궁연아의 눈빛에도 독이 서렸다.

* * *

태자비의 거처인 민화궁.

그곳의 주인을 모시는 궁인 민 상궁은 미소 지었다. 평소 냉정하기 짝이 없는 민 상궁의 모습에 근처에 있던 다른 궁인들이 의아한 표정을 짓다 곧 짐작 가는 점이 있어 미소 지으며 말을 붙였다.

"기분이 좋아 보이십니다, 민 상궁님."

"크흠. 아닐세."

"후훗, 알겠습니다."

알겠다고는 하지만 전혀 아닌 모습에 민 상궁은 약간 민망한 표정을 지으며 입을 열었다.

"그리 보이는가?"

"그렇습니다. 한데…… 숨길 필요가 있겠습니까. 저희도 이리 뿌듯한걸요."

최소한 황태자를 10년 이상 보필한 이들로 꾸려진 민화궁의 궁인들이었다. 그만큼 충성하는 태자가 잘되길 바랐으며 새로 들어온 황태자비가 태자에게 도움이 되길 바랐다. 특히 민 상궁은 20년 가까이 황태자를 모셔 왔기에 그 마음이 더할 터였다.

"그보다 수라상은 준비가 되었는가?"

"예, 태자비마마 분부대로 준비하고 있습니다만……. 오실까요? 태자 전하께옵서."

근래 바쁜 일들이 많아 민화궁을 들르지 못했던 황태자였다. 금일도 어찌될지 모르는데 황태자비께서 오늘은 오실 터이니 상을 보라 명하셨던 것이다.

"……주인께서 명하신 것이니 당연히 따라야지 않겠는가. 혹 소홀함이 없도록……. 태자 전하."

다시 한번 아랫사람을 단속하던 민 상궁이 뒤쪽에서 나타난 황태자를 보고 깜짝 놀라 고개를 숙였다. 궁인들이 일제히 고개를 숙이고 황태자가 손을 들어 소란스러움을 막은 뒤 처소의 문을 손수 열었다.

그곳에는 그림처럼 앉아 무언가를 적고 있는 여인이 있었다. 자신의 일에 집중하는 모습이 얼마나 아름다운가 생각하며 휘는 한 걸음 다가갔다.

자신이 온 것도 알지 못했는지 고개를 들지 않는 모습에 궁인들이 발을 동동 굴렀으나, 휘는 피식 웃으며 옆자리 의자를 뺐다.

드륵.

"어? 오셨어요?"

휘는 궁인들을 물리고 자신을 바라보는 린을 품에 가뒀다. 한 손에 채 들어오지 않는 작은 몸에서 달콤한 향이 나는 듯했다.

"무엇을 하고 있었어?"

"내궁에 이를 일이 있어서요."

"벌써 내궁 일을 보고 있는 거야? 무리하지 않아도 돼."

"나름 재밌어요."

실질적으로 내궁을 관리하는 이는 황후였지만 현 황후는 자신의 세력에 도움 될 만한 큼직한 일들만 관리하였다. 그 외 소소하다 여겨지는 부분은 신경 쓰지 않아 방치된 부분이 많았다.

"어차피 황후께서 신경 안 쓰는 부분이라, 이번에 가져오려고요."

"만화점 일도 많을 텐데……."

"뭐가 많아요. 점점 일을 줄이고 있으니 걱정하지 않아도 돼요."

든든한 말에 휘는 미소 지으며 린의 손을 잡았다.

"이 작은 손이 참 야무지기도 하다."

"작다고 얕보지 마요. 후후, 그나저나 내 생각대로네요."

"뭐?"

휘가 의문을 표하기도 전에 밖에서 민 상궁의 목소리가 들려왔다.

"말씀하신 것을 들일까요, 마마."

"그래, 어서 들여라."

의문을 표하는 휘를 둔 채 들어온 민 상궁과 궁녀들이 금세 상을 차렸다. 가짓수가 과하게 많지 않으면서도 휘가 좋아하는 음식들로 가득 찬 신경 쓴 상이었다.

"이건……."

"이만 다들 물러가라."

궁녀들이 다 물러가고 나서 린은 미소 지으며 휘에게 수저를 쥐여 주었다.

"식사는 제대로 했어요? 오늘쯤이면 올 거 같아서 준비하라 일렀어요."

"어떻게……."

"휘도 나를 잘 알겠지만 나도 휘를 알아 온 시간이 있어요. 이 정도쯤이야……."

린의 말에 휘가 미소 지었다.

"나를 그렇게 잘 알다니……. 앞으로 주의해야겠는걸?"

"후후, 조심하도록 해요. 자 어서 식사해요. 요즘 제대로 먹지 못했죠?"

린의 말에 그제야 시장기가 몰려오는 듯했다. 그러고 보니 제대로 된 음식물을 언제 섭취했는지 기억나지 않았다.

"자, 일단 따뜻한 죽부터……."

린이 쥐여 주는 대로 수저를 드니 온몸이 따뜻해져 갔다. 그렇게 죽 그릇을 비우고 린이 주는 대로 식사를 하던 휘가 문득 린을 바라보았다. 휘를 챙기다 시선을 느낀 린이 고개를 갸웃했다.

"왜요? 입맛에 맞지 않아요?"

"아니……. 그냥 신기해서."

"뭐가 신기해요?"

"그냥……. 이 순간이……."

너무 좋아서.

차마 말하지 못한 뒷말이었지만 린은 알아차렸다는 듯 따뜻한 미소를 지었다. 처음 만났을 때부터 느껴 왔던 그의 외로움과 쓸쓸함이 그에 대한 마음을 깨닫고 난 뒤에는 더욱 가깝게 느껴졌다.

그 고독한 시간을 홀로 견뎌 왔을 그가 안타까워 린은 자리에서 일어나 그의 머리를 품으로 끌어왔다.

"린?"

"……가끔은 기대도 돼요. 당신도 의지할 구석 한군데는 필요하잖아요. 난 그런 사람이 되고 싶어요."

"미안해. 이번 일도……."

"그런 말 말아요. 당신과 함께하기로 했을 때부터 내 몫이었어요."

"……."

"나한테 언니가 한 명 있는 거 알죠?"

알고 있다. 어린 시절 린이 겪은 비극적인 일을. 그 일을 알고부터 마음이 아파 최대한 공녀에 관한 일을 평화롭게 처리하고 더 이상의 피해를 없애고자 노력해 왔다.

"그 언니가 그러더라고요. 은애하는 사람과 연리지라는 나무처럼 하나로 엮여 살고 하늘에서는 비익조가 되어 평생 날아가고 싶다고."

그 말을 하던 언니의 모습이 얼마나 행복해 보이던지. 시간이 흘러 언니의 모습은 흐려졌지만 행복했던 표정만큼은 기억에 생생했다.

"연리지……. 비익조……."

"네. 근데 함께 날고 엮이려면 같이 있어야 해요. 평등하게. 그래야만…… 평생 함께할 수 있잖아요."

"고맙다, 린. 하지만…… 너무 무리하지 않았으면 좋겠어. 난 널 행복하게 해 주고 싶어 혼인한 거니까."

"그럼요. 하지만 난 아무렇지도 않은걸요. 진명휘라는 사람의 안곁이 되기로 마음먹은 순간부터 이 정도쯤은 예상하고 있었다고요."

가슴을 탕탕 두드리는 린을 바라보며 휘는 오랜만에 소리 내어 웃었다. 그녀를 행복하게 해 주고 싶어 혼인한다 했지만 정작 누구보다 행복해진 사람은 그였다.

"자, 린도 어서 먹도록 해. 너무 나만 먹잖아."

린의 작은 입에 음식을 넣어 주며 휘는 행복함을 느꼈다. 이대로 시간이 멈춰 준다면…….

* * *

유리와도 같은 평화는 잠시간이었다.

급작스런 소식에 린과 만화점에서 즐거운 시간을 보내고 있던 휘는 건룡궁으로 향했다. 황제만이 머물 수 있는 건룡궁은 현재 혼수상태인 황제가 수년간 머물고 있어 그 위용과는 다르게 기괴한 분위기가 흘렀다.

진천국의 현 황제이자 진명휘의 아버지는 황제 위에 누구보다 어울리는 자였다. 총명함은 형제들 중 누구도 따라올 수 없었으며 황궁 시위 대장과 겨루어도 뒤지지 않을 무예 실력을 지니고 있었다.

거기에 적통의 혈통까지.

모든 것이 완벽한 그가 황제 위의 오르는 것은 당연한 일이었다. 그리고 모두의 기대처럼 집권 초기 그는 누구보다 훌륭한 황제였다.

그런 완벽함이 문제였을까.

어느 날부터 그는 무료함을 참지 못하고 전쟁을 시작했다. 그 시작은 변방의 오랑캐들을 정벌하는 것이었으나 어느새 무분별한 정복 전쟁으로 번져 있었다.

평화롭던 대륙은 뛰어나기 그지없던 황제의 전쟁으로 고통에 신음했으며 황제는 패전국에서 공녀까지 받기 시작했다.

그는 자신의 모든 힘을 보여 주며 십여 년에 걸친 전쟁 끝에 대륙의 절대자가 되었다. 그리고 무소불위의 권력을 아낌없이 휘둘렀다.

그런 그의 마지막 모습은 비참한 것이었다.

휘는 하얀 천으로 덮여 있는 황제의 얼굴을 바라보다 천을 치워 버렸다. 그 안에 있는 것은 어린 시절 그를 무심하게 바라보던 절대 권력자가 아닌 힘없는 노인일 뿐이었다. 누가 그의 모습을 두고 황제라 짐작할 수 있을까.

생전 그의 취향을 반영한 듯 화려하기 그지없는 처소와 아비를 한 번 응시한 그가 누군가를 불렀다.

“조운.”

“검시 결과 북부에서만 나는 희귀한 독으로 밝혀졌습니다.”

황제의 급작스런 죽음.

반쯤은 살아 있다 보기는 힘들었지만 큰 문제 없이 목숨을 이어 가던 황제였다. 중요한 문제이기에 매일같이 보고받고 있었는데 갑자기 승하했단 소식은 휘조차 짐작하지 못한 일이었다.

아니나 다를까. 독이라니…….

"특이점은?"

"전날 황후께서 드셨습니다. 다만 평소와는 달리 호위를 대동하셨다 합니다."

황후는 사이좋았던 부부였다는 것을 말하려는 듯 종종 혼수상태의 황제를 찾곤 했다. 안에서 어떤 행동을 하는지 모르지만 늘 염 상궁만을 대동했는데 이번에는 호위를 들였다는 것이다.

"호위라……."

"호위의 행방을 찾고 있으나 아직입니다."

이미 정보를 듣자마자 행동에 옮긴 조운의 말에 고개를 끄덕이며 휘는 눈앞의 사내를 잠시 눈에 담았다. 아비였던 이를 향해 살짝 고개를 끄덕이자 조운이 다가와 흰 천을 덮었다.

"이제 시작이겠군요."

황제의 서거.

이제 진천국의 혼란스러움은 당연한 일이 되어 버렸다. 태자인 그가 큰 세력을 구축하고 있다 하나 황후를 비롯하여 수많은 외척과 척신들이 움직이리라.

"폐하, 폐하 어찌……."

커다란 통곡 소리와 함께 무너지듯 침상 쪽으로 뛰어온 이는 황후였다. 급작스런 소식에 놀랐다는 듯 그녀의 머리칼은 평소와 달리 장식 하나조차 없었으며, 얼굴은 눈물범벅이었다.

자식조차 나오지 않는 눈물이 원망스러운 지아비에게 잘도 흐른다 생각하며 휘는 입을 열었다.

"황후마마, 고정하소서."

"태자, 이게 무슨 일입니까. 어찌 폐하께서……."

"……워낙 병약하시긴 하였으나 급작스러워 사인을 조사할 예정입니다."

사인이라는 말에 황후가 흠칫 몸을 떨었다. 무언가 두려워하는 듯한 표정은 찰나였으나 그것을 놓칠 휘가 아니었다.

"무슨 문제라도 있으십니까?"

"조사라 하면…… 설마 폐하의 몸에 손을 댄단 말입니까?"

"……너무 급작스럽게 승하하셨습니다. 당연히 명명백백히 밝혀 낼 부분입니다."

"흐흑. 어찌 폐하의 몸에 손을 댄단 말입니까……. 이는 있을 수 없는 일입니다. 아흐흑."

통곡하듯 눈물을 터뜨리는 황후의 모습은 지아비를 잃은 슬픈 상황과 어우러져 누구에게나 동정을 살 만한 모습이었다.

"어마마마, 괜찮으십니까."

그런 어미의 모습에 급히 달려와 보듬으려 하는 어린 동생의 모습도 동정을 더해 주었다.

"현아, 아바마마께 인사 올리거라."

휘의 묵직하면서도 다정한 타이름에 통곡하는 어머니에게 향했던 현의 눈동자가 황제에게로 향했다. 제대로 말조차 섞어 보지 못한 황제였으나 어린 현에게는 아비였다.

"아바마마……."

"현아, 우리 현이."

아비의 시신 앞에서 고개를 숙이는 아들을 바라보던 황후가 아들을 감싸 안았다.

"불쌍한 우리 현이 어쩌니. 흐흑. 우리 황자."

"어마마마……."

아들을 위한 마음만큼은 진심인 듯 황후의 눈동자가 슬픔으로 가득 찼다. 앞으로 자신과 황자가 어찌될지를 걱정하는 듯했다.

"고정하십시오, 어마마마. 국상 준비를 할 것이니 몸과 마음을 추스르십시오."

"알겠습니다, 태자. 한데 폐하의 몸에 손을 대는 것은……."

"일단 국상을 치를 것이니 추후 논의하시지요."

그 말에 황후는 불안한 눈빛을 겨우 감추며 아들을 데리고 궁을 나섰다.

"분명 무언가 있습니다."

"……그날 함께 든 호위의 행방을 반드시 찾아라."

"예, 알겠습니다."

변수라면 함께 들었다는 호위였다.

황후에게 있어서도 황제는 꼭 필요한 존재였다. 아직 어린 황자가 자라날 때까지 허울뿐이라도 황제가 필요했으니 황후는 아닐 터였다.

"그리고 대전 회의를 소집하도록. 국상과 동시에 즉위식도 준비해야 하니."

"예, 전하."

이왕 일이 벌어졌으니 한 치도 틈을 주지 않고 몰아붙여야 한다. 휘의 뜻을 파악한 조운이 고개를 숙이며 궁을 나섰다.

"국상을 치르기 전까진 누구도 들이지 말도록."

"예, 태자 전하. 망극하옵니다."

* * *

급작스럽게 소집된 대전 회의였다.

알게 모르게 퍼진 소문에 대귀족들은 한 명도 빠지지 않고 참석하였다.

"그나저나…… 소식은 들으셨소? 폐하께서…… 정녕……."

한 대신이 속삭이는 소리에 다른 대신이 고개를 끄덕였다.

"아무래도 확실한 것 같습니다. 폐하께서 위중한 것이야 하루 이틀이 아니었지만……. 이토록 급히 태자 전하께서 대전 회의를 소집한 것은 처음이 아닙니까?"

"흠……. 그 말이 사실이라면…… 논의할 것이 많겠군요."

대신들이 수군거리는 소리에 호가세가의 가주 호가진원은 미간을 찌푸렸다. 급작스러운 황제의 죽음이었다. 상태가 좋다 하진 못했지만 갑자기 죽음이라니……. 황자의 나이 이제 겨우 다섯이었다. 안 그래도 흠잡을 곳 전혀 없는 황태자인데 겨우 다섯 살짜리 황자가 당해 낼 수 있을 리 없었다.

"태자 전하 드시옵니다."

"태자 전하를 뵈옵니다."

내관의 소리와 함께 진천국의 태자 진명휘가 들어섰다. 아무 표정 없는 서늘한 모습과 절도 있는 기세에 웅성대던 신하들은 저도 모르게 압도당했다. 고개를 숙여 그를 맞이하던 신하들은 황제의 바로 아래 자신의 자리로 향하지 않고 대전 중심으로 향하는 그의 모습에 자신들이 들은 소문이 사실임을 짐작했다.

"모두 고개를 드시오."

그의 말에 신하들이 고개를 들었다. 아무 말 없이 서릿발 같은 눈빛으로 하나하나 눈을 마주치던 그의 시선이 호가진원에게 조금 더 머물다 정면을 향했다.

"오늘 그대들에게 슬픈 소식을 전하고자 하오. 다름이 아니라 황제 폐하께서 서거하셨소."

그 말에 설마 하던 신하들이 놀란 토끼 눈을 하다 자리에 주저앉았다.

"폐하……."

"폐하의 시호를 정하고 관련 청에선 국상 준비를 하도록 하시오. 한 치의 소홀함도 없어야 할 것이오."

"알겠사옵니다, 전하."

대신들의 대답에 이어, 상서령 조운이 발언했다.

"전하, 폐하의 서거는 슬프기 그지없는 일이오나, 그 전에 비워진 황위를 채워야만 하지 않겠습니까."

그의 말에 호가세가의 가주 호가진원이 크게 반발했다.

"선황께서 서거하신 지 하루도 채 지나지 않았소. 상서령은 말을 삼가시오."

"호가가주야말로 무슨 말이십니까. 국상을 치르지 말자는 것도 아니고 비워진 황위를 어서 굳건히 하자는 것인데……."

황태자 세력의 홍운세가 가주가 나서자 다른 이들도 하나둘 말을 보탰다.

"그렇습니다. 딱히 비워 둘 이유가 없지 않습니까."

"그러게 말입니다. 그리 말하는 저의가 의심됩니다."

"그 무슨 말입니까. 가주께서는 선황을 애도하는 마음에……."

다른 측근이 나서 호가가주를 두둔했지만 큰 힘은 없었다. 지엄한 황제의 자리였다. 단 하루라도 비워 두지 않는 것이 맞았고 적합한 황태자도 있는데 반대하는 것이 이상한 것이었다.

"황후마마를 모친으로 두신 11황자도 계시고……."

"그게 말이나 될 법한 소리입니까. 엄연히 적법한 황태자께서 계신데! 가주께선 역모를 꾀한다는 말씀입니까."

"아니, 내 말은 폐하께서 급작스럽게 서거하셨으니 좀 더 신중하게……."

"그러면 가주는 겨우 다섯 살짜리 황자가 황위에 거론되는 것이 맞다는 말입니까?"

"연치 어리다고는 하여도 총명하시니……."

"아마 지금 당장 무슨 일이 일어난다 해도 대처할 수 있을 만큼 총명하신 다섯 살이신가 보옵니다."

비꼬는 듯한 조운의 말에 호가진원은 주먹을 움켜쥐었다. 스스로 생각해도 말이 안 되는 소리였다. 그러함에도 무어라 말해 이 상황을 뒤집을 수 있다면 목숨을 걸어야 할 판이었다.

하지만 어느새 커져 버린 황태자의 세력은 호가세가와 황후파를 압도하고도 남음이었다. 자신을 따르는 세력이 삼분의 일 겨우 남짓한 것을 보며 호가진원이 이를 악물었다.

"국상 준비와 함께 즉위식을 준비할 것이오. 다만 최대한 절차를 간소화하여 준비할 것이오."

대신들의 논란을 보고만 있던 진명휘가 입을 열었다.

"가, 간소화라니……. 어찌……."

"나라 안팎이 혼란스러워 백성들이 힘들어하거늘 허례허식이 무에 중요하겠소. 모든 절차를 간소화할 것이니 준비토록 하라."

국상보다 즉위식 준비에 훨씬 많은 시간이 걸릴 터였다. 어떻게든 준비에 시간을 끌려던 호가진원은 간소화라는 말을 엎으려 했으나 소용없었다. 백성의 힘듦을 강조하며 스스로 허례허식을 줄인다는 황태자의 말을 거역할 명분이 없었다.

황후파들이 분노하면서도 무어라 말하지 못하는 호가진원을 바라보며 어쩔 줄 몰라 발을 동동 굴렀다. 하지만 정치의 단물만을 빨아 온 그들이 황태자파의 인재들에게 말이나 재능으로 이길 수는 없는 노릇이었다.

"더 이상 논의할 내용이 없다면 회의는 파하도록 하겠소. 혼란한 시국이지만 화합된 마음으로 잘 헤쳐 나갈 수 있으리라 믿으오."

그 말과 함께 한쪽에 자리한 황후파를 바라보는 진명휘의 눈빛이 싸늘했다.

"특히……. 호가가주의 능력을 믿겠소."

"망극……하옵니다……."

특별히 호가진원을 짚어 말하는 황태자에게 이를 갈면서도 할 말이 없는 호가진원이 읍하며 입을 닫았다.

* * *

회의를 마치고 대전에서 나오는 호가진원의 곁으로 일파들이 몰려들었으나 선불리 말을 붙이지는 못했다. 급작스러운 황제의 서거에도 정신이 없건만, 즉위라니. 완벽히 당하고 말았다.

그나마 황제의 서거를 예상이라도 했다면 황태자의 음모로 여론을 몰아가기라도 하였겠으나 불행하게도 시간이 없었다. 너무나도 급작스러웠고 물밑 작업을 할 시간도 없었다.

"가주, 너무 심려치 마십시오. 아직 시간이 있으니……."

"그렇습니다. 분명 반격의 기회가……."

몇몇 위로의 말에 듣고만 있던 호가진원이 버럭 소리를 질렀다.

"그대들은 황태자를 그리도 모르는가. 이 상태면 우리는……."

황태자 진명휘의 무서움은 다른 누구보다 그가 제일 잘 알고 있었다.

진명휘가 황후를 잃고 허울뿐인 황태자로 있을 때에도 그는 어린 황태자가 무서웠다. 압도적인 불리함에서도 자신을 밝히는 총명함과 위압감. 그 어린아이에게 불안함을 느끼고 있다는 것을 인정하기까지 얼마나 힘들었던가. 저 먼 변방으로 보내면서도 불안했고 결국 변방으로 암살자를 보내기까지 했었다.

그리고 그의 감은 무섭도록 들어맞았다. 수년 만에 돌아온 황태자는 예리하고 단단한 검이 되어 있었으니까.

"하아, 일단 이 사람 집으로……."

"가주."

호가세가로 급히 일파들을 불러 모으려던 호가진원은 자신을 부르는 목소리에 고개를 돌렸다. 얼굴이 많이 상한 염 상궁이 급한 듯 발을 동동 구르고 있었다.

"일단, 황후마마 처소로 좀……. 급히 가 주십시오."

"……알겠네. 일단 내 마마를 뵙고 서신하도록 하지. 각자 돌아가서 어찌해야 할지 고민해 보게나."

"예, 걱정 마십시오, 대감."

"그렇습니다. 이 사람들이 머리를 맞대겠습니다."

못미더운 소리를 하는 사람들을 뒤로한 채 황후궁으로 향한 호가진원은 아직 처소로 들어서지도 않았는데 들려오는 비명 소리에 미간을 찌푸렸다.

무언가 깨지는 소리와 함께 울먹이는 소리, 비명 소리가 함께 들려왔다.

"어찌 저러하시는가."

"심기가 많이 좋지 않으십니다."

염 상궁의 얼굴을 자세히 살피니 멍이 들어 있었다. 황후의 격한 성격을 잘 알고 있는 호가진원이 한숨을 쉬며 급히 황후궁 안으로 들어섰다.

"고하게."

"마마, 호가가주님께서 듭셨습니다."

"……들라 하라."

안으로 들어서자 보이는 것은 도자기 파편이었다. 호가진원으로서도 꽤 큰 값을 주고 딸에게 선물했던 도자기가 산산조각 난 모습에 잠시 아까움을 느낀 그가 딸을 불렀다.

"황후마마."

"……오셨습니까, 아버님."

그나마 손상되지 않은 탁자에 앉으며 그가 한숨을 쉬었다. 염 상궁을 향해 눈짓을 보내자 그녀가 쓰러져 있는 궁녀들을 데리고 사라졌다.

"하아, 어찌 또 이러십니까."

자주 있는 일이었지만 지금 같은 시국에는 어리광으로밖에 보이지 않았다.

"지금 한시가 급합니다, 마마께서도 알지 않으십니까."

"……."

아무 말 없는 딸을 바라본 호가진원이 한숨처럼 입을 열었다.

"마음 상하신 건 알지만 지금 때가 좋지 않습니다. 이 시기를 놓치면 저는 물론이고 마마나 황자마마도 휩쓸려 갈 수 있습니다."

"하지만……."

"저는 이만 퇴궁하여 수를 내야 합니다. 마마께서도 마음 다잡으셔야 합니다."

급한지라 딸의 마음을 대충 다독인 호가진원이 자리에서 일어났다.

"아버님, 잠시만요!"

다급한 목소리에 호가진원이 고개를 돌렸다.

"마마?"

"아버님……."

자신을 제대로 보지도 못한 채 잘 다듬은 손톱을 물어뜯고 있는 딸은 자세히 보니 얼굴이 새파랗게 질려 있었다. 단순히 제 성질 못 이긴다고 보기엔 평소와 달랐다.

"마마, 무슨 일이십니까."

심상치 않음을 느낀 호가진원이 급히 자리에 앉은 뒤 주변을 살폈다. 다행히 염 상궁을 비롯한 궁인들 모두 화를 입기 싫어 자리를 피한 듯싶었다.

"주변을 물렸으니 말씀하십시오. 무슨 일인 겁니까."

"그게……."

"이 아비에겐 숨김없이 말하셔야 합니다. 그래야 대처할 수 있습니다. 네?"

엄하게 다그치는 아비의 말에 황후는 겨우겨우 입을 열었다.

"실은……."

전일 있었던 일을 주섬주섬 늘어놓는 딸의 이야기를 들으면 들을수록 호가진원은 기가 빠져나가는 것을 느꼈다. 마치 현실이 아닌 듯, 이날 들은 일들이 저 멀리 사라져 가는 것만 같았다.

"아버님……."

화조차 내지 않는 아비의 모습에 황후는 두려움을 느꼈다. 안하무인인 그녀도 알 수 있을 정도로 중대한 사안이었다. 자신의 안일한 생각으로 일이 커져 버린 탓에 어찌할 바를 몰랐다.

"……그자는 어딨습니까?"

기나긴 침묵 끝에 내뱉은 아비의 말에 황후는 순간 무슨 말인가 싶어 대답하지 못하다 깨달은 듯 말했다. 그녀의 목소리가 떨려 왔다.

"그…… 아침부터 보이질…… 않습니다……."

"그자의 집은요?"

"사람을 보냈지만 들어오지 않았다 했습니다. 혹 들어왔을지 모르니 다시 사람을 보내……."

쾅!

"지금 그자가 다시 올 거라 보십니까!"

한 번도 제게 소리친 적 없었던 아비의 모습에 황후가 깜짝 놀라 작은 비명을 질렀다. 딸이라고는 하지만 꼬박꼬박 황후로서 대했던 호가진원이었다. 그런 그가 이런 행동을 보일 만큼 큰일이었던 것이다.

"흑흑."

"하아. 지금 눈물이 나옵니까. 이 무슨……."

말도 안 되는 상황에 호가진원이 우는 딸을 달래지 않은 채 저도 모르게 나가려는 손을 겨우 진정시켰다.

"그…… 그럼 어찌합니까. 전 그저…… 그자가 약 쓰는 것에 능숙하다 해서……."

"하아, 그걸 말이라고 하십니까. 약 쓰는 것에 능했다면 진작 데려와 폐하를 고쳤겠지요. 그리고 그자가 고칠 수 있다면 태의가 어찌 필요하단 말입니까."

그 말에 황후는 입을 다물었다. 그녀 자신이 생각해 보아도 앞뒤가 맞지 않는 말이었다. 그럼에도 그자의 말이 옳다 여기며 당당하게 데려간 것은 그녀였다.

"흑흑……. 저는…… 저는 그저……. 어찌해야 될지……."

"……마마께서 이리 어리석으실 줄 몰랐습니다. 지금 같은 상황에 어찌……."

"폐하를 살려야 우리 현아가 무사하지 않습니까. 저는 지푸라기라도 잡고 싶은 마음에……."

"하아, 그 지푸라기가 이젠 황자마마와 황후마마, 우리 세가의 목을 조르겠군요."

아비의 말에 황후의 얼굴에서 아예 핏기가 사라졌다.

“어, 어찌합니까……. 우리 현이…….”

“그자와 마마께서 황제 폐하 처소에 함께 든 것을 아는 이는 누구입니까.”

“태, 태감……과…… 궁인들……. 호위 무사들도…….”

모든 이들이 보았다고 여기면 될 터였다. 생전 처음 느끼는 절망적인 감정에 호가진원이 소리쳤다.

“도대체 생각이 있는 겁니까, 없는 겁니까. 무슨 일을 그따위로…….”

“지푸라기라도 잡고 싶었습니다!”

절규하듯 소리치는 딸의 절박함에 호가진원이 울 듯한 표정을 지었다.

“아무도 믿을 수 없고 정 줄 사람조차 없는 황궁에서…… 저라도 현아를 지켜야 한다 생각했습니다. 어리석은 줄 알지만…… 무엇이라도 기대고 싶었다 말입니다.”

“하아……. 그자는 어찌 알게 된 자입니까?”

“…….”

“숨김없이 말씀하십시오.”

“……아버님께서도 아는 이입니다. 얼마 전 소개해 주신…….”

“설마 서쪽의 꽃을 이르시는 겁니까?”

아비의 말에 황후가 고개를 끄덕였다. 설마 딸이 말하는 이가 서쪽의 꽃일 것이라 생각지도 못했던 호가진원은 몸을 부르르 떨었다. 황궁에 들어와 공작을 펼치겠다 했으나 별 진전이 없어 병력을 지원받은 것에 만족하고만 있었는데 뒤에서 이런 일을 벌이다니.

"아, 아버님. 저는 어찌합니까?"

더 이상 할 말이 없었다.

의도적으로 접근한 것이 뻔했고 물질에 약한 딸에게 많은 것들을 쥐여 주었으리라.

"일단 세가의 인원을 총동원해 그자를 잡아낼 것입니다. 그동안 황후께서는 황궁 인원의 입단속을 하십시오."

"하지만 황태자가……."

"할 수 있는 범위에서 하란 말입니다. 절대 황태자 눈에 띄지 않는 선에서요!"

절규하듯 소리치는 아비의 말에 황후는 눈물 고인 얼굴로 고개를 끄덕였다.

"저와 현아……. 괜찮……겠지요?"

그 말에 호가진원은 귀한 고명딸의 얼굴을 물끄러미 바라보았다. 어느새 한 아이의 어미가 된 딸이지만 그 세월을 느끼지 못할 만큼 고왔다. 누구보다 아끼고 아꼈던 그와 세가의 보물.

"이 아비가 최선을 다할 것이니 너무 심려치 마십시오."

"감사합니다, 정말 감사해요, 아버님."

눈물을 거두고 활짝 웃는 모습에 딸을 다독이듯 어깨를 두드려 준 호가진원이 황후궁을 나섰다. 무거운 발걸음으로 석조 계단을 내려서던 그가 뒤를 돌아 황후궁을 바라보았다.

'어찌 그랬던 것이냐……'

본디 황궁에 들어가는 것을 말렸던 호가진원이었다. 전 황후와 비교해도 딸이 황후의 그릇이 아니라는 것은 알고 있었고 무엇보다 행복해지길 바랐다.

그러나 수많은 명문대가의 정실 자리를 놔두고……. 그 많은 구혼자들을 놔두고 나이 차이도 많이 나는 황제에게 간 것은 다른 이도 아닌 황후였다.

욕심 많은 딸이라도 행복하길 바랐기에 최선을 다해 뒷바라지 했지만 이제 가문의 존폐와 딸과 손자의 목숨까지 걱정할 지경에 이르렀다.

'이젠…… 정말 방법이 없음이야……'

고개를 저으며 호가진원이 천천히 걸음을 옮겼다. 최대한 피하고 싶었지만 파멸을 알면서도 결국 시행해야 하는 길을 걷는 그의 발걸음이 여느 때보다 무거워 보였다.

7장

국상과 동시에 치러진 즉위식은 간소했다. 백성들에게 술과 음식을 풀며 즉위식을 알렸으나 그뿐이었고, 의례히 있었던 연회나 축하 사절단도 받지 않았다.

역대 한 번도 없던 간소한 즉위식에 신하들의 반발이 일자, 새로운 황제는 선황제의 급작스러운 승하를 언급했다. 암살의 가능성을 직접적으로 언급하지는 않았으나 선황제의 급작스러운 죽음의 의혹을 파헤치겠다는 황제의 선포에 신하들은 몸을 사렸다.

그만큼 선황제의 죽음은 의문점이 많았으며 그 진위 여부에 따라 피바람이 몰아칠 것이라는 예고나 다름없었다. 이에 귀족들과 대신들은 새로운 황제의 눈치를 보며 최대한 심기를 거스르지 않도록 노력했다.

하지만 고관대작들의 걱정과 달리 진천국의 전체적인 분위기는 좋았다. 백성들로서는 황태자 자리에 있을 때도 자신들을 위해 애써 주던 이가 이제 황위에 올랐으니 더욱 태평성대가 이뤄질 것이라 믿는 눈치였다.

그런 백성들의 기대에 부응하듯 새 황제는 백성을 위한 정책을 만들어 나갔고 시행할 때마다 대신들의 반대에 부딪쳤지만 소신 있게 밀고 나갔다. 어느새 귀족들을 압도할 만큼 황권은 단단한 반석 위에 서 있었다.

신 황제의 권위를 나타내듯 군기가 바짝 들어 있는 건룡궁.

대전 회의에 참석하기 위해 삼삼오오 모여들고 있는 대신들의 눈빛이 어지러웠다. 그들로선 대전 회의를 열 때마다 새로운 정책을 가지고 나오는 황제가 두려울 수밖에 없었다. 자신들의 이득이 또다시 줄거나 누군가의 비리가 드러날지 모른다는 불안감에 대전 회의 전날만 되면 대신들의 한숨 소리로 도성이 가득 찬다는 말이 나올 지경이었다.

"황제 폐하 드십니다."

그런 대신들의 심정을 아는지 모르는지 태감의 말과 함께 황제가 등청했다.

"모두 고개를 들라."

황제의 말과 함께 대신들의 고개가 들어졌다. 사위를 한 번 둘러본 황제 진명휘의 미간이 찌푸려졌다.

"내가 회의 시간을 잘못 알고 있는 것인가? 빈자리가 많군."

황제의 말에 몇몇 대신들의 낯빛이 어두워졌다. 안 그래도 회의 시간이 다 되었음에 자리가 차지 않아 걱정하던 차였던 것이다.

"호부 좌랑 말해 보라. 이들은 어디 있지?"

콕 집어진 호부 좌랑이 몸을 부르르 떨었다. 황제가 지목한 이들은 자신과 친분이 두터운 대신들이었던 것이다. 하지만 그 또한 급작스런 상황에 무어라 할 말을 찾지 못했다.

"시, 신은 모르옵니다, 폐하."

"좌상 서령은 아는가?"

"소인도 모르옵니다, 송구하옵니다, 폐하."

빈자리의 주인들과 친분이 있는 몇몇 이들이 불렸으나 그들 또한 영문을 모르기는 마찬가지였다. 족히 두 이레 만에 열리는 대전 회의였지만 그 소식을 모를 리 없는 이들이었다.

"호가가주는 알고 있는가?"

마지막으로 황제의 시선이 향한 곳은 호가세가의 가주였다.

"글쎄요, 혹 몸이 아픈 것이 아닐지…… 신도 모르겠나이다."

호가진원의 말에 황제의 미간이 찌푸려졌다. 자리를 비운 이들 모두 호가진원과 친분이 깊으며 뜻을 같이한단 사실을 모르는 이가 없었다.

"모른다라…… 대신들이 모르는 게 너무 많군, 상서령."

황제의 부름에 조운이 한 걸음 앞으로 나섰다.

"현재 신 또한 상황을 알아보고 있는 중이옵니다. 분명 회의 전달도 했으며, 참석의 답변도 받았는데……."

"상서령은 자리를 비워도 좋으니 직접 확인해 보라."

"예, 폐하 명을 받들겠나이다."

조운이 자리를 비우고 대전은 잠시 정적이 흘렀다. 칼날 같은 황제의 침묵에 대신들은 한마디도 꺼내지 못한 채 고개만 숙였다. 호가진원만이 꼿꼿이 고개를 들며 황제와 시선을 마주치고 있었다.

"이만큼의 대신이…… 자리를 비웠다라."

황제의 나지막한 한마디에 심약한 대신들이 어깨를 바르르 떨었다. 특히 평소 자리를 비운 대신들과 친분이 있던 이들은 불똥이 튈지도 모른다는 불안함에 어찌할 바를 모르고 있었다.

그러한 대신들의 반응을 보며 휘는 한숨을 쉬었다. 지금 자리를 비운 이들은 호가세가와 함께 황제와 뜻을 달리하는 대신들이었다. 그런 이들이 한꺼번에 자리를 비운 것은 절대 단순한 일이 아니었다.

그때였다.

항상 평정심을 유지하던 태감이 무언가에 놀란 듯 조심스레 황제에게 다가와 무언가를 건넸다. 고개를 끄덕이며 종이를 편 휘의 얼굴이 굳어졌다. 그 일련의 과정을 바라보던 상장군 남궁민이 조심스레 입을 열었다.

"무슨 일이십니까, 폐하."

"……전갈이다. 서쪽 변방 이민족들이 국경을 공격하고 있다 하는군."

"예?!"

황제의 나지막한 말에 깜짝 놀란 상장군과 대신들이 동요했다. 잠시 눈을 감은 채 생각을 정리한 휘가 입을 열었다.

"정책을 논하기엔 사태가 급박해졌군. 바로 군 회의를 시작할 것이니 상장군은 준비하도록 하라."

"예, 알겠습니다."

"그리고 태감은 황후를 잠시 별실로 모시도록 하라."

"예, 폐하."

상장군과 태감이 급히 자리를 비우고 옥좌에 앉아 있던 황제가 대신들을 한 번 훑어보았다.

"지금 이 상황에 이 자리에 없는 이들…… 과연 우연인지 모르겠군. 그대들은 잠시 후 이 자리에 참석할 수 있도록 그 무거운 엉덩이 놓고 있어야 할 것이오."

날카로운 황제의 발언과 함께 칼날 같은 시선이 호가진원에게 꽂혔다. 말로는 대신들 전부를 향해 내뱉지만 특정 사람을 지정하여 말하고 있는 것이다.

대신들에게 경고를 날린 뒤 별실로 향한 휘는 자신을 기다리고 있었던 듯 걱정 가득한 표정의 린을 맞이할 수 있었다.

"황후."

"폐하, 사안이 급하오니 일단 이것을 먼저."

린이 보여준 것은 간략하게 적혀 있던 아까의 문구와 달리 상세한 병력의 이동과 지역이 나타나 있는 서신이었다.

"북서쪽 국경의 만화점에서 전력의 이동이 심상치 않아 보내왔습니다. 좀 더 세밀히 살펴야겠으나 이민족의 침략이 틀림없습니다."

몇몇 서신을 꺼내어 휘에게 내밀자 빠르게 훑어본 그가 고개를 끄덕였다.

"하옵고 대전 회의에 참석치 않은 이들이 있다 들었습니다."

"그래, 호가세가를 비롯하여 나와 적대 관계에 있는 이들이지."

"상서령이 급히 대전에서 나가기에 만화점 인력을 붙여 드렸으니 금방 확인할 수 있을 것입니다."

"그래, 확인하지 않아도 거의 확실하겠지. 한데 호가진원이 대전 회의에 참석했다."

상황으로 볼 때 역모가 90% 이상 확실한데 호가진원이 참여하지 않았다라. 고양이 앞에 생선이 있는데 먹지 않는다 해도 이보다는 믿길 판이었다.

"호가세가에 붙인 정보원들을 불러들이겠어요."

린의 말에 휘가 고개를 끄덕였다. 자리를 지키고 있다 하나 내부에서 공작하는 이가 없다 말할 수 없었다.

"분명 무슨 꿍꿍이가 있을 테니 샅샅이 살펴야겠어."

"네, 걱정하지 마세요."

린의 말에 휘가 고개를 끄덕였다.

어찌 보면 자리를 비우고 있는 이들보다 아닌 척 자리를 지키고 있는 이들이 더 위험하니 꼭 필요한 절차였다. 상궁을 불러 내용을 전달하는 린을 바라본 휘가 크게 숨을 들이켰다.

"폐하, 괜찮으세요?"

그 말에 휘는 대답 없이 린을 자신의 품에 가뒀다. 급작스런 행동에 놀랄 법도 하건만 린은 자신을 끌어안는 이의 품에 고개를 기대었다. 선황제가 승하하고 대신들을 압박하기 시작하면서 언젠가 일어날 일이라 생각하고 있었으나 그보다 일찍 움직였다.

"혼인을 하자마자 너무 피곤하게 하는군. 좋은 것들만 보여 주고 싶은데."

"이 정도도 예상하지 못했겠어요, 설마. 이쯤이야 휘 곁에 있을 수 있다면 아무 문제 없어요."

다정한 말에 휘는 미친 듯이 날뛰던 심장이 가라앉는 것을 느꼈다. 향긋한 체향을 맡고 있으니 좀 전까지의 급박한 상황이 꿈같이 느껴졌다.

"다른 건 몰라도 곁에 있어 준다고 했잖아요. 걱정 말아요, 휘."

꿈결 같은 목소리를 들으며 휘는 잠시 눈을 감았다. 회오리치는 감정과 상황을 접어 두며 그는 안온한 감정에 잠시나마 몸을 맡겼다.

* * *

황제 진명휘가 반란 제압을 위해 황도를 떠난 지 사흘이 흘렀다. 홀로 침소에 들었던 린은 왠지 소란스러운 느낌에 자리에서 일어났다. 자세히 들리는 것은 아니지만 느껴지는 소란스러움에 불을 밝혔다.

“무슨 일이냐.”

그녀의 말에 수석 상궁의 목소리가 들려왔다.

“상장군께서…….”

“황후 폐하, 송구하오나 잠시 들어도 되겠습니까.”

“어서 드세요.”

고개를 숙이며 들어온 남궁민은 갑옷 차림이었다. 항상 단정하고도 침착한 남궁민에게서 느껴지는 다급함에 린은 눈빛을 가라앉히며 입을 열었다.

“무슨 일이 일어난 겁니까.”

“……확실한 규모는 파악되지 않았으나, 호가세가의 병력이 움직였다 합니다.”

“다른 움직임은요?”

“그것까진 아직……. 송구하오나 일단 호가세가의 병력을 막아야만 합니다. 마마께서 가지고 계신 인장을 내어 주시면 제가 목숨을 걸고 막아 내겠습니다.”

부복하는 남궁민을 바라본 린이 상궁에게 손을 내밀었다. 기다렸다는 듯 겉옷을 입은 린이 입을 열었다.

“호가진원의 성격상, 혼자 움직이진 않을 것입니다. 만화점의 전서구를 불러 모으고, 폐하께서 미리 얘기하셨던 병력을 궁으로 부르도록 하겠습니다."

생각보다 침착한 대응에 남궁민이 놀란 듯 린을 바라보았다.

"다른 이들은 지금 어디에 있습니까. 대책을 세워야 할 듯싶은데 동행하겠습니다."

비록 무력을 모르는 여인이나, 황후였다. 아예 아무것도 모른 채 있을 수는 없을 터. 남궁민은 생각보다 더 강단 있는 황후의 모습에 감탄하며 장군들이 모여 있는 대회의실로 안내했다.

"황후 폐하를 뵙습니다."

황제의 패를 가지러 갔던 남궁민이 황후와 함께 들어서자 장군들이 일제히 자리에서 일어났다. 예상치 못한 인물에 놀란 장군들을 일별한 채, 자리 중심으로 가서 앉은 린이 모인 이들의 면면을 바라보았다.

휘가 그녀를 위해 남겨 놓은 황제파 인물들로 가득 차 있었다.

"다들 수고가 많습니다. 치하에 대한 이야기는 조금 뒤로 미루고, 현 상황부터 듣도록 하지요."

조금 난감한 표정으로 황후를 바라보던 장군들이 고개를 끄덕이는 남궁민의 표정에 입을 열었다.

"현재 호가세가의 병력이 움직이고 있습니다. 병력 자체는 많지 않으니 황후 폐하께서는 너무 심려치 않으셔도 됩니다. 황제 폐하의 군권만 저희에게 주신다면……."

"호가세가의 병력만 움직인다 누가 확신하던가요. 다른 세가는 어떻지요?"

한 나이 많은 장군의 말을 끊은 린이 묻자 젊은 장수가 입을 열었다.

"파악하고 있는 중이오나, 오 대 세가는 황제 폐하께 충성하고 있는 이들이 대부분인지라……."

그 말에 린은 한숨을 쉬었다. 오 대 세가만 움직인다고 생각하는 점을 단순하다고 해야 할지 멍청하다고 해야 할지……. 린의 한심하다는 듯한 표정을 본 장군들이 영문을 몰라 서로 눈빛을 마주치다 남궁민을 바라보았다. 남궁민이 무어라 말하려 할 때 밖에서 소리가 들려왔다.

"말씀 중 죄송합니다만 만화점에서 전서구가 왔습니다."

"어서 들여라."

전서구라는 말에 린은 어서 사람을 들였다. 지금처럼 급박한 상황에선 정보를 빨리 모아야 이길 수 있으리라. 다급하게 들어온 시종에게서 쪽지를 받은 린의 얼굴이 굳어졌다.

"팽가가 움직였다 하는군요. 그리고 중소 세가 몇 군데가 조용히 이동했다 하고……. 명단은 장군들에게 내어 줄 테니 인근 병력들을 움직이도록 하세요."

팽가 및 중소 세가가 움직였다는 말에 장군들이 화들짝 놀라 명단을 바라보았다. 각각 따지면 크지 않지만 결코 무시하지 못할 세력이었다. 더욱이 생각지도 못한 지금 상황에서 뒤를 쳤다면…….

"지금부터 병력은 남궁 장군과 제가 의논해 직접 움직이겠습니다. 이 명단에 있는 세가와 근접한 세가, 병력에 대한 정보 모두 가져오십시오."

준엄하게 나오는 목소리에 장군들은 저도 모르게 압도되었다. 아무것도 모르는 규중 규수라 생각한 그들은 당황스러우면서도 왠지 모를 안도감에 한숨을 돌렸다.

남궁민의 설명과 의견을 들으며 장군들에게 각각 지시를 내린 린은 텅 빈 대회의실을 보며 시린 눈을 꾹 눌러 감았다.

"괜찮으십니까, 폐하."

남궁민의 목소리에 눈을 뜬 린이 그를 바라보았다. 의외의 모습에 놀란 듯하면서도 든든하다는 듯이 그녀를 바라보고 있었다.

"남궁가주께는 따로 드릴 말씀이 있습니다."

"예?"

"실은 전부터 가주의 여동생을 주시하고 있었습니다."

여동생이라는 말에 남궁민의 눈동자가 커졌다.

"기분 나쁠지 모르나 지금 같은 위험한 상황에선 바늘 하나도 조심해야 하니 말입니다."

"……지당하신 말씀입니다. 기분 나쁘지 않습니다."

동생을 끔찍이 사랑하는 자신조차 편들어 줄 수가 없는데 어찌하랴. 남궁민은 한숨을 내쉬었다.

"장군들에게 말하지 않았으나, 전서구에는 남궁세가, 남궁연아의 움직임도 같이 있었습니다."

"동생이…… 말입니까?"

"이전부터 호가진충과 은밀한 만남을 가졌습니다. 얼마 전에는 황실 행사에 참석한단 이유로 입궁했다 황태후 궁에도 출입했고요."

황태후 궁이라는 말에 남궁민은 절망스러운 표정을 지었다. 동생이 황태후 궁에 들어올 일이라면…….

"남궁연아가 더 이상 죄를 짓지 않도록 가주 차원에서 움직이도록 하세요. 제가 남궁 장군을 따로 불러 지시한 이유……. 장군이라면 알 거라 생각합니다."

"황공합니다, 폐하. 베풀어 주신 은혜에 보답하고자 노력하겠습니다."

땅에 닿을 듯 깊이 고개를 숙인 남궁민이 급히 대회의실을 나가자 린 또한 자리에서 일어났다. 그녀 또한 할 일이 있었다.

* * *

선황제의 승하 후, 현 황제가 즉위하고 황태후 궁은 언제나 적막함이 감돌았다. 황자를 낳았으나 아직 어렸고 세가를 뒤에 업고 있었으나 황제에게 대적할 정도는 아니었다. 언제 황제의 마음이 바뀌어 숙청당할지 모르는 신세…….

그게 현 황태후의 모습이었다.

그렇게 적막함만 감도는 황태후 궁에 조심스럽게 스며드는 인원이 있었다. 어둠과 일치한 듯 나타난 줄도 모르게 순식간에 사라지는 그들은 나타날 때마다 황태후 궁의 호위 무사들을 잡아챘다.

그 자신들의 목숨이 사라지는 것조차 모를 정도로 은밀히 진행된 일이었다. 그리고 교대를 위해 호위대장이 수하들을 불러 모았을 때 대장은 자신의 목을 겨눈 단도를 보고야 말았다. 그리고 그것은 그가 세상에서 마지막으로 본 풍경이었다.

"모두 정리되었습니다."

검은 복면을 쓴 이들 중 한 명이 한쪽 무릎을 꿇은 곳에 여인이 서 있었다. 평소의 화려한 복장을 벗은 채 장삼으로 갈아입은 린은 무심히 고개를 끄덕이며 걸음을 옮겼다.

"제가 모시겠습니다."

복면인은 황제 진명휘의 비밀 조직 중 한 곳의 수장이었다. 그들은 반란을 제압하러 간 황제가 목숨을 걸고 지키라 한 황후의 곁에서 명을 수행하다 그녀의 명을 받고 황태후 궁을 제압하러 온 것이었다.

"수고가 많았습니다. 역시 폐하의 비밀 조직답군요."

치하하는 목소리에 고개를 숙인 복면인은 새삼스러운 눈으로 황후를 바라보았다. 밖에서 장사만 하다 황제의 눈에 띈 여인이라 생각했는데 생각보다 훨씬 강단 있고 지배자로서 당당한 모습을 갖추고 있었다. 궁은 물론이고 황도 내에서 반란이 일어났음에도 전혀 당황하지 않고 아랫사람들을 부리는 모습에 절로 감탄이 일어났다.

궁으로 들어서던 린은 무릎 꿇린 채 제압당해 있는 궁인들을 일별한 뒤 복면인이 이끄는 곳으로 걸음을 옮겼다. 화려한 문 앞에 선 린은 익숙한 상궁을 향해 입을 열었다.

"태후께 말씀 전해 주게, 염 상궁. 황후가 왔노라고."

"화, 황후마마……."

달달 떨던 염 상궁은 자신을 응시하지도 않은 채 침묵하는 황후를 보며 눈을 질끈 감았다. 아직 자신에겐 손대지 않았다 하나 언제 저곳에 쓰러져 있는 이들의 신세가 될지 알 수 없었다.

"태, 태후마마……. 황후……마마 드셨사옵니다……."

채 대답이 나오기도 전에 린의 눈짓에 따라 문이 열렸다. 그리고 그곳에서 나는 역한 향에 미간을 찌푸릴 수밖에 없었다.

"황후마마, 이곳은 저희가……."

한쪽 손을 들어 수하를 저지한 린이 성큼성큼 안으로 들어섰다. 역한 향이 가득한 처소 안은 아직 채 빼내지 못한 열기로 가득했다. 약하게 한숨을 쉰 린은 왠지 소란스러운 침상 쪽을 향해 입을 열었다.

"어서 나오시지요, 태후마마."

린의 말에도 선불리 나오지 못하던 황태후는 린의 눈짓에 수하가 휘장을 걷자 그제야 허겁지겁 침상에서 나왔다. 하지만 흐트러진 옷차림과 머리 장식은 그녀가 현재 무엇을 하고 있었는지 짐작하게 만들어 주었다.

"화, 황후가 여긴 어찌……."

"……꿇려라."

그 말에 그림자처럼 시립하고 있던 이가 빠르게 움직여 황태후의 양팔을 잡았다. 발버둥 쳤지만 그녀는 어느새 내팽개치듯 꿇린 채 넘어져 있었다. 그런 황태후를 무심히 바라보던 린이 침대 휘장 건너편으로 턱짓을 했다. 곧바로 알아차린 그림자가 휘장 너머의 누군가를 내던지듯 꿇어앉혔다.

"……."

어떻게든 일어서려는 황태후와 조용히 고개를 숙이고 있는 사내를 보며 린은 잠시간 눈을 감았다. 언젠가 보게 될지도 모르지만 절대 이런 식으로는 보고 싶지 않았던 이가 눈앞에 있었다. 마음을 다잡듯 눈을 뜬 린이 황태후 쪽으로 시선을 돌렸다.

"태후마마."

"말 잘했소, 황후. 이 무슨 짓인가. 내가 이 나라의 황태후요. 내 아무리 황제의 친모가 아니라 하나 어찌……."

"지금 이 상황을 보고도 그런 말이 나오십니까."

"……이자가 나를 겁박하려던 찰나였소. 시비를 가리지도 않고 이리 무례하게 대하다니……."

"……이자와의 일은 태후마마가 아니더라도 증언해 줄 궁인들이 많을 것입니다. 그건 추후 듣도록 하고……."

"무슨……."

증언해 줄 궁인이라는 말에 발작적으로 일어서려던 황태후가 누르는 힘에 다시 넘어졌다. 그 바람에 곱게 치장한 손톱이 부러졌으나 누구도 황태후를 일으켜 주지 않았다.

"지금쯤이면…… 호가세가와 팽가를 진압하고 있겠군요……."

마치 다른 사람의 이야기를 하듯 무심히 흘리는 말에 황태후의 눈이 찢어질 듯 커졌다.

"무슨 말인지 모르진 않으시겠지요?"

"어, 어찌 네가……."

"……중소 세가를 비롯한 무리들도 빠지지 않을 터이니 너무 심려치 않으셔도 됩니다."

모든 것을 꿰뚫고 있는 황후의 말에 황태후는 바들바들 떨기 시작했다. 그녀가 알고 있기로는 아직 본격적인 거사 시작 전이었다. 그러함에도 저렇듯 모든 것을 꿰뚫고 있다면 이 일은…….

"화, 황후……."

"황태후를 냉궁으로 모셔라."

냉정하게 말한 린을 망연자실하게 바라보던 황태후가 발작하듯 소리쳤다.

"현……. 현이, 우리 현이는……."

"황자께선 전란에 휩싸이지 않도록 안전히 모실 겁니다."

"현이는 아무것도 모르는……."

"그 일은 추후 논의할 것입니다. 어서 뫼셔라."

린의 턱짓에 수하 둘이 발작하듯 소리 지르는 황태후를 끌고 사라졌다. 어떻게 해서든 아들만큼은 살리려는 모정은 진심인지 울음마저 뒤섞여 있었으나 일말의 동정심도 느껴지지 않았다.

그렇게 황태후가 사라지고 정적이 흐르는 처소에서 린은 아무 말도 없이 고개를 숙이고 있는 사내를 향해 한숨을 쉬었다. 어찌 이렇게 인연이 꼬일 수 있는지…….

"……고개를 들라."

린의 말에도 사내는 아무 말도 행동도 없었다. 그 모양새에 그림자가 강제로 고개를 올리려 했으나 린이 저지했다. 얼마나 시간이 흘렀을까. 움직이지 않을 것 같은 사내의 고개가 천천히 들어 올려지고 린을 응시했다.

"다들 물러가라."

"위험하옵니다, 황후마마."

"……어차피 묶여 있지 않나. 위험하다 싶으면 내 기별할 터이니 잠시 물러나라."

린의 단호한 말에 그림자는 잠시간 황후와 사내를 바라보았다. 그저 황태후의 내연남, 그뿐이 아닌 듯해 묶여 있는 줄을 다시금 확인한 뒤 고개를 숙였다.

"하면 문 앞에 있겠습니다."

"걱정하지 말게."

그림자와 수하들이 문 밖으로 사라지고 고요함이 내려앉은 침소에서 린과 사내는 서로를 바라보기만 하였다. 몇 년 사이 너무나도 변한 사내의 모습을 응시하던 린은 한숨 쉬듯 의자에 걸터앉았다. 반란이 일어났다 하여 지시를 내리고 회의에 참석할 때보다 더 힘든 느낌이었다.

"꼭…… 이래야만 했습니까."

나지막한 이린의 말에 사내는 아무 말도 없이 다시금 고개를 숙였다.

"……무슨…… 말을 할 수…… 있겠습니까……."

까끌한 사내의 목소리에 린은 한 번 더 한숨을 쉬었다. 눈앞의 이가 어떤 비극을 겪었는지 알고 있기에 이해해 보고 싶었지만 도저히 되질 않았다.

"그 일이 있었지만…… 가족이라 생각했습니다……. 이런 상황……. 보고 싶지 않았습니다."

린의 말에 사내, 서쪽의 꽃이라고도 불리었던 이 공자의 눈이 감겼다. 꽃향기 가득했던 그 아득한 날, 은애하던 여인의 옆에는 작은 아이가 있었다. 사랑스럽고 어여뻤던 작은 아이는 언니 치맛자락에 붙어 있으면서 당돌하게도 언니를 행복하게 해 줄 수 있냐고 깜찍하게 물었었다.

머리를 쓰다듬어 주자 아이 취급하지 말라며 불퉁해지던 통통한 볼이 마냥 귀여웠다.

"처벌해…… 주십시오. 아무 미련 없습니다."

그 말에 린은 입술을 깨물었다.

"지금…… 어찌 그런 말을 합니까……. 미련이 없다니……. 어찌 자신만 생각합니까."

참으려 해도 흘러나오는 흐느낌에 린은 주먹을 꽉 쥐었다. 흔들리는 목소리에 번쩍 눈을 뜬 이 공자는 린의 눈물에 고개를 옆으로 돌려 버리고 말았다. 여태 해 온 모든 일들이 부질없어졌다.

'이화……. 그대도 나를…… 원망할 것이오?'

하지만 여전히 말간 눈동자의 여인에게선 대답이 없었다. 슬픈 얼굴로 그를 바라보기만 할 뿐…….

"모든 것을 순리대로 처리할 것입니다……. 처벌에 있어서는……. 그 어떤 것도 저를 흔들 수 없을 것입니다……."

그 말을 끝으로 린은 사내를 옥에 가두도록 명했다. 그러고는 아무 말 없이 자리에서 일어났다.

"……이걸."

그림자가 건네는 손수건에 린은 그제야 손에서 피가 나오고 있다는 사실을 알았다.

"고맙다."

"……이만 처소로 가시지요. 피로해 보이십니다."

평소 말 없던 수하의 걱정에 린은 자신이 얼마나 피곤한 얼굴인지 알 수 있었으나 고개를 저었다. 지금 쉰다면 중요한 모든 일들을 뒤로 던진 채 당분간 일어나지 못할 것 같았다.

"황자마마는 어디 계시지?"

"태후궁 별궁에 계신 걸 발견하고 호위 중입니다."

갇혀 있다는 말에 린은 고개를 끄덕였다.

황자 현이 황위에 관심이 없다는 건 그녀도 알고 있었다. 하지만 황태후가 모반에 엮여 있는 상황에서 모든 이들이 좋게 봐줄리는 없었다. 어찌 되었든 황자가 황태후 뜻에 반하여 갇혀 있단 것이 중요했다.

"안전히 모시도록 해라, 그리고 또 연락 온 것은 없나?"

"만화점에서 전갈이 왔다 하옵니다."

"그래, 그곳으로 가지."

그녀의 만화점은 단순한 상단이 아니었다. 상단을 통해 얻지 못할 물건도 없었지만 세상의 모든 정보를 모으고 있었다. 그 체계가 이번에 얼마나 큰 도움을 주었는지…….

"황제 폐하께도 현재 상황을 시시각각 알리도록 하라."

"예, 황후마마."

곳곳에 죽어 있는 병력들이 눈에 띄었으나 린은 눈살조차 찌푸리지 않고 걸음을 옮겼다. 오히려 그녀를 모시는 상궁이 민망해할 정도였다.

"황후마마, 정리가 된 후에 이곳을……."

"지금부터 가야 할 곳은 이보다 더한 피비린내가 진동할 텐데 이것이 무슨 상관이란 말이냐."

"하오나……."

"어서 가자. 이러다 해가 저물겠구나."

아직 이날은 가지 않았다. 그녀의 싸움도 이제부터 시작이었다.

* * *

반란군과 대치하고 있는 병영 안.

다른 군 천막들과 다를 바 없는 곳이었다. 두툼한 흰 천막과 소수의 인원으로 입구 경계만을 서고 있는 천막이 황제의 처소라는 것을 알게 해 주는 점은 황제의 깃발뿐이었다. 빠르게 황제의 천막으로 다가서는 이의 얼굴을 확인한 호위병이 안으로 명을 고했다.

"폐하, 상서령 들었습니다."

"들이라."

채 말이 끝내기도 전에 들어선 상서령 조운은 산더미 같은 서류를 처리하고 있는 황제를 보고 한숨을 내쉬었다.

"폐하, 식사는 하셨습니까?"

"……간단히."

그 말에 고개를 저은 조운이 시종을 향해 손짓하자 시종이 무언가를 들고 왔다.

"이거라도 드십시오. 이러다 몸 상하십니다."

"입맛이 없군."

"이거 황후마마께서 보내셨습니다. 친히 챙기신 거니 꼭 드십시오."

황후가 보냈다는 말에 진명휘의 고개가 그제야 들렸다. 간단하지만 그가 좋아하는 음식들이었다.

"전서구와 함께 상하지 않는 것들로 보내셨습니다."

"황후가…… 너에게?"

기분 나빠 보이는 진명휘의 모습에 조운은 한숨처럼 변명처럼 입을 열었다.

"이 나라의 가장 큰 정보 조직은 저와 황후마마께서 운영하심을 누구보다 잘 알지 않으십니까."

"나한테도 보내는데 굳이 그대에게까지야……."

"폐하께야 중요한 것들만 보내시겠지요. 그 많은 양을 어찌 다 확인하십니까."

황제 스스로 생각하기에도 황후와 조운은 타당한 일들을 하는 것이었다. 이렇듯 따질 일이 아님에도 왠지 마음에 들지 않아 그는 미간을 찌푸리다 음식 쪽으로 시선을 돌렸다. 전혀 시장하지 않았음에도 황후가 직접 챙긴 음식을 보자 시장기가 돌았다.

"일단 음식부터 들어야겠군."

"어서 드십시오, 황후께서 폐하 다 드시는 모습 직접 보라 명을 내리셨습니다."

그 말에 진명휘는 저도 모르게 미소를 지었다.

"그렇게 좋으십니까? 지금 입이 귀에 걸리셨습니다."

"크흠. 아주 맛있군."

"에휴."

한숨을 쉬며 조운은 그나마 황제가 음식을 들어 다행이라고 생각했다.

황제 진명휘는 무언가에 집중하면 식사를 잊을 정도인지라 측근들은 쫓아다니며 그의 식사를 챙기곤 했다. 그나마 황궁에선 태감이라도 있지만 지금은 전장이 아니던가.

"식사하면서 들으십시오. 좀 전에 황후마마께 전령이 왔습니다."

"그대에게?"

"여러 가지 일들이 많아 저에게 보내신 듯합니다. 일단 결론부터 말씀드리자면, 황태후가 별궁에 유폐되었습니다."

황태후의 유폐라는 말에 진명휘가 자리에서 벌떡 일어났다. 유폐라는 단어 하나였지만 큰일이 일어났음을 짐작할 수 있었다.

"진정하십시오, 폐하."

"황후는?"

"여기 서신입니다."

급히 황제에게 온 서신을 건네자 낚아채듯 서신을 펼친 진명휘의 기세가 점점 가라앉았다. 황제께서 흥분하지 않을까 걱정된다며 서신을 따로 준 황후마마의 혜안에 감사하며 조운이 입을 열었다.

"이제 좀 진정하셨습니까?"

"움직임이 있었나?"

자신의 질문에 답하지 않고 자리에 앉은 진명휘의 질문에 조운은 안심했다.

"다행히 황후마마께서 적절히 그림자와 무장들을 이용해 초기에 진압하셨습니다."

"황후는 괜찮은 거겠지?"

"걱정 마십시오. 서신으로도 보셨지만 아무 이상 없으시다 합니다."

이상 없다는 말에 휘는 미간을 찌푸렸다. 비록 서신을 받긴 했지만 그가 아는 린은 아무리 아프고 힘들어도 힘들다 말하지 않는 사람이었다. 거기에다 그가 준 직책까지 있어 더더욱 자신의 마음을 숨길 것이다.

"제 수하에게도 들었으니 걱정하지 마십시오. 털끝 하나 다치지 않으셨답니다."

그런 휘의 마음을 들여다본 듯한 조운의 말에 진명휘는 고개를 끄덕였다.

"황후가 잘해 주었군."

"그러게 말입니다. 솔직히 황도를 비우면서도 걱정했는데……. 마마께서 능력이 참으로 뛰어나십니다. 노장군들도 칭찬이 자자하더랍니다."

반란을 진압하러 가면서 황도를 걱정하지 않았다면 거짓이었다. 눈 가리고 아웅일 뿐이지 태후의 호가세가가 반란을 일으켰다는 것을 모르는 이는 없을 터. 급박한 와중에 호가세가를 옭아맬 증거가 없어 태후를 잡아 둘 수가 없었던 것이다.

그렇다 해서 참모인 조운을 남겨 두고 갈 수도 없었다.

"무리하면 안 되는데……."

"황도는 황후마마께 맡기시고 폐하께서는 이쪽을 다잡아 주시면 됩니다."

"……그래. 내가 하루라도 빨리 가는 게 가장 좋은 방법이지."

말과 함께 자리에서 일어난 휘는 막사 천막을 걷었다. 어느새 어두워진 진영에는 보름달이 휘영청 떠올라 있었다.

"벌써 저 달을 몇 번째 보는지 모르겠군."

황후가 아닌 아내로서 곁에 있어 주길 바랐다 하면서도 결국은 린을 옭아매고야 만 자신이 한심스러웠다. 태자비일 적에도 린을 힘들게만 했던 자신이 아니던가.

"이제 얼마 남지 않았습니다. 슬슬 정리되어 가고 있지 않습니까."

애초에 최소한의 희생으로 진압하고자 하지 않았다면 길어지지도 않았을 전쟁이었다. 반란군이라고는 하지만 모두 그의 백성이었다. 수뇌부들이야 어쩔 수 없겠지만 말단 병사들의 희생은 막고 싶었기 때문에 진압이 길어졌던 것이다.

"그래. 그런데……. 가끔 내 선택을 후회할 때가 있다."

"후회…… 말입니까?"

"한 번도……. 내가 걸어온 길을 돌아본 적 없었지만……. 단 하나의 선택만큼은 뒤돌아보게 된다."

단 하나의 선택이라는 말에 조운은 입을 다물었다. 수하인 그로서는 주군이 완벽한 반려를 맞이한 것에 다행스러울 따름이었지만 그저 한 사내로서 여인을 은애한 주군이라면 다른 마음일지도 모를 터였다.

"솔직히 저야……. 은애하는 여인을 만나 본 적 없으니 할 말은 없지만……. 황후마마께서는 이해해 주지 않으시겠습니까. 능력도 출중하시고…….”

“그래, 이해야 하겠지.”

아무렇지도 않게 웃으며 그를 따스하게 안아 줄 여인이다. 그 아무렇지도 않을 모습이 안타까웠지만 당장 그가 해 줄 수 있는 일은 없었다.

“유독……. 밤이 길군.”

“이런 날일수록 좋은 술이 필요한 법입니다. 안 그래도 황후마마께서 준비해 준 것이 있으니 어서 가시지요.”

“뭐? 황후가 술을 준비했다고?”

“옙, 이럴 때를 대비하여 챙겨 주셨습니다.”

“술 말고 다른 게 있다면 지금 얘기해, 조운. 그러면 더 이상 죄는 묻지 않겠어.”

“아, 없습니다. 이제 정말 없습니다.”

손사래 치는 조운을 노려보며 휘는 조만간 조운의 처소를 뒤져봐야겠다고 생각했다.

* * *

진천국의 수도 예하란.

반란군의 진압으로 흩어졌던 어수선한 민심을 잡기 위해 축제가 열렸다. 다행스럽게도 반란군에 가담했던 이들 중 죄의 질이 크지 않거나 일반 병사들은 다시 생업으로 돌아가게 한다 하여 분위기는 무겁지 않았다.

몇 해간 지속된 풍년과 만화점에서 자발적으로 내놓은 보급책으로 수도 백성들은 물론 진천국 전 백성들도 축제를 즐기게 되어 있었다.

반란군에 가담한 수뇌부들이나 타 왕국에 대한 문제들이 산적해 있었지만 국민들은 혼란이 끝난 것을 즐거워하며 시간을 즐겼다. 그런 흥겨운 분위기에 휩쓸리지 않는 곳이 있었으나 황궁이었다.

황제의 승하를 겪기 전에는 수년간 피 냄새 나지 않았던 황궁이었지만 언젠가 이런 날이 오리란 것을 모른 이는 없으리라. 포박된 채 꿇려 있는 이들은 하나같이 살아갈 희망을 잃은 표정으로 바닥을 바라보고만 있었다.

그리고 얼마나 시간이 지났을까.

"황제 폐하 드시옵니다."

태감의 진중하지만 커다란 목소리에 군사들은 절도 있는 복식으로 고개를 숙였으며 죄인들 중 일부는 발작적으로 고개를 쳐들었다. 그중에서는 이 나라의 가장 귀한 자리에 앉아 있던 여인도 있었다.

"화, 황제. 이 무슨……. 내 비록 피는 섞이지 않았으나 그대의 어미……."

"포박하지 않는 것만으로도 예를 갖췄습니다. 하나 이처럼 행동하신다면 제 인내심이 언제까지 지속될지 모르겠군요."

그 말에 태후는 입술을 깨물었다. 단장하지 못해 꽉 쥔 손바닥에서 손톱이 부러졌으나 그녀는 느끼지 못했다.

"앉으십시오."

묵직한 한마디에 그녀는 자리에 앉았다. 하지만 꼿꼿하게 앞을 노려보는 눈빛은 전혀 굽히지 않음을 보여 주었다.

"마마……. 황자마마를 생각하십시오."

속삭이듯 딸을 다독이는 말에 태후는 번개라도 맞은 듯 몸을 떨다 고개를 숙였다. 다행히도 이 자리엔 없는 아들이 이 치욕을 겪을지도 모른다는 생각에 그녀의 눈가가 젖어 들었다.

"모두 들어라. 그대들은 선황제께서 승하하신 혼란한 틈을 타 반역을 도모하였음에 그 죄의 경중을 따지기도 어렵다. 하여 합당한 처벌을 내리노라."

황제의 눈빛을 받은 상서령 조운이 죄목을 읊기 시작했다. 그들의 죄는 하나부터 열까지 작지 않은 것이 없었다. 그러함에도 자신의 죄를 뉘우치는 이가 없는 듯 눈가의 독기가 가득해 사람들은 혀를 찼다.

"모두 사형에 처함이 마땅하나 그 예후를 따져 황태후는 폐하여 서인으로 강등시키고 유폐하는 것으로 끝낼 것이니 은혜에 감읍할지어다."

황태후까지 모든 이들의 죄목이 낱낱이 밝혀지고 죄목이 정해졌다. 가장 약한 벌을 받은 이가 태후일 터이니 다른 이들은 대부분 처형인 것이다.

반란의 최후인 만큼 예상했던 부분이었지만 자신의 무고함을 주장하며 울부짖는 죄인들을 끌고 나가게 한 뒤 황제 진명휘는 내실로 태후와 호가진원을 불렀다.

미리 일러두었는지 궁인들이 사라진 대전 내실은 고요했다. 명에 따라 호가진원과 폐태후가 들어섰지만 황제는 고개조차 들지 않았다.

"앉으십시오."

두 사람의 포박은 풀려 있었다. 황제의 말에 잠시 머뭇거리던 그들은 조심스럽게 자리에 앉았다. 침묵만이 가라앉은 내실 안에 황제가 직접 우리는 다향만이 가득했다.

"한 잔씩 하십시오. 향이 좋습니다."

"이, 무……."

무어라 말하려던 폐태후가 눈짓을 하는 아비의 모습에 찻잔을 바라만 보았다. 그리고 아무렇지도 않게 차를 들어 올리는 아비의 모습에 화가 난 듯 격한 숨을 들이쉬었다.

"……폐하의 솜씨는 여전하십니다. 향이 아주 좋군요."

"호가가주에게 이런 칭찬을 듣다니 기분이 좋습니다."

마치 정적으로 만난 것이 거짓이라도 되는 듯한 평화로움에 폐태후는 원망스러운 눈빛으로 아비를 바라보았다. 하지만 다향을 즐기는 듯 눈까지 감고 있는 아비의 시선은 그녀에게로 돌아오지 않았다.

얼마나 시간이 흘렀을까.

황제와 호가진원의 찻잔이 비워졌을 즈음 호가진원이 입을 열었다.

"마지막 은혜에 감사드립니다."

"그대와 이런 모습으로 함께하고 싶었습니다."

황제의 모습에 호가진원은 빙그레 웃음 지었다. 딸이 황후가 된 이후에도 그는 황태자와 함께할 수 있는 날이 올 수 있지 않을까 생각했었다. 혹시 품이 넓은 황태자라면 그런 날을 만들 수 있을지 모른다고…….

하지만 현실은 녹록지 않았다. 딸아이가 황자 현을 생산한 뒤 그는 그 마음을 접을 수밖에 없었다.

"……이미 지나간 과거요, 엎질러진 물이 아닙니까."

"그렇소. 이미 돌이킬 수 없지……."

잠시 한숨처럼 창밖을 바라본 진명휘가 맑디맑은 하늘을 응시하다 지나가듯 말했다.

"현아는 무사할 거요."

"그것만으로도 황송하옵니다. 어찌 신이 더 많은 것을 바라겠습니까."

현아라는 말에 폐태후의 고개가 화들짝 올라왔다.

"제, 제발 우리 현아를……."

"현아는 제 동생으로서 잘 살아갈 것입니다. 그 아이가 헛된 욕심만 품지 않는다면……. 행복하게 살아갈 수 있을 겁니다."

그 말에 폐태후에 눈가가 젖어 들었다. 별궁 어딘가에서 자신을 찾고 있을 아들만 생각하면 저도 모르게 눈물이 흘렀다. 그런 딸의 모습이 안타까워 어깨를 다독이던 호가진원이 황제를 바라보았다.

"황자마마를 잘 부탁드립니다. 못난 외조부는 이제 곁을 지켜 드릴 수 없으니……."

"아버님."

호가진원의 처벌은 사형이었다. 그나마 명예를 지켜 주기 위해 자결이라는 형식을 권유한 것만으로도 큰 호의를 베푼 것이리라.

"흐흑, 아버님……."

"마마께서도 옥체 보중하십시오. 절대 다른 마음 먹지 마시고요."

"흑흑……."

그저 울고만 있는 폐태후와 호가진원을 바라보던 진명휘가 탁자 위에 무언가를 놓았다.

"두 분 모두 이곳으로 가십시오."

"이게 무슨……."

"현아를 위한 배려입니다. 공식적으로 두 분은 세상에서 사라지겠지만……. 현아를 위해서라도 조용히 살아가리라 믿습니다."

어찌 보면 태후도 불쌍한 여인이었다. 본인의 욕심을 위해 황후가 되었다고 하나 황량하기 그지없는 황궁에서 의지할 곳이라곤 아들밖에 없었으리라.

"황녀들도 좋은 혼처 찾아 혼인시킬 터이니 걱정 마십시오."

"어찌 저희를……."

"……두 분이 현아를 위하는 마음만큼은 진심이라 믿고 있습니다. 한 번은 용서하지만 두 번은 없으니까요."

황제의 말에 호가진원이 결국 자리에 엎드렸다. 참고 있던 눈물이 터진 듯 세상을 호령하던 늙은 가주는 어린아이처럼 울고 말았다.

"폐하……. 폐하 정녕……."

"그대는 아들을 위하듯 아비를 보살피십시오. 그대 하나를 위해 모든 것을 희생한 이입니다."

황제의 말에 폐태후는 멍하니 통곡하는 아비를 응시했다. 황제의 말처럼 그의 아비는 그녀를 위해 모든 것을 희생했다. 결국 평생을 바쳐 온 세가마저 문을 닫을 정도로.

"현아를…… 잘 부탁드립니다……."

허리 숙여 황제에게 인사한 폐태후가 늙은 아비를 일으켜 세웠다. 항상 든든하고 굳건하던 아비라고 생각하지 못할 정도로 가벼워 저도 모르게 눈물이 났다.

"조용히…… 현아와 폐하를 위해 기도하면 살 것입니다……. 진심입니다."

아비를 일으켜 내실을 빠져나가는 폐태후와 호가진원을 기다리고 있던 조운이 아무 말 없이 비밀 통로로 안내했다. 공식적으로 처벌받을 이들이기에 눈에 띄어 봤자 좋을 일 없으리라.

그리고 내실 안으로 작은 그림자가 들어왔다. 누구의 제지도 받지 않고 조용히 다가온 그림자는 눈을 감고 있는 누군가의 머리를 감싸 안았다.

“이제 다…… 끝났어요…….”

“내가…… 잘한 거겠지?”

“잘했어요……. 감시의 인원이 없는 것도 아니고……. 저들은 더 이상 태후와 가주가 아닌 힘없는 부녀일 뿐이에요.”

이미 호가세가는 멸문당했다.

호가세가의 후계자가 사망했으며 역모 사건에 연루되어 있던 직계, 방파 식구들도 난리를 피해 갈 수 없었다. 가문의 재산과 힘들이 산산조각 난 와중에 그들이 움직인다 한들 목숨만 스러지는 것이다.

“그래…….”

태후의 소생 황자, 황녀들은 그에게도 아픈 손가락이었다. 어찌 보면 선황제의 방만한 행동으로 평생을 아파해 온 사람들이니 행복해져도 될 터였다.

“이제 행복한 일들만 있을 거예요. 그러니까…… 안심해요.”

속삭이듯 감싸 주는 다정한 목소리에 휘가 미소 지었다.

“난 행복해……. 린이 항상 곁에 있어 줄 거니까.”

“네, 항상 옆에 있을 거예요. 고마워요, 휘.”

조심스레 자리에서 일어난 휘가 린의 허리를 감싸 안았다. 순식간에 품에 가둬 안아 올린 그가 침상으로 걸음을 옮겼다.

"휘?"

"너무 피곤해. 잠시 쉬고 싶은데……. 옆에 있어 줄 거지?"

린의 얼굴이 순식간에 붉어졌다.

"아직 날이 밝은데……."

"어차피 오늘 일정은 모두 취소했어. 우린 혼인한 지 얼마 되지도 않은 부부라고. 이 정도는 다들 이해할 거야."

뻔뻔스런 휘의 말에 린이 어깨를 으쓱하다 피식 웃음을 터뜨렸다. 그의 말대로 지금은 왠지 쉬고 싶어졌다. 이왕이면 그의 곁에서.

아무 말 없이 휘의 목을 껴안는 린의 목덜미에서 보드라운 향기가 피어올랐다. 마치 매화 향처럼 심신을 안정시켜 주는 향기에 그는 몸을 맡기며 눈을 감았다.

마치는 장

서화국 수도의 서문세가.

항시 조용하던 서문세가가 들썩였다. 권력의 뒤로 물러나 백성들과 융화되며 살아가던 서문세가였지만 몇 해 전 대륙의 주인이라 할 수 있는 진천국으로 황후를 배출하여 이름이 오르내린 적 있었다.

국가적인 경사에 서화국의 국왕이 친히 나서 서문세가의 인물들을 중용하려 했으나 가주이자 황후의 아버지가 거절하였다. 다만 근래에는 자신의 실력으로 장원 급제한 아들들이 조정에서 이름을 떨치고 있었다.

하지만 자식들의 명성과는 다르게 서문세가의 가주는 조용히 소일거리를 하며 가문을 돌볼 뿐 눈에 띄는 일을 하지 않아 왔다. 자연히 가주의 뜻에 따라 조용했던 서문세가가 귀한 손님을 맞이해 떠들썩해진 것이다.

진천국의 황제와 황후가 친히 서화국으로 암행 나왔다는 사실은 알음알음 사람들에게 알려져 있어 때때로 서문세가의 내부를 탐색하는 이들이 있었지만 호위에 의해 저지되었다.

소란스러우면서도 평온한, 이 역설적인 집안 분위기에 취해 조용히 후원을 걷던 이린은 소담한 꽃향기로 가득한 후원 한편으로 향했다.

봄꽃은 물론이고 꽃나무가 가득한 곳에는 소담한 봉분이 올라와 있었다.

"언니……."

꽃보다 아름답던 언니 이화.

이화의 얼굴이 정확히 기억나는 것은 아니지만 꽃향기를 맡을 때면 언니가 절로 떠올랐다. 아름다운 외모와 더 곱던 심성을 가진 언니가 꽃다운 나이에 스러져 간 것을 생각하면 지금도 마음이 아팠다.

"지금은…… 평안해?"

풀이 올라온 흙더미를 조심스레 쓰다듬으며 말하던 이린은 시선을 돌려 옆을 바라보았다. 올라온 지 얼마 되지 않은 듯 붉은 기가 보이는 봉분이 나란히 서 있었다.

"이 모습을 언니가 바랐을지는 모르겠네……."

어떻게든 이 공자의 처형을 막아 보고 싶었다. 가능하다면 황태후처럼 빼돌려 목숨만은 연명하게 해 주고 싶었지만……. 이 공자는 자결이라는 방법을 택했다.

"그거 알아요? 이 공자님은…… 참 이기적인 사람이라는 것."

처음부터 끝까지 자신만을 생각한 사람이었다.

"속 시원한가요? 원하는 대로 해서……."

남겨진 사람들은 생각하지 않았던 무정한 사람을 이화의 곁으로 데려온 건 자신 또한 이기적인 사람이기 때문이리라. 그래도 반역자가 아닌 언니를 사랑한 이 공자로서 이곳에 묻어 주고 싶었다. 이화에 대한 마음만큼은 진심이라 믿고 싶었다.

"언니는 별로 좋아하지 않을 텐데……."

착하디착한 이화 언니는 자신의 복수보다는 그가 행복해지길 바랐을 것 같다. 지금에 와서 그 복수조차 누굴 위한 것이었는지 알 수 없었지만……. 이 공자에게는 삶의 전부였으리라.

"또 이곳에 있느냐."

묵직한 목소리에 이린이 급히 눈가를 훔친 뒤 뒤를 돌아보았다. 한 손에 꽃가지를 들고 있는 아버지가 보였다.

"아버지……."

"날이 따뜻하여 매화꽃이 벌써 맺혔더구나. 이화가 좋아하는 것이어서……."

부모는 자식을 가슴에 묻는다고 했던가.

벌써 시간이 꽤 지났지만 아버지에게 이화 언니는 살아 있는 자식이었다.

봉분 앞에 매화 가지를 내려놓으며 서문가주는 잠시 아무 말도 하지 않다 이 공자의 봉분으로 시선을 주었다.

"진지는 하셨어요?"

"……하여야지. 너도 아직 식전이더냐."

"네, 아버지 함께 드세요."

처음 이린을 만난 서문가주는 아버지가 아닌 신하로서 그녀를 대했다. 예전 아버지의 모습으로 돌아오기까지 얼마나 시간이 걸렸던지. 서운한 마음에 눈물을 쏟고서야 평소 아버지로 돌아왔다.

"요즘 공기가 따스해졌다 하지만 항시 몸 보중하셔요."

"그래. 걱정 말거라. 안 그래도 네가 챙겨 준 약재들이 하고많아 창고에 넘칠 지경이다."

"남으면 오라버니나 식솔들 챙겨 주시면 되죠. 저 그 정도 보내드릴 능력은 돼요."

개구지게 웃는 딸은 여전히 해맑아 한 나라의 황후이자 혼례를 치른 이라고 믿기지 않았다. 끔찍한 비극을 겪으며 헤어졌던 어린 딸아이를 생각하던 서문가주는 그녀가 행복한 미소를 짓는 모습에 마주 미소 지었다.

영특하면서도 당돌하여 앞으로 어찌하나 걱정했던 작은딸이었다. 그 험한 일 겪으면서 타지에 가서도 제 몫을 단단히 하며 굳건히 사는 모습이 얼마나 눈물 나게 고맙던지……. 큰딸 이화의 죽음에 세상과 등졌던 서문가주를 다시금 일어서게 만든 것은 이린이었다.

"그래, 그래. 내 우리 이린이 능력을 잘 알고도 남지."

"후후, 앞으로도 필요한 것 있으면 언제든지 말씀하세요. 둘째 딸의 만화점에는 없는 것이 없답니다."

이린의 너스레에 머리를 쓰다듬어 준 서문가주와 이린을 향해 누군가가 다가왔다. 남색 비단옷을 입은 사내, 진명휘였다.

"아버님, 일어나셨습니까."

"예, 폐하도 평안하셨습니까."

"이린과 함께 후원에 있다 하여 나왔습니다. 함께 식사하시지요."

사사로이는 장인이고 황제로서가 아닌 사위로서 대해 달라 하였지만 여전히 맞존대를 하는 서문가주였다. 차차 고쳐 나가야 할 부분이라 생각하며 진명휘는 이린의 곁에 서서 함께 걸었다.

장인의 청명함을 보여 주는 듯 단출하면서도 깨끗하게 정리된 저택은 걷는 것만으로도 마음을 씻어 주는 것 같았다.

"아, 오늘은 날이 따스해 정자에서 식사하는 것이 좋을 듯하여 차리라 하였습니다."

휘의 말에 이린이 방긋 미소 지었다.

"안 그래도 매화꽃이 가득해 바깥공기를 마시고 싶었는데 잘되었어요. 아버님 어서 가요."

두 사내를 재촉해 나아간 정자에는 화려하진 않지만 소담한 아침 밥상이 차려져 있었다.

"우와, 유모가 차려 준 음식이네요. 화전도 있어요."

어린아이처럼 기뻐하며 자리에 앉은 이린이 예의를 잊은 채 화전 하나를 집어 먹었다. 입가에 침이 고일 만큼 향긋한 화전이 입안 가득 찼다.

"이린아, 여기 수저로 먹어야지."

우물우물.

"너무 맛있어요, 아버님. 이게 어찌나 먹고 싶던지……."

"놔두십시오, 아버님. 사가이니 누가 무어라 하겠습니까."

"……많이 먹거라."

사위까지 편을 들자 서문가주가 딸의 등을 두드려 주었다. 이 맛이 그리웠다며 허겁지겁 먹는 모습이 더없이 안쓰러웠다. 가장 높은 자리에 앉아 있다 하나, 그에게 딸 이린은 언제나 어리고 지켜 주지 못한 둘째딸이었다.

"너무 맛납니다, 아버지. 유모에게 더 달라 해야겠습니다."

이린의 말에 화답하듯 누군가 정자로 고소한 냄새와 함께 들어섰다.

"아이고, 마마. 안 그래도 이것저것 더 가지고 왔습니다. 많이 드십시오."

월아의 어머니이자 이린의 유모가 정자로 음식을 하나 가득 들고 들어섰다. 한 상 가득 그녀가 좋아하는 음식들이라 이린의 눈동자가 빛이 났다.

"역시 유모야. 유모 음식 솜씨는 따라갈 자가 없다니까."

"별말씀을요. 많이 드셔요."

어릴 적부터 키워 와 딸이나 다름없는 아가씨였다. 함께 잡혀간 친딸까지 돌봐 주신 고마운 아가씨……. 무엇으로 보답해도 모자랐다.

"음, 나 유모가 해 준 전병도 먹고 싶어. 언제 될까?"

시간이 걸리는 음식이라 세가에 오자마자 주문해 둔 터였다.

"안 그래도 오늘 저녁엔 드실 수 있을 거예요. 이따 드릴 테니 조금만 기다리세요."

"헤헤 알았어. 이따 잊지 말고 꼭 부탁해."

음식에 큰 집착은 없었는데 요즘 따라 유모의 음식이 그리운 이린이었다. 진천국에 있을 적에는 유모만 불러 음식을 만들어 달랄까 생각까지 했을 정도였다.

"우리 아가……. 아니 마마님. 드시고 싶은 거 있으면 꼭 말씀하셔요."

"응 그럴게, 유모."

원래도 가리는 성격이 아니었지만 더 잘 먹는 모습에 진명휘는 부드럽게 미소 지었다.

"역시 본가에 오니 좋은 모양입니다, 아버님."

"그러게 말입니다……."

"진천국으로 오실 생각은……. 여전히 없으십니까?"

진명휘의 질문에 분주히 먹던 이린의 젓가락질이 멈추었다. 혹 아버지가 마음을 바꾸지 않을까 하는 기대를 담고 응시했다.

"죄송합니다……. 저는 지금처럼 서화국의 백성으로서 살아가고 싶습니다."

고집스러운 말에 휘는 고개를 끄덕였다. 아내를 위해서도 서문세가 일가를 진천국으로 데려가고 싶었으나 쉽지 않았다. 아내의 고집스런 성격이 딱 장인을 닮은 듯싶었다.

"이린이 아버님을 닮은 것 같습니다. 하하."

"휘, 그게 무슨 말이에요."

"따로 대답하지 않아도 알 것 같은데?"

장난스럽게 대답하는 휘에게 장난으로 대꾸하며 이린은 섭섭한 마음을 애써 감췄다. 자신의 욕심만 생각하면 아버지를 진천국으로 모시고 싶지만, 아버지에겐 평생을 살아온 이곳 서화국이 나으리라.

"아버님, 그러면 진천국으로 놀러 오셔요. 이번엔 제가 왔으니 다음엔 아버님이 오셔야지요."

"그래, 그리하마."

"꼭 오셔야 해요."

"자주 간다 하여 귀찮다 하지나 말거라."

"아버님도 참……."

눈가에 맺힌 눈물을 없애며 이린이 유모를 향해 입을 열었다.

"아, 유모는 이번에 함께 가는 것 어때? 월아 언니도 봐야지."

"저, 저도 함께 가도 될까요?"

"아버님께는 이미 허락받아 놓은 부분이야. 월아 언니도 유모를 얼마나 그리워하는데……."

그 말에 유모가 떨어지는 눈물을 감추지 못했다. 애써 소매로 가리며 고개를 돌린 유모가 말을 돌렸다.

"에구머니, 음식 올려 놓고 깜빡했네요. 어서 확인해 볼게요."

종종걸음으로 사라지는 유모의 모습에 린은 유모에게 말 꺼내기를 잘했다 싶었다. 서신이야 주고받았지만 유모와 월아 언니는 떨어진 세월이 길었다.

"유모가 무척 좋아하는구나."

"네, 월아 언니도 좋아할 거예요."

"……유모의 의사를 묻고 괜찮다 하면 유모를 진천국에서 살게 하거라."

아비의 말에 이린이 눈을 크게 떴다. 유모는 평생을 서문세가에서 함께한 이로 아버지에게도 의미가 컸다. 수십 년 전 생을 달리한 아내를 대신해 아이들을 키워 준 고맙고 의지하던 이였다.

"아버님, 괜찮겠어요?"

"그래. 단둘뿐인 가족 아니더냐. 형편이 안 되는 것도 아닌데 굳이 생이별시킬 필요 없지."

그 말에 이린은 천천히 고개를 끄덕였다. 그래도 다른 형제들이 있는 자신과 다르게 유모에겐 딸 하나뿐이었다.

"유모의 의견을 묻고 결정할게요."

이미 답은 나와 있었지만 그렇게 답한 후 이린이 유모가 가져온 음식 중 하나에 젓가락을 가져다 댈 때였다. 먹음직스러워 보이는 생선찜의 비릿한 냄새가 확 거슬렸다.

"우읍."

"왜 그래, 린?"

린의 반응에 휘가 득달같이 그녀를 살폈다. 다행히 입을 덴 것도 아니고 음식이 상해 보이지도 않았다.

"괜찮아? 뭔가 상한 건가?"

"아니, 괜찮……. 우읍."

속이 좋지 않은 듯 손사래까지 치는 이린의 모습에 휘가 생선찜을 먼 곳으로 치웠다. 물까지 한 모금 마시고 나서야 조금 진정된 듯 이린이 심호흡을 했다.

"괜찮은 거야?"

"네, 갑자기 비린내가 심하게 느껴져서……."

"……먹지도 않았는데?"

휘의 말에 이린이 미간을 찌푸리며 고개를 끄덕였다. 좋아하는 음식이었는데 새삼 그 비릿함을 느낀다는 것 자체가 스스로 생각하기에도 이상했다.

"음……. 그냥 좀 비릿한 내가 거슬려요."

이린의 말에 조용히 상황을 지켜보던 서문가주가 자리에서 일어났다. 평온한 듯 보이지만 그의 얼굴은 살짝 상기되어 있었다.

"아버님?"

"태의를 부르는 것이 좋을 듯싶은데……."

"괜찮습니다. 태의를 부를 필요까지는……."

"흠흠, 확실하진 않지만……. 린아의 어미가 린아를 가졌을 때……."

서문가주의 말에 휘가 벌떡 일어났다. 정자에 대기하고 있는 이를 빠르게 불러 태의를 대령하라 하자 대기하고 있던 내관이 빠르게 사라졌다.

"설마……. 아니겠지요. 하하."

왠지 민망스런 상황에 이린이 어색한 미소를 지으며 입을 열었다. 하지만 두 사내는 이린보다 더 안절부절못하며 정자 밖으로 온 정신을 집중할 뿐이었다.

이윽고 헐레벌떡 태의가 내관에 손에 이끌려 정자로 올라섰다.

"화, 황제 폐하와 황후 폐하를 뵙……."

"예는 되었으니 어서 황후를 진찰해 보게."

평소의 침착한 모습을 짐작하지 못할 정도로 진명휘가 다급하게 태의의 손을 이끌었다. 한 번도 보지 못한 황제의 모습에 침을 꿀꺽 삼킨 태의가 황후를 바라보았다. 어색한 미소를 지으며 황후가 웃어 보였다.

"황후마마, 그럼 잠시……."

태의의 말에 얼떨결에 손을 내민 이린이 침을 삼켰다. 갑작스런 상황에 긴장감으로 몸이 절로 굳었다.

얼마나 시간이 지났을까. 찬찬히 이린의 몸을 살피던 태의가 벌떡 일어나 고개를 숙였다.

"감축드리옵니다, 폐하. 회임하셨습니다."

"그게 정말인가?"

"예, 아직 초기라 인지하지 못하신 듯하옵니다."

"황후는……. 황후 몸은 괜찮은가?"

"아주 건강하시니 걱정 마십시오. 또한 신이 몸을 보하는 약재를 올릴 것입니다."

"재료를 아끼지 말고 정성을 다하도록 하라."

"예, 폐하. 여부가 있겠사옵니까."

태의가 사라진 후 휘가 얼떨떨한 표정으로 앉아 있는 이린에게 다가섰다.

"이린……."

"……이거……. 진짜예요? 진짜 아기가……."

"정말 고맙다, 이린. 정말……."

와락 이린을 껴안은 휘가 이린의 목덜미에 대고 중얼거렸다. 언뜻 물기가 밴 듯해 이린이 고개를 들려 했으나 휘가 강한 힘으로 껴안고 있었다. 그에 이린은 손을 들어 올려 휘의 팔을 쓰다듬었다.

어린 시절부터 혼자라 느끼며, 제 사람들을 지켜 왔던 그에게 있어 아이가 어떤 의미일지 짐작조차 힘들었다.

"린아……. 축하한다……. 정말 기쁘구나."

이윽고 물기 어린 서문가주의 목소리가 들려오자 그녀를 감싼 팔의 힘이 풀어졌다.

"흠흠, 송구합니다, 장인어른."

"별말씀을요. 축하드립니다, 폐하."

익히 알고는 있었지만 훨씬 더 사랑받는 딸아이의 모습에 서문가주는 안심한 미소를 지을 수 있었다.

"저는 유모에게 따로 이를 것이 있으니 잠시 자리를 비우겠습니다."

요령 있게 서문가주가 전각에서 사라져 갔다. 그런 아비를 잡을 생각도 하지 못한 채 멍하니 바라보고만 있던 이린이 문득 자신의 배를 쓰다듬었다.

"정말로…… 아이가……."

"고마워, 이린. 내게 이런 행복함을 주다니……."

물기 어린 목소리에 고개를 들어 보니 휘의 눈가가 살짝 젖어 있었다. 이린이 소매를 들어 장난스럽게 미소 지으며 눈가를 쓸어 주었다.

"설마 우는 거 아니죠? 우리 아이가 아버지가 울보라고 놀리겠어요."

"……그러면 안 되지. 울지 않을 거야."

억지로 참는 듯한 그의 모습에 린이 웃음을 터뜨렸다. 아직 태조차 나지 않은 배를 쓰다듬으며 린이 정자 밖을 바라보았다. 푸르른 하늘과 따스한 햇살이 앞으로의 날들을 말해 주는 듯 너무나도 평화로웠다. 뒤에서 감싸 오는 온기를 느끼며 조용히 눈을 감은 린이 미소 지었다.

* * *

햇살이 너무나도 따스했다.

몸을 감싸는 온기를 영양분 삼아 린은 꿈인지 생시인지 모를 혼몽을 거닐고 있었다. 무언가 키득거리는 소리가 꿈결처럼 들려와 린은 무거운 눈꺼풀을 들어 올렸다.

'꿈……인가?'

흩날리는 꽃잎 사이로 꿈인가 싶을 정도로 아름다운 광경이 펼쳐져 있었다. 종류를 알 수 없는 수십 가지 꽃들과 꽃나무 사이로 뛰어노는 아이들과 장단 맞춰 주며 아이들과 놀아 주는 아비의 모습. 마치 무릉도원이 저러한 모습일까 싶어 한동안 반쯤 뜬 눈으로 응시하기만 하던 린은 무거운 눈꺼풀에 힘을 주려다 포기해 버렸다. 왠지 이 편안함을 즐기고 싶었다.

"어마마마, 어마마마."

얼마나 시간이 지났을까.

속삭이듯 자신을 부르는 듯한 목소리가 들렸지만 눈꺼풀이 무거웠던 린은 미동도 하지 않았다.

"쉿, 어머니께선 피곤하시다. 저쪽으로 가서 놀자꾸나."

"하지만 이걸 보여 드리고 싶은데……."

"누님, 어마마마께선 동생을 가지셔서 그런 듯합니다. 이만 저쪽으로……."

말리는 듯한 두 남자의 목소리까지 합세하자 린은 무거워 떠지지 않는 눈꺼풀을 점차 들어올렸다. 그에 신난 듯한 여자아이의 맑은 목소리가 들려왔다.

"어마마마 일어나셨다."

"어휴, 누님."

어미의 잠을 방해한 누이를 탓하는 듯한 작은 소년의 목소리가 린의 의식을 현실로 끌어 올렸다. 린은 편안한 미소를 지으며 입을 열었다.

"어미는 괜찮습니다. 다들 산책 나왔나 봅니다."

"이화가 오늘 성과를 꼭 린에게 보여 주고 싶다 하더라고. 말릴 수 없었어."

한숨처럼 내뱉는 휘의 말에 이린이 빙긋 미소 지었다. 대륙을 아우르는 진천국의 황제 휘였지만 첫째 딸에게는 영락없이 약한 아버지였다.

"괜찮아요, 휘. 어디 우리 이화의 성과를 한번 볼까?"

린의 말에 큰딸 이화가 거보라는 듯 환하게 웃으며 어머니에게 다가왔다. 올해 일곱 살로 하루가 다르게 성장해 나가는 딸이었지만 린은 이화가 언제나 아기 같았다. 특히 이제는 없는 언니의 이름을 땄기에 아이는 그녀에게 특별했다.

"어머니, 이것 좀 보세요. 제가 오늘 배운 공부인데 사부님께 칭찬을 들었어요."

이화가 내민 것은 셈법 관련 내용이었다. 총명한 아이라고 생각했으나 일곱 살짜리가 하기엔 고차원적인 부분이라 이린은 놀라고 말았다.

“이게 우리 이화가 직접 푼 것이라고?”

“네, 아바마마께서도 잘했다 칭찬해 주셨어요.”

이화의 말에 휘가 이린의 곁으로 다가왔다.

“이화의 성취가 빠르더군. 특히 셈법 쪽으로는 발군이야.”

휘의 말대로 빨라 보이는 이화의 성취에 이린은 미소 지으며 아이의 머리를 쓰다듬어 주었다.

“정말 대단하구나, 우리 이화. 하지만 어미가 항시 말한 것 잊지 않았겠지?”

“그럼요. 제가 뛰어나다 해서 다른 이들을 얕보거나 오만하게 굴지 않을 것이에요.”

일곱 살짜리답지 않게 또랑또랑한 말에 이린은 더욱 흐뭇한 미소를 지었다.

“흠흠, 어마마마 이것도 좀…….”

누이가 칭찬받는 모습을 보고 있던 아들 윤이 무언가를 내밀었다. 붓을 쥐기에도 힘들 법한 작은 손에는 제법 유려한 필체로 글씨가 쓰인 종이가 있었다.

“우리 윤아도 사부님께 칭찬받았어요, 어마마마. 이것 보세요.”

쑥스러워하는 윤을 대신해 이화가 먼저 나섰다. 활발하고 솔직해 표현을 주저 않는 이화와 달리 윤은 어린 나이답지 않게 진중하고 침착했다. 겨우 다섯 살 아이임에도 윤은 자신의 자리를 잘 알고 있었고 최대한 감정을 드러내지 않도록 노력하는 아이었다.

"윤아의 성취가 대단하더군. 으잇챠."

그런 아이의 성향을 가장 잘 알고 있는 휘가 끼어들었다. 그는 자신의 어린 시절을 그대로 닮은 큰아들 윤이 무척 안타까웠다. 티 하나 없이 밝게 커 주고 있는 딸 이화와 달리 침착하고 벌써부터 참을 줄 아는 윤은 다른 의미로 항상 챙겨 주고 싶은 자식이었다.

"아, 아바마마."

목마를 태우는 아버지의 행동에 윤은 당황한 듯 작은 몸을 버둥거렸다. 하지만 이내 싫지 않은 듯 아버지의 어깨를 잡으며 몸을 지탱했다.

"흠흠, 힘드시면 꼭 말씀하십시오. 내려가겠습니다."

"아비를 무시하는 것이냐? 이 정도는 아무렇지 않으니 걱정 말거라."

"예, 알겠습니다."

아닌 척해도 살짝 홍조를 띠는 윤의 모습에 린은 미소 지으며 윤의 글씨를 칭찬했다.

"참 유려한 글씨구나. 글귀도 훌륭하고…… 둘 다 너무나도 자랑스럽구나."

말과 함께 린이 곁에 있던 민 상궁에게 눈짓을 보내자 대기하고 있던 궁녀들이 다과를 내왔다. 아름답기 그지없는 황제 가족의 모습을 방해하지 않기 위해 반 시진 전부터 기다리고 있던 그들이었다.

“와아 내가 좋아하는 것들이다.”

자신이 좋아하는 다과를 보고 달려드는 황녀.

“누님, 체통을 지키십시오. 여기 묻었습니다.”

고사리 같은 손으로 누이를 챙겨 보겠다고 나서는 자그마한 황자.

“린, 오늘 기분은 좀 어때? 괜찮아?”

“그럼요. 아이도 순하고 아주 좋아요.”

부른 배를 쓰다듬으며 자리한 황후를 자연스럽게 부축해 주는 황제. 피와 정쟁이 난무하는 황실에선 도저히 볼 수 없는 광경이었다.

“푹 쉬고 있었는데 괜히 방해한 건 아닌지 모르겠어. 아이들이 린을 찾아서.”

대놓고 어머니에게 가야 한다는 이화는 물론이고 아닌 척하지만 윤조차 가고 싶은 눈치였다. 오랜만에 바쁜 일상에서 벗어나 쉬고 있는 린을 놔두고 싶었지만 휘 또한 아내가 보고 싶었다. 그에게 아내 린은 매일매일 보아도 그립고 사랑스러운 사람이었다.

“너무 좋은걸요. 우리 아이도 즐거운 것 같아요.”

린의 말에 휘는 부푼 배를 조심스레 쓰다듬었다. 그의 손길에 화답이라도 하듯 아이가 움직이는 게 느껴졌다.

“아바마마, 어마마마. 전 윤이와 잠시 놀다 올게요.”

“조심해서 다녀오렴.”

개구쟁이처럼 환하게 웃으며 이화가 동생을 데리고 사라졌다.

제멋대로이긴 하지만 그런 누이가 싫지 않은 듯 윤이 눈을 빛내며 좇아갔다.

"이화가 당신을 빼닮았어. 아주 활기차."

"전 저 정도는 아니었던 거 같은데요?"

휘의 말에 린이 눈을 동그랗게 떴다.

"아닌데? 장인께나 형님께 들은 바로는 당신 어릴 때 더했으면 더했지 덜하지 않은 듯한데……."

"흠흠. 아이가 밝고 건강하면 된 거죠."

아버지와 오라버니가 알려 줬다는 말에 린은 더 이상 할 말을 찾지 못했다. 스스로 생각하기에 이화만 한 시절 그녀도 무척 말괄량이였던 것이다. 그나마 이화는 황녀라는 자각에 남복은 하지 않으니 다행이었다.

"당신 말대로야. 난 우리 이화가 저대로 밝고 건강하게만 자라 주었으면 좋겠어."

말을 하며 화원에서 놀고 있는 자식들을 바라보는 휘의 눈빛이 너무나도 따스했다.

"다만 우리 윤이…… 너무 조숙해서 걱정이야."

"그 아이의 원래 성품이니 어쩔 수 없어요. 그래도 당신을 따를 때면 그 나이로 보이니 너무 걱정 말아요. 지금 잘하고 있어요."

아내의 다정한 말에 휘는 조용히 안도의 숨을 내쉬었다. 어릴 적 힘든 상황으로 마음의 문을 닫았던 자신의 모습을 절대 자식들에게 물려주고 싶지 않은 그였다. 다행히 첫째 이화는 활발하고 따뜻하기 그지없는 아이었지만 둘째 윤은 달랐다. 누가 강제한 적도 없었는데 아이는 스스로를 다스리려 애썼고 나이에 맞지 않게 무척 조숙했다.

혹 자신이 아이에게 부담을 준 것이 아닐까 하는 생각에 잠 못 이룰 때도 있었다.

"휘가 목마를 태워 줬을 때 우리 윤이 표정이 어땠는 줄 알아요? 정말 하늘을 날아갈 것 같았어요."

"그래? 정말 다행이야."

두 번이나 말하고 나니 좀 안심이 된 듯 휘의 시선이 화원 쪽을 향했다. 꽃을 이어 무언가를 만들고 있는 이화와 윤의 모습이 보였다. 창피한 듯 얼굴을 붉히면서도 누이를 따라 손을 움직이는 윤의 얼굴은 제법 제 또래로 보였다.

"참, 오전에 만화점에서 다녀갔다지?"

"네, 정기적인 보고예요. 별문제 없이 잘 운영되고 있더군요."

현재 만화점의 운영자는 이수였다. 물론 주인은 린이었지만 이제 린은 큰 틀에서 가부만 결정할 뿐 어지간한 일들은 이수에게 보고만을 받고 있었다. 수년 전 예상했던 대로 이수는 만화점을 잘 운영해 나가고 있었다.

"아, 근데 그거 알아? 조운이 요즘 만화점으로 계속 출근하다시피 한다는 걸."

몇 해 전 이수와 조운은 부부의 연을 맺게 되었다.

애초 만난 지 얼마 되지 않아서부터 조운은 이수에게 마음이 있었는데 이수는 혼인을 하는 순간 자신의 일을 할 수 없을 거라는 생각에 그의 마음을 멀리했었다. 하지만 바람둥이라는 위명이 거짓말처럼 조운은 이수를 해바라기처럼 수년간 쫓아다녔고 결국 혼인하게 된 것이다.

그리고 현재 이수는 첫째 아이를 임신 중이었다. 임신 중임에도 만화점 일을 계속하겠다는 아내의 결심을 꺾을 수 없던 조운은 자신의 직책을 반 내려놓다시피 하며 만화점으로 출근하고 있었다.

"안 되겠어. 이래서야 공석이나 다름없잖아."

이제는 상서령이 아닌 좌시중의 위치까지 오른 조운이었다. 안 그래도 워낙 젊은 나이에 높은 자리를 꿰찬지라 시기하는 눈이 많았다.

"그래도 그만큼 능력 있는 사람도 없잖아요. 아마 공석 얘기하면 좋아라 자리를 뛰쳐나갈걸요?"

원래부터 바람 같은 조운이었다. 안 그래도 몇 해 전부터 아내만을 바라보고 있어 바쁜 좌시중 직책에 투덜거린 적이 한두 번 아니었다.

"그건 그렇지. 능력이 있으니 조치할 수도 없고."

"아까 이수 언니에게 언질을 줬으니 걱정 말아요."

"역시 당신은 현명해."

아내의 현명한 처방에 휘는 고개를 끄덕였다. 야생마처럼 날뛰는 조운에게 가장 좋은 처방이었다.

"황후궁과는 별개로 만화점 주인에게 좋은 약재라도 보내야겠어."

"정말 좋아할 거예요, 후후."

안 그래도 매일 출근하다시피 하는 조운 때문에 걸리적거린다는 반농담조의 말을 들은 린이었다. 이수가 적절히 조치할 거라 믿으며 린은 남편의 손을 잡았다. 휘가 강하게 마주 잡으며 입을 열었다.

"그 바람둥이 녀석이 이렇게 한 사람에게 목맬 줄이야."

"뭐, 누구에게나 짝이 있는 거니까요."

린의 말에 휘는 미소 지으며 아내에게로 한 걸음 더 다가갔다. 햇볕이 따스했지만 너무 오래 밖에 있는 것이 아닌가 걱정이 되었다. 왠지 마주 잡은 손끝이 차가운 것 같기도 했다.

"춥지 않아? 이거라도 걸치고 있어."

춥지 않으냐는 말에 대기하고 있었던 듯 상궁들이 비단 포를 가지고 오려 했으나 더 빨리 자신의 겉옷을 벗는 황제의 행동에 걸음을 멈추었다. 천하에 단 한 명만 입을 수 있다는 위명이 무색하게 황제는 종종 자신의 옷을 아내에게 벗어 주곤 했다.

"난 괜찮은데……."

"너무 오랫동안 밖에 있었던 것 같아. 이제 슬슬 들어가야지."

왠지 추워 보인다며 어깨를 감싸던 휘의 얼굴이 조금씩 내려왔다. 따스하기 그지없는 아내의 입술에 자신의 입술을 맞추며 그는 평화로움을 만끽했다.

"꺄악, 아바마마 어마마마 또 저러셔."

"누님, 이럴 때는 가만히 있는 것이 좋습니다."

그런 평화로움은 금세 깨어졌다.

귓가에서 들려오는 앳된 목소리에 휘는 미간을 찌푸리며 고개를 들었다. 개구쟁이처럼 웃고 있는 두 아이들이 부모를 놀리듯 서 있었다.

"이 녀석들, 또 어미 아비를 방해하는 것이냐?"

한두 번이 아닌 듯한 말에 이화가 입술을 부루퉁하게 내밀며 항변했다.

"방해 아니어요. 이거 드리려고 온 거란 말이어요."

뒤로 감춘 손을 빼낸 이화와 윤이 내민 것은 꽃을 이어 만든 화관이었다. 어린아이의 손길답게 삐뚤빼뚤 엉성한 부분이 있었지만 제법 그럴싸해 보였다.

"이 어미에게 주는 건가요?"

"예, 어마마마. 제 선물입니다."

얼굴을 붉힌 윤이 뽀르르 다가와 린에게 화관을 내밀었다.

"고마워요, 윤. 너무 어여쁩니다."

말과 함께 윤의 머리를 쓰다듬어 주자 피하지 않은 윤이 린을 보며 말갛게 웃었다.

"아바마마, 이건 제 선물입니다. 제 것이 더 커요."

아마 아직 손이 서툰 윤의 화관이 좀 더 작은 듯했다. 그래서 이화의 화관은 휘에게 간 것일 터이고.

"고맙구나, 이화야. 한데 이거…… 써야 하는 것이냐?"

"당연하지요, 아바마마. 화관은 쓰지 않으면 의미가 없습니다."

최후의 보루처럼 쓰지 않아 보려 애쓰던 휘가 린의 단호한 말에 고개를 숙였다. 마지못해 숙인 듯한 말과 달리 휘의 입가에는 미소가 떠나질 않았다.

"아바마마 아주 멋지십니다. 어마마마도 아름다우시고요."

박수까지 치며 말하는 이화의 모습에 휘와 린이 미소 지었다. 의젓하게 고개를 끄덕이는 윤과 자신도 잊지 말라는 듯 태동을 보이는 배 속의 아이까지.

너무나도 따스한 어느 날의 일이었다.

〈完〉